KB027741

생전의 진을주 시인 모습

제1회 진을주문학상 시상식

- 수상자 : **추영수** 시인
- 수상작품 〈**重生의 연습**〉 외1편
- 일시 : 2012년 2월 13일(수) 오후 6시
- 장소 : 한일장

상금을 지원해 주신 **함홍근** 선생께 꽃다발을 증정하고(전달자는 박은석 시인)

축사를 하는 한국문인협회
정종명 이사장

내빈소개를 하는
김정오 지구문학 편집인

심사경과를 보고하는
이유식 평론가

인사말을 하는 지구문학 회장
양창국 소설가

수상소감을 밝히는
추영수 시인

수상자 **추영수** 시인과 시상을 하는 지구문학 **양창국** 회장

수상자 **추영수** 시인과 심사위원들이 한 자리에

• 주최 : 지구문학사 地球文學社   • 후원 : 진을주문학상 후원회
• 협찬 : 지구문학작가회의 地球文學作家會議

진을주 시인 추모사를 하는
김시철 전 펜클럽 회장

추모사를 하는 21대 문협
이사장 성춘복 시인

추모사를 하는 22, 23대 문협
이사장 신세훈 시인

추모시 낭송을 하는
이희선 시인

추모시 낭송을 하는
윤수아 시인

추모의 노래를 하는
이규복 시인

시상식을 마치고

최고의 詩仙길 가시기를

당신은 詩를 사랑했습니다.
온 몸으로 詩를 사랑했습니다.
어쩌다 좋은 詩를 보면,
무릎을 탁! 치면서 "하아! 기막히네"
빙긋이 웃으며 기뻐했습니다.
또 좋은 詩를 모아 따로 小冊子로 〈詩集〉을 만들어 밤낮으로 읽고 또 읽었습니다. 눈이 무르도록 책갈피가 해어지고 닳도록 손에서 놓지 않았습니다.

당신은 詩가 친구였습니다.
아니, 애인이었습니다.
어느 애인이 그토록 붙어 다니리이까.
詩에 대한 熱情과 愛情은 감히 그 누구도 따를 사람이 없었습니다.

당신은 사람을 사랑했습니다.
패기 넘치고 굵직한 男子의 線보다는
여리고 秘密스런 女子를 더 사랑했습니다.
그래서 그토록 아름다운 詩가 많이 탄생하였는지도 모릅니다.

파도소리 귀울음으로 잠을 설치고,
짓무른 눈 때문에 TV도 시청할 수 없을 때,
문득,
"따뜻한 봄에 죽었으면 좋겠다"고

당신은 그런한 사슴 눈빛으로 말했습니다.

가슴 뭉클하던 그 날이 아직도 생생합니다.
그,
두어 달 남짓 후,
2011년 2월 14일 0시 1분,
당신은 享年 85세를 一期로 願하시던 따뜻한 봄 길을 떠나셨습니다.

이제,
유고집을 정리하려니 정녕 목이 멥니다.

유독 여행을 즐기시던 당신!
지금쯤 〈나이아가라 폭포〉 앞에서 은빛 명주실 같은 詩 한 편 뽑아들고,
또 내일은 〈이과수 폭포〉를 향해 떠날 채비를 서두르고 있겠지요.
훨훨 다니면서 보석 같은 詩心을 만인의 가슴에 영감으로 남기소서.
그리하여 영원히 멋진 詩人으로 최고의 詩仙길 가시기를 바랄 뿐입니다.

파주 그린 홈에서 아내 **始原**

제2회 진을주문학상 시상식

수상자 : **최원규** 시인, 수상시집 《**오래된 우물 곁에서**》
김남곤 시인, 수상작 〈**질마재 봄날**〉

상금을 후원한
김문원 수필가

축사를 하는
한국문인협회
정종명 이사장

심사결과를 발표하는
이유식 평론가

내빈소개를 하는
지구문학 편집인
김정오 교수

수상자 **최원규** 시인 내외분과
시상을 하는 지구문학 **양창국** 회장

수상소감을 밝히는
최원규 시인

수상자 **김남곤** 시인을 대신하여
수상하는 **김용옥** 시인과
시상하는 지구문학 **양창국** 회장

수상자 **김남곤** 시인
에게 상패와 상금을
잘 전해준다고 인사
말하는 **김용옥** 시인

수상식장에서

- 일시 : 2013년 2월 13일(수) 오후 6시
- 주최 : 지구문학사 地球文學社 　　• 후원 : 지구문학작가회의 地球文學作家會議

추모사를 하는
한국문인협회
신세훈 고문

추모사를 하는
신호 평론가

축하연주를 하는
한국문인협회
엄기원 고문

인사말을 하는
지구문학 회장
양창국 소설가

인사말을 하는
지구문학작가회의
신인호 회장

추모시 낭송을 하는
윤수아 시인

추모시 낭송을 하는
이오순 수필가

사회자 **신민수** 시인

수상식을 마치고

차례

차례

차례

진을주 유고집

송림산 휘파람

지구문학

길을 메우는 눈송이 뒤에

길을 메우는 눈송이 뒤에
나는 길을 따라 나서고 싶다

하늘에 눈길이 있어 눈이 내리듯

동지섣달
퍼붓는 저 눈 속을 헤쳐

고리포 개펄 울음 가슴 미어지는 시야

나는 길이 끝나는 곳까지 가고 싶다

고리포 : 전북 고창군 상하면 서해안에 있음

송림산 휘파람

휘파람소리
귀신같이 알아낸 송림산의 봄

능선마다 허리끈이 풀렸네

내 동갑 朴得培는
휘파람 사이사이
낫자루로 지겟다리 장단 맞추고
나는 지겟가지에 용케도 깨갱발 쳤지

하늘은 봄을 낳은 산후의 고통
보릿고개 미역 국물빛 울음 반 웃음 반이었어

휘파람소리는 황장목 솔바람에
송진을 먹였네

松林山 : 전북 고창군 상하면 송곡리 소재, 저자 생가 뒷산

뽈리따젤

하늘은 쓸개를 꺼내어 울린 고려 북소리

땅은 눈물로 갈고 닦은 고려 쇠심

바람은 단번에 너와 나의 눈물꽃으로 피고 있다

뽈리따젤 : 타쉬켄트에 있는 고려인 마을

자포니카의 하늘

4천 3백여 년 전 우리 선조들이 자포니카의 벼를
심다가 뭉클한 흙냄새에 허리를 펴고 멀리 바라보던
저 숨소리의 푸른 하늘이 오늘 내가 문득 호숫가에
내려앉아 노는 그때의 숨소리를 듣게 된 이 경이驚異로움
이 또 우리 후손들에게 나처럼 바라보게 될 머언 훗
날의 저 푸른 하늘이 얼마나 경외敬畏로울 것인가를 생각
케 하는 자포니카의 하늘이 오늘따라 눈물이 나도록
신비롭기만 하다

　　　　자포니카 : 신석기시대 〈기와지〉에서 출토된 볍씨

호수공원의 두루미

심심해서 걷는 것인지
걸어서 심심해지는지

미꾸라지 한 마리 먹고
발길 띄엄띄엄 장서長書의 안부를 쓰고 있다

녹슬은 철조망의 비명 정도로는
하늘도 속수 무책이라는 빛깔

오늘따라 하늘빛에 풀린 내 마음을
철조망 안에 놓고 싶다

눈 내리는 호수공원

눈 속에 묻히는 큰 백자白瓷 항아리

눈은 내려서 항아리에 쌓이고
시간은 눈을 재촉하고

사람들이 항아리의 시계時計바늘로 돌면
눈은 시간보다 더 쌓이고
사람들이 시계바늘 반대로 돌면
눈은 시간을 항아리 속에 묻어버린다

눈 속에서는 하늘보다 더 큰 항아리의 입

애견愛犬과 함께 백목련꽃 발자국을 내는 사람들

호수공원은 눈을 퍼붓는 대로 삼키는
욕심 많은 을유년乙酉年의 적설량

호수는 눈 속에 파묻히는 백자白瓷 항아리

진을주 시인의 유고시 모음 ①

귀울음

귀울음

내 귀는 암벽
파도로 일어서서 암벽에 부딪힌 지 오래다

오늘 아침에는 폭풍으로
암벽을 부수는 바람에 잠을 번쩍 깼다

가슴은 슬픈 해안선이 되어
무섬증으로 눈물이 난다

첫눈

폴폴 내리는 추억의 꽃잎
어느새 裸木에 하얗게 피었구나

어린이들의 흥분제
어른들의 추억이 폴폴 내리는구나

어느새 山에 들에
天使들이 야단이다

추억의 이야기가 꽃으로 피고 있다
市內는 모두 흰옷으로 갈아입고

까치집

공포와 안도의 위험한 사이
포스트 모더니즘 건축설계

한 층 위는 안도
한 층 아래는 공포

구렁이 입맛 풍기는
한 칸 딛고 또 한 칸 위로

위험한 포스트 모더니즘 설계

소나기

빗방울의 폭격
우리 집 유리창은 한 때 하와이

드디어 일어서는 폭풍
유리창의 진동

하와이 목격자는 지금 고이 잠들고 있을까

양철대문이 활짝 열려 있는 집

시골에 갔더니
마루에 할머니가 졸고 있고
텔레비전은 혼자서 흥이 나 있다

아들 딸 서울로 떠난 그 자리에
제비 날아와 집을 짓다가
빨랫줄에 앉아 찢어지게 꽈리를 분다
마당가 고추밭에는
꽃뱀이 지나가는 정오

청계천 강아지풀길

강아지풀잎이 바람에 청계천 물을 찍어
붓끝으로 아우성이다

달리는 어린이들의 청계천 8월의 미소는
벌써 알고 있는 꿈길

어느 사이에 어린이들은 神童이 되어
청계천 강아지풀길이 머릿속에

인쇄되어 가고 있는 畵幅

제2의 눈물

너는 타다 남은 뼛속 烏石의 석간수

―인디언의 눈물

아직도 지구의 도처에서
제2의 눈물은 흐르고만 있다

제1의 눈물 : 인디언의 눈물

禪雲寺의 쇠북소리

山寺의 쇠북소리에
마당가 雪中梅 빙긋 웃고
罪와 罰은 일시에 유리알로 맑아라

禪雲山心이 내려와
大雄殿 앞 토방 위에
하얀 고무신을 벗는다

당간지주의 옛터에
뙤약볕 깔리고
오가는 사람 너나없이 佛心일레

호랑나비의 장미꽃

봄 허리엔 호랑나비 팔랑팔랑 앉아서
긴 콧수염으로 장미원 꽃잎을 안았다

갖가지 나비의 천국
호랑나비의 카메라 렌즈의 추적

장미꽃이 취했는가
호랑나비가 휘청거리는가

온통 꽃밭은
삽시간에 엎어졌다

불타는 가뭄

논밭만 보면 기와지붕인 양 불길이고
바람만 불어 더욱 울리는 農民들

하늘은 종이처럼
바스락거리는 소리로
타들어가는 農作物

들녘 우리 아버지
하늘만 바라보고
가슴 타는
담배연기

하늘과 땅 사이
눈물이 불길로 타고 있다

대문 앞 때죽나무

고향집 대문 앞 세 아름드리 때죽나무
100년 넘은 우리 집 어른이시다

비바람 눈바람 막아 주시는 몇 대 위 守護神이다
우레 천둥 벼락까지 막아 주시는 집안의 어르신이다

동지섣달 뼛속 울음소리로 집안이 흔들리고
외양간 황소도 따라 울었다

어느 핸가 잘려 나간 후 신주단지도 박살나고
6.25가 지나고 집안은 풍비박산이 되었다

지금 비어 있는 집안은 귀신소리만 으스스하고
쥐새끼 한 마리 보이지 않는 흉가로 눈시울이 뜨겁다

그러나 이런 집안에서 외손까지
대문 앞 때죽나무 뿌리가 陳澕의 후손인 文士가
아홉 명을 낳게 하여 눈물을 마르게 한다

장독대 항아리 열쇠는 봉선화 손톱

어머니와 누님 손톱에 봉선화 빨갛게 물들인
장독대

보름달이 지나도 반달 손톱으로
열었다 닫았다 잘도 한다

내가 장독대 뚜껑을 열다
팟싹 깼다

장독대 열쇠는 봉선화를 키운
반달 손톱인 것을 알았다

봄비

이마에 튀기는 봄비소리
손바닥으로 씻었더니
샛푸른 물감이 손바닥에 묻어나는 듯

발아래선 연푸른 새싹이 밟힌다

보도블록 사이를 뚫고 나온 속잎
봄비를 맞이하는 그 힘 기 찬 속잎

봄비는 새 생명을 내리고 있다

文化
- 오동나무와 붙박이 사이

큰 누님 낳을 때 심은 오동나무
작은 누님 낳을 때 심은 오동나무

시집갈 때 장롱 짜기 위한 아버지의 식목일
아무 쓸모가 없어져 버린 세상

붙박이나 옷방이 밀어낸 문화
식구들 소파에 앉아 벽에 붙은 텔레비전 보기에 바쁘다

대문 앞 오동나무는
제철 찾아 落葉으로 떨어지고 있다

제비

숨 쉬는 화살
어디 가서 꽂힐 것인가

빨랫줄에 쉬었다 가거라
우리 어머니 바지랑대도 있고 하니

꽈리도 불고
우리 집 처마에 집터를 삼으면 어떠니

쪽 빠진 숨 쉬는 화살
연미복이 곱구나

송림산

仁川空港

산지사방에 만발한 꽃향기
벌통이 귀가 시끄럽다

내 날개 밑에 꽃가루를 감독하는
눈썹이 예쁜 감독 암벌 한 마리
갖고 싶다

雪花

폴폴 내리는 雪花가
어느새 세상을 한송이 꽃으로 덮었다

어릴 적 童話로 돌려보내는 世上
모두 어린이의 세상

집밖으로 나와 童話를 읽고 쓰고
雪花의 세상 말고 아름다움이 또 있을까

온 세상의 어린이마다 雪花로 피고 있다

버꾸춤

德培의 버꾸춤 솜씨야 天下第一

젊은 신촌댁 옆으로 돌 땐
버꾸춤도 높이 돌아 유달리 멋들어져

함박꽃 웃음도 간드러지게 휘돌다

버꾸채와 함박꽃 웃음 사이에서
징소리도 송림산을 더욱 요란하게 울린다

호랑나비

호랑이 낮잠 깬 눈썹
방금 아프리카에서 보내온 배고픈 郵票

온통 꽃밭엔 膜質 날개 가루 풍기고
긴 대롱 말아 올린 채
벌렁벌렁 도망가는 슬픈 흰나비 떼 숨결

알겠다
密林地帶의 王子 호랑인 것을

떴다 감았다 그 눈썹 호랑나비

蘭

너는
습도와 太陽系

바람이 불면
자르르 흐르는 微笑와 어깨춤

수줍은 속곳도 보인다

꽃대궁 보인다

落花

교문 앞
벚꽃 아래 尹 선생의 落淚에 떠내려가는 落花

나는 제2국민병 영장을 들고
落淚
落花

兩岸을 스쳐 나오다가 몸을 던진
자살 같은 내 눈물의 落花빛 탈영은 지금도

내 등 뒤에서 있었던 그 슬픈 강물의 水深을 알 수가 없다

송림산

四寸 二澍兄과 내가
문전옥답 짚북데기 위에서 柔道를 배우던 그 때

兄은 나를 볏섬처럼 내동댕이쳤고
먼지 같은 봄 아지랑이는 송림산에 아롱대다

엎디면 코 닿는 송림산에 올라가
日本軍 항고(飯盒)에 밥 지어 먹고 놀던 산

봄 아지랑이와 솔가지 불잉걸로
二澍兄과 나와의 柔道 연습처럼 타올랐던 산

그 山은 작은아버지 산소가 되어
젊은 작은어머니는 날마다 앞산에 올라가

소쩍새 울음처럼 핏빛이었고
우리 둘도 눈물 그렁그렁 흐느껴 울던 송림산

지금은 일가친척도 산소도 다 떠나 버린
솔바람소리만 남아 너무나도 슬픈 내 고향 산

송림산 : 전북 고창군 상하면 송곡리 소재

우리 아버지

사랑채 정원 짜구대 나무를 넘는
분수대 앞에서

우리 아버지 흰 두루마기 자락에
보듬겨 찍은 사진 한 장

우리 아버지는 웃으시고
나는 뛰때

지금은 왜 눈물이 날까

어머니

당신은 人類의 가슴에 피는 사랑의 꽃

세상 사람들이 쏟아내는 詩

기쁠 때나 슬픈 때나 심장이 미어집니다

不孝를 생각하면 山의 정상을 오르내릴 〈시지프〉의 생각

세상에서 詩의 고향은 당신뿐입니다.

나뭇가지에 찢긴 조각달

낙엽을 울리는 이 가을

裸木들의 눈빛 그렁한 손짓손짓
뒤만 돌아보며 定處없는 발길

가을은 그렇게
마음 아픈 곳만 파고드나 보다

내 마음
裸木 가지 흔들어

조각달을 풀어다가
낙엽과 손 꼭 잡고 걷게 하였으면

우울증

한파에 몰리는 草木
서서히 피 마르는 소리

바람에 뒹굴고
밟히고 채이고

끝내 토양으로 부식되는
공포로운 낙엽

山

우람한 어머니
모든 動植物을 가꾸는 품

春夏秋冬 太陽의 거울
품속을 노출시키는 사랑

巨視的 微視的 사랑 가득하여라

코스모스

가을 하늘을 닦고 닦는 들녘의 코스모스

서로 化粧발을 바라보고 소곤대며 웃고 또 웃고

앞가슴을 열었다가 뒷모습으로 돌아섰다가

실수하기 좋은 열여섯 少女의 꿈

아무에게나 웃어주는 그 純情

능사

왜정 말 무렵
仁鐵이 안사람이
동네 里長하고 몸을 섞었다는
소문난 몸짓 같은 능사

내 친구들이 달려들어
돌을 던졌다던 그

仁鐵이 안사람은
요리조리 동네 고샅길을 예쁘게 빠져 다녔다

나는 능사가 나온 동네 고샅 흙담에 기대고 서서
仁鐵네 안사람 편이 되었다

내소사 전나무 숲길

2백년의 사랑이
길게 누워 있는 늙은 전나무 숲길

아직도 내외법 연둣빛이
서로 뒷걸음질에 놀랍다

닿기만 하면 서울 큰애기들의 등산복에
물감이 튀어 박힌 듯

하늘빛이 조심스럽게 지키고 있는 모양인지
연둣빛 사이사이로 눈빛 햇살이 총총거린다

전나무에 내 양심을
걸어놓고 싶은 숲길

내소사 : 전북 부안 소재

어머니와 감자

서산에 걸린 해가
길기도 한 오뉴월 하룻길에

내 어머니가 그리워서
눈시울이 뜨거워지는지

서산을 넘는 하루해가
가슴팍에 안긴 어머니의 감자 빛에

어머니의 손끝이 파르르 떨림을 보았다

어머니는 감자바구니를
자꾸만 밀어주는 눈시울이 마알갛고

나는 철없는 미소를

지금 생각하니
보릿고개 우리 어머니의 눈물인 것을

최 승 범

친구 외1편
– 지난 풍속도

그대 사랑하는
친구를 가졌는가

그대 잊고 사는
친구 있는가

말로써
친구를 허풍친
친구 있는가

잊게나

벗은 가고
- 지난 풍속도

허물 따로 없었지
윗목 아랫목도 없었지

고스톱 멤버인 양
밤참도 챙기라 했지

눈 감자
허탈한 굽이굽이
허허로울
뿐이네

추모노트

말문이 막힐 뿐
입니다.
무슨 말씀 드리랴
꼬깔이고 없습니다.
고향이라
서울에 세워지는
崔 碑
늘,
기리기리 정습니다.
자기 중 자해하시
기 밥니다.
두 편, 올립니다.
짧을시
2011. 5. 3
최
승
범
졸

이 기 반

가시다니, 그게 웬말이오
– 시인 진을주 형에게

진 형
친애하는
진을주 형
가시다니,
그게 웬말이오.

타고난
선비 기품으로
그 생애
살아온 그 생애
어이 두고
한 많은 이 세상을
떠나셨습니까.

고매한 문벌
자랑치 않으며
겸손으로 존경 받던
덕망의 진을주 시인

고운 시심
맑고 밝게 갈고 닦으면서
문단의 발전에
크게 공헌한
정열의 시인
진을주 형이여.

이 험한 세상
무거운 짐 풀어 놓고
저 높은 하늘나라에
고이고이 잠드소서.

咸弘根

혼불

활활 타오르는 불길로 서서
실천으로 지피시던 예심藝心
시로 빚어 내시는 사진
사진으로 그려내시는 시
유리알처럼 맑고 깊은 그 향기,
질그릇 한사발
담고 담아도 마르지 않는
우리들의 양식
영원한 무쇠솥이시다
윤기 흐르는 가마솥이시다.

늘 푸른 숲
아끼시며 걷고 걸어
일렁이는 잔물결도 어루만져 잠 재우시고
물고기 떼 담소하듯 앞서거니 뒤서거니
산 들 물 호수까지
가슴에 안고 사시던
우리들의 산이시다. 강줄기이시다.

아 흰 옷 선비

갓 두루마기 옷고름
대님은 매지 않으셨어도
하얀 모자 흰 옷차림 즐기시던
천만년 백의민족 그 모습
겨레의 얼이시다. 혼이시다.

아 나의
혼불이시여.

김년균

다시 빛으로

– 진을주 시인을 그리워하며

해질녘 불타는 노을을 잊지 못한다.
그것은 황홀의 절정이다.

그것은 어둠으로 사라지는
절망의 빛이 아니라
어둠을 삼키고 일어서는
희망의 빛이다.

그것은 슬픔을 안고 가는
주검의 길이 아니라
환희를 안고 오는 생명의 길이다.

2011년 2월 14일, 0시 1분,
정겹던 시인이 이승을 등지고
그 노을 속으로 홀연히 떠났다.
그러나 시인은 다시 희망의 빛으로,
생명의 빛으로 돌아왔으리.

그런데 그는 지금 어디 계실까.

세상 속 어느 길에 숨어들어
이리저리 살피다가
어렵고 힘든 곳에 앉아서
근심 걱정하고 계실까.

아니면, 높다란 산에 올라
아름다운 꽃나무의 꽃 속에 숨어들어
허공에 매달린 자들을 내려다보며
그윽한 향기로,
그들의 마음을 어루만지고 계실까.

아침을 여는 빛이 되어.
육신을 벗은 날개 되어.

김 현 숙

새의 노래는 푸르다

큰 새 한 마리 날개를 펴고
고창군 상하면 송림산에서
솔향기로 날아올라
"하늘이 내려놓은, 꿈을 퍼올리는 유리대접"
일산 호숫가에 깃들었다

멀리 오는 동안
그 길에 깔아놓은
대(竹)잎 푸른 바람
청아한 기운으로 풍진을 씻어
"삶이 시처럼, 시가 삶처럼"
혼불 지펴온 시인

그의 바깥은 고요의 뜰
그의 안은 일렁이는 물결
안팎의 빛부신 화음을 이루었으니
삶의 노래는 "유리대접"에서
"모공의 생기가 꽃냄새로 피어난다"*

혹 月波亭* 달빛 속을 거니실까

훤칠한 키 시선詩仙*
한 마리 학의 거침없는 운무雲舞
이 땅에, 우리들 가슴에 남긴
그의 노래 푸르다

*1,3연은 진을주 시 〈호수〉에서
*월파정은 일산호숫가의 정자
*4연 2행 추영수 시에서

이 희 선

노을, 아름다운 장례

허리가 구부정한 노인이 가물가물 꺼져가는 온 몸으로 걸음을 가누며 노을 이는 산 능선을 타고 느릿느릿 가고 있네.

억새구름집 한 채 지어서 흑염소들에게 서정시를 읊조리며 살던 그가 팔십 고개 일던 바람 모롱이마다 부려놓고 꽃구름만장萬丈 앞세워 구름 가듯 가고 있네. 허옇게 머리 푼 억새꽃무리 우~우 울면서 그 뒤를 따라가고…

그가 걸쳤던 이승 옷 한 벌만이 서녘 하늘 물들이며 붉게, 붉게 타오르고 있었네.

김 정 웅

훤칠한 키의 영국신사

슬기로운 머리와
자애로운 심상은
만인의 덕목을 가르칩니다

지성과 문학의 표본이 되며
착함과 정도를 내세워
한국문단의 이정표를 제시합니다

문화예술의 혼을 일으켜
문학21, 세기문학, 지구문학을 설립하여
수천의 문학도를 길러 왔으며
수백의 제자 문하생은 전국의 지도자로서
오직 문학창달에 이바지해 오고 있습니다

인자하고 키가 큰 선생님은
문학 세미나에서 언제나 좌장이 되고
연회석에서는 그 멋진 춤으로
좌중을 사로잡는 영국신사입니다

고창문화원에서는

선생님의 문학정신을 살려서
고향인 무장면에 〈사두봉신화〉 시비를 세우고
영원히 시의 혼을 기리고 있습니다

맑고 고운 오륜의 예를 다 하고
바르고 깊은 심성으로 살으신 선생님께
내세에도 그 시업 승화해 가길 빕니다

진 진 욱

어찌 눈물만으로 이 슬픔 잠재우리
- 紫回 진을주 先生님을 추모하며

임이시여!
비록 종교는 달랐지만 소인小人에게 있어서
생불生佛과 다름없었던 자회 선생님이시여!
무엇이 그렇게도 급하시어 토끼해(丁卯年)에
태어나신 몸
강산을 몇 차례나 뛰어 넘어 신묘년辛卯年 새해
대보름달 속에 들앉을 토끼도 못 만나보시고
삼라만상森羅萬象이 깊은 잠에 빠져든 새벽
수직상승垂直上昇하셨나이까

소인의 등잔 작품 중
〈별이 된 그리움〉을 그 작은 수첩에 깨알처럼
적어 다니시던 모습이 엊그제 같은데 어언 15년
그동안 정情만 가득 채워놓고 홀연히 떠나시다니
이렇게 눈물이 쏟아질 줄 알았다면
처음부터 그 정을 받아들이지 말았어야 했거늘

이젠 이 가슴 속에 또 하나의 〈별이 된 그리움〉이
탄생하여 밤마다, 밤마다 두 눈 시리도록 곱으로

별 밭을 뒤적여야 하나니
유난히 밝은 빛을 띤 별이 되시어 은하수 변방에
정착, 소인의 짐 하나 덜어 주시고
남아 있는 가족들과
모든 지인知人들의 슬픔을 거두게 하소서
그곳에 오래, 오래 머무시다가 주마등이 그립거든
언제든지 저희들 곁으로 다시 오소서
이 지상의 모든 문을 활짝 열어 놓으리니
수직으로 사뿐히 내려오시어
'나 진을주, 다시 왔도다' 하고 사자후를 토하소서.

강해근

자회 진을주 시인 영전에

자회 영전에 헌화하는 곡성
향불로 타오릅니다

떠나가는 자회 해일 속에
조객들의 헌화하는 등허리가
물이랑으로 흘러갑니다

조객들의 슬픈 물이랑이
하늘 높이 솟아 저승에서도
행복을 기원합니다

이 시대가 낳은 시성
어두운 이 세상
환히 밝히옵소서!

송 랑 해

침묵
– 고 진을주 시인님을 추모하며

당신의 세상 속에서
푸른 소나무 위에
터를 잡고 앉은 학같이
고고하게 삶의 멋을 창조하신
선비이셨습니다.

파도치는 망망대해
어둔 밤 바다를 항해하는
후학들에게
바다 같은 마음으로
문학의 길을 밝혀 주신
등대 같은 스승님이셨습니다.

이제 저 하늘에서
푸르디 푸른 하늘 가슴가슴마다
별이 되어 빛나소서, 영원히.

금 동 원

그리움이라는 이름으로

– 고 진을주 선생님을 추모하며

처음 뵙던 그 날도 짙고 깊은 가을날이었습니다.
반짝이는 눈빛과 목소리가
몸짓이며
웃음이며
그것이 시인의 향기이고
느낌이었다는 것을

왜 시를 쓰느냐
시인의 존재와 태도와 의미에 대해
참인간이 먼저 되어야 한다는
촌철살인의 한 마디,
시인들의 뿌리 깊은 나무가 되어
영원토록 우리들 곁에 함께 머물고 계십니다

호수공원에 가면 시인의 시가 떠오르고
컬컬한 세상 이야기에도 해맑게 웃으시던
늘 반갑던 만남들과
따뜻하고 포근했던 기억들도
이제는 마음 속 그리움과 감동으로

빛나는 시인의 아름다운 시로 추억하겠습니다

뜨겁게 꿈꾸셨던 청춘만큼
순수한 서정과 시혼의 꼿꼿함 그대로
시와 문학이 있는 곳이면 그곳에서도 빛나시기를
그리움이라는 이름으로
오랫동안 잊지 않겠습니다
시인의 나라에서 영원히 편안하소서

이종숙

추수 끝난 들녘에

선생님!
알곡들이 시가 되어 여문 때
'그믐달'이 떴습니다
선생님의 '사비약 사비약' 눈 소리 대신
지상에는 낙엽들이 사르릉 사르릉 쌓이고
빈 가지 끝에 매달린 붉은 무늬 잎새가
시월의 마음을 대신하고 있습니다

선생님의 〈슬픈 눈짓〉을 읽으며
자꾸만 올려다보게 되는 하늘은
선생님의 인자하신 모습만큼이나
깊고 넓기만 한데
지금쯤 고향의 사두봉 능선을 타고 내려오시어
일산 호수공원 어디쯤 거닐고 계신가요

추수 끝난 들녘
주옥 같은 시의 향기가
사방에서 은은히 퍼지고 있는 시간

향기로운

국화차 한 잔 올리고
선생님의 아름다운 시를 읊조리며
가을 밤길을 걸어봅니다.

이종일

스승

서녘에 걸친 햇님
금빛 노을을 깔고 앉은 웃음

조선 소나무에
해 저문 금빛 손짓이 자애롭다

鶴이 유유히 나는 길엔
새 아침의 바람이 분다

이명숙현

만나의 교훈 관계

빛의 광선이 과녁으로 꽂힙니다
놓칠 수 없는 맛나의 교훈 스파크
눈 빛 속에는 풍성한 씨앗이 가득하셨습니다
눈 밝으소서 푸르게 강건하소서 기도했지요
낚싯대가 놓쳐 버린 뛰는 심장*
얼러보다가 홀랑 날아가 버린 백자항아리**
밝은 마음 맑은 글 영원이 남기시고
고고하고 온화하신 미소는 어디서
찾으라고 아쉬움을 주십니까
시인 진을주 큰 별님
부디 하늘나라에서 편히 쉬소서

* 진을주 詩 〈그믐달〉에서
** 진을주 詩 〈만월〉에서

田思雲

故 진을주 선생님을 추모하며

선생님, 지금 어느 호수 공원에 계십니까
월파정에서 달빛을 안고 계십니까

황혼에 만나 짧은 시간 속에서 깊은 기쁨을 주셨지요
평생 詩心으로 살아오시면서
조약돌 같은 저의 詩 나그네를 평하신 일은
제가 살아가며 두고두고 명심하겠습니다!

깊은 山寺의 겨울밤입니다
소복이 쌓인 흰 눈 사이로 달빛은 부서져 내리고
눈밭에 반짝이는 별빛은 온통 선생님의 詩들로 살아나
메마른 가슴에
뜨거운 詩 향기로 감싸고 있습니다

구름같이 떠돌다
바람같이 헤매다
좋은 글 한 권 품안에 들면
다시 찾아뵙겠습니다

평안히 쉬십시오

임 병 전

단 한 번의 인연

이 세상에
수 많은 인연중에
단 한 번 만나고
영원한 이별은
너무도 슬프다

낯을 익히기도 전에
먼길 떠나신 선생님

선생님!
저는 잘 모릅니다
특별한 기억도 없습니다
단 한 번 뵈었습니다
그날이 처음이자 마지막 인연

하지만 그냥 스치는 인연은
아닌 것 같습니다
지구문학은 영원하니까요
단 한 번의 인연 헛되지 않게
가슴 깊이 간직하고
그리워하겠습니다.

정 용 채

붓통 둘러메고

붓통 하나 둘러메고
글 사냥 떠나십니까.
목덜미에 묵향기가 가득하니
발길마다 온통 詩句이겠습니다.
서재에서 못다 찾은 글귀
나들이 길에 찾으실 터이니
이제야 비로소
지상에 단어로 천상을 노래하고
그곳의 언어로
이곳을 읊으실 수 있겠습니다.

양동식

진을주 시인 영전에

세월의 작란인가
지등紙燈은 보이지 않고
지등 없는 월혼만 남아

철 모르는 돌돌이붓
지등 찾아 구만리 길
한밤을 부엉이는
저리도 우나 보다

살아온 지등의 불빛이
햇님보다 밝아서
꽃잎보다 고와서
한밤을 귀촉도는
저리도 우나 보다

極樂淨土하소서

호수공원을 거닐며 선생님을 그리워합니다

이영호

2004년 3월 어느 날이었다.

일산의 주엽 전철역에서 차를 기다리고 있는 진을주 선생과 조우했다. 진 선생님이 내가 사는 일산의 이웃 마을에서 살아 몇 번인가 만난 일은 있었지만 아침 이른 시간에 전철역에서 만난다는 것은 쉽지 않은 일이라 서로 반갑게 손을 맞잡으며 인사를 나눴다.

"오랜만입니다, 진 선생님!"

"출근하시는 건가 보네요. 문협 일 할 만해요?"

"글쎄요, 뭘 알기나 해야 할 만한지 어떤지 알지요. 아직은 수습사원인데요 뭐."

진을주 선생은 나보다 먼저 한국문인협회 상임이사를 지낸 선배다. 신세훈 이사장이 당선 후 첫 임기를 시작한 2001년에 상임이사를 맡아 전임 사무국의 업무 인계 비토 사태를 극복하고 사무국을 정상화시키기 위해 동분서주하며 무척 고생했던 분이다. 그런 고생 끝에 업무가 정상화되는 시점에 사임을 해서 이사장과 사이에 모종의 트러블이 있었던 게 아닌가 하는 추측들이 있었지만, 직접 들은 일은 없었다.

"후임자인 내게 참고가 될 말씀을 좀 해 주시지요."

경로석에 나란히 앉은 나는 정색을 하고 먼저 말을 꺼냈다.

"이 선생님은 연임에 성공해서 더는 욕심 부릴 일이 없게 된 이사장과 일하게 되어서 신경 쓸 일이 별로 없을 텐데요 뭐."

진 선생님은 내 청을 슬쩍 농조로 받아넘겼다.

"신 이사장의 업무 처리 스타일이 독선적이라고들 하던데, 그 때문에 마음 상하신 일이 적지 않으셨지요?"

나는 중도 하차에 무슨 곡절이 있을 것으로 기대하고 슬쩍 한 마디 했다. 그렇지만 진 선생은 빙그레 웃기만 했다. 출근 시간이라 금방 시끄럽고 복잡해진 전철 안이라 우리는 40여 분을 동석하고도 별로 기억할 만한 이야기를 나누지 못했다.

"이 선생님이 아무 실권도 역할도 없는 부이사장으로 진출하지 않고 상임이사를 맡게 된 것은 결과적으로 참 잘 된 일입니다. 앞으로 잘 하시리라 믿어요."

나보다 먼저 한 정거장 앞인 을지로 3가에서 내리기 전 내 손을 잡으며 진 선생이 하신 말씀이다. 나는 어정쩡한 웃음을 빼물며 손을 저었다. 그게 가장 기억나는 그 날의 말씀이었다.

진을주 선생과의 첫 만남은 40여 년이 다 된 1972년이었으니 반백년이 가깝다. 교원공제조합에서 간행하는 초등 교사 교재 해설지인 『새교실』 편집부에서 일하고 있던 나는 전 직원과 함께 그 잡지의 판권을 가졌던 대한교련이 판권 회수를 강행하는 바람에 광화문 교육회관으로 옮겨가야 했다. 회원의 회비와 초등학교 방학책, 교육연감 간행 등의 수익으로는 방대한 조직을 운영하는 것이 어려워진 대한교련이 탄탄한 수익사업체로 키워놓은 『새교실』을 공제조합으로부터 회수하려고 해서 밀고 당기는 분란이 일었지만 결국은 판권자에게로 넘어가야만 했고, 『새교실』에 근무하던 직원 모두가 잡지를 따라 근무 여건이 좋은 공제조합을 떠나 대한교련으로 옮기는 데 대해 불평과 불만이 팽배했다.

옮겨 간 첫해에는 사무실을 따로 쓰고 있어서 교련 직원들과는 교류가 거의 없었다. 그러다 사무국 직제가 개편되면서 『새교실』이 『새교육』지를 간행하고 있는 주간지 '새한신문사' 로 옮겨 한 사무실에서 근무하게 되었는데 그곳에 진을주 선생이 『새교육』지 편집장으로 일하고 있었다. 신문사 주간인 소설가 정구창 선생이 진 선생을 시인으로 소개해서 남다른 관심을 가졌지만 진 선생과 따로 대화를 나누거나 교분을 쌓을 수 있는 기회는 별로 많지 않았다. 신문사에 근무하는 직원 중 가장 연장자였던 진 선생은 나와도 아홉 살이나 나이 차이가 나는 분이어서 격의 없이 사적인 대화를 나눌 수 있는 사이가 아니기도 했지만, 가장 큰 이유는 좀처럼 직원들과 스스럼없이 어울리지 않는 과묵한 진 선생님의 성격 때문이 아니었던가 싶다.

그러다가 진을주 선생은 퇴사했다. 별다른 퇴사의 변도 없이 떠났는데 나중에 알고 보니 육영수 여사가 서대문 근처에 차린 노인들을 위한 복지재단에서 간행하는 잡지의 편집장으로 일하고 있었다. 같이 근무하고 있는 선배의 연락을 받고 사무실을 방문했던 나는 진 선생님과 다시 만나 선배와 함께 근처의 식당에서 모처럼 이런저런 이야기를 나누며 즐거운 식사 시간을 가졌다.

그 때야 비로소 나는 진 선생님이 내가 신춘문예 동화가 당선했던 1966년에 첫 시집 《가로수》를 출간해서 시단의 주목을 받았다는 사실도 처음으로 알았다.

"그러고 보니 진 선생님과 나는 문단 동기네요. 내가 경향신문 신춘문예에 동화가 당선한 것이 1966년이니까요."

"그건 아니지, 진 선생님은 이미 1963년에 현대문학에 〈부활절도 지나버린 날〉이라는 시를 발표하면서 시인으로 활동하기 시작하셨으니까 말야."

선배가 진 선생님 대신 당돌한 내 수작에 통을 주었다.

"그랬군요. 내가 현대문학지에 소설로 초회 추천 받은 것이 1967년이니까 번데기 앞에 주름잡다 코만 깨진 꼴이네요."

내 말에 모두 웃음을 터뜨렸다. 나중에 알고 보니 진 선생님은 고향에 사실 때인 1949년부터 전북일보 지면을 통해 작품 활동을 시작했던 대선배였지만 같은 사무실에 근무하면서도 그런 내색은 전혀 하지 않으셨던 것이다.

어쨌거나 진 선생님과의 인연으로 나는 진 선생님이 주관하는 그 잡지의 청탁을 받아 소외 받는 노인을 소재로 쓴 꽁트를 한 편 발표했고, 고질병인 허리 통증 때문에 편집실에 붙어 있는 교실 크기만한 한방 치료실에서 침을 맞곤 했다. 복지재단에서 질병에 시달리는 노인들에게 무료로 침과 뜸 시술을 해 주는 무료 병원을 운영하고 있었던 것이다.

그런 진 선생님을 마지막으로 뵙게 된 곳은 2011년 2월 일산 백병원의 중환자실에서였다. 하도 오래 뵙지 못해 식사라도 대접하려고 전화를 했더니 부인 김시원 선생이 전화를 대신 받고는 중환자실에 입원하고 계신다는 뜻밖의 소식을 알려주었다. 뵌 지가 꽤 여러 달이 되긴 했지만, 중환자실이라니!

나는 그새 너무 무심했던 자신을 자책하며 중환자실 환자와의 면회와 병문안이 허락되는 정오 시간에 맞춰 백병원으로 달려갔다. 김시원 선생과 따님, 며느님이 먼저 도착해 있었다. 중환자실 면회는 3인 이상은 들어갈 수 없다고 해서 나는 대기실에서 기다렸다가 먼저 나온 가족 한 분의 출입 카드로 들어가 잠시 문안을 드리기로 했다. 그러다 조급증이 나서 출입문을 지키는 직원에게 통사정을 해서 나도 뒤따라 중환자실로 들어갈 수 있었다.

산소마스크를 쓴 진 선생님은 환자용 침대에 누운 채 부인 김시원 선생의 손바닥에 뭔가를 쓰는 필담을 하고 계셨다. 목구멍 안으로 고무호스를 넣어 가래를 빼내야 하고, 산소 호흡기까지 사용하고 있어 대화를 할 수 없다는 것을 짐작할 수 있었다.

"이영호 선생이 오셨어요, 알아보시겠어요?"

부인이 내가 온 것을 큰소리로 알렸다. 그러자 내게로 눈을 맞추며 눈을 껌뻑껌뻑했다. 나는 곁으로 다가가 진 선생의 핏기 없는 깡마른 손을 잡았다.

"세상에! 이렇게 고생하시는 줄은 까맣게 몰랐네요. 죄송합니다, 진 선생님… 식사나 대접하려고 전화를 했더니 글쎄…"

나는 말을 잇지 못하고 잡은 손에 가만히 힘을 주었다. 진 선생님도 대답이나 하듯 잡힌 손에 힘을 주는 것 같았다. 나는 한참을 그러고 서 있었다. 얼마 후 진 선생님은 다시 부인의 손바닥에 뭔가를 쓰셨다. 김시원 선생에게 손바닥에 뭘 쓰셨는지를 물었더니 퇴원해서 집으로 가자고 조른다고 했다. 어쩌면 가족이 있는 집에서 조용히 임종을 맞이했으면 해서 그러는 것이 아닌가 싶어 왈칵 눈물이 쏟아지려고 했다. 산소마스크를 떼고 퇴원하는 것은 가족이 원한다고 되는 일이 아님을 알면서도 그런 요구를 하는 진 선생님의 심정을 생각하니 가슴이 미어지는 듯 아팠다.

그게 이승에서 마지막 본 진 선생님의 모습이었다. 그로부터 며칠 후인 2월 14일 미망인이 되신 김시원 선생으로부터 진 선생님이 이승을 하직하셨음을 알리는 전화를 받았다. 결국 그렇게 진 선생님은 이승을 떠난 것이다.

연령적인 차이에다 쉽게 터놓고 사람을 사귀지 못하는 성격 때문에 비록 각별한 정을 나누지는 못했지만, 직장과 문단에서 남다른 인연을 맺었던 진 선생님과 가까운 이웃에 살면서도 자주 찾아뵙지 못했던 것을 후회하면서 서둘러 영안실로 달려갔다. 웃음 띤 모습의 영정 앞에 향을 사르고 절을 하면서 이제 다시는 뵐 수 없다는 생각에 비통한 심정을 가눌 수 없었다.

발인하는 날, 나는 잡혀 있던 친구와의 약속을 뒤로 미루고 진 선생님을 모신 영구차에 동승했다. 고창의 양지 바른 선산에서 진 선생님이 부모님이 잠드신 아래쪽에 마련한 유택에 안장되는 마지막 모습을 지켜보며 터져 나오려는 눈물을 훔쳐야 했다.

진을주 선배님! 오늘도 저는 선배님이 자주 거닐며 그토록 빼어난 수십 편의 시를 남기신 아름다운 호수공원의 산책길을 걸으며 선생님을 그리워하고 있습니다. 선배님의 생전에 그 길을 단 한 번도 함께 걸으며 문학과 문단에 대한 속 깊은 정담을 나누지 못했던 것이 이토록 후회스럽고 애통할 수가 없습니다.

부디 무심했던 이 후배를 용서하시고, 극락왕생하소서!

엄기원

조문도 하지 못해 죄송천만입니다

아주 最近에 어느 모임에 갔
다가 陳乙洲 先生님이 仙界하셨다는 悲
報를 듣고 깜짝 놀랐습니다.
따뜻한 봄이 돌아오면 한 번 찾아 뵙겠
다고 생각했는데, 이렇게 우리 곁을 永遠히
떠나셨다니 슬픈 마음 가눌 길 없습니다.
늦게나마 先生님 靈前에 빕니다. 아동
문학 좁은 울타리 안에서만 生活하기 때
문에 그 바깥 세상을 잘 몰라 弔問도
하지 못해 罪悚천만입니다.

저는 늘 진을주 선생님을 친형님처럼
여기고 존경해 왔습니다. 수천 명의 詩人
들이 있지만 詩人다운 作品과 學者다운
자세가 이 시대를 代表할 마지막 선비였
습니다.

121-130 서울시 마포구 구수동 68-8 진영빌딩 403호   Tel. (02)714-9045   Fax. 714-9048

어린이 위하는 모임
한국아동문학연구회

先生님이 수많은 文人을 제끼놓고 저에게
안겨주신 受賞의 榮光을 平生 잊지 않고
있음을 告白합니다.

1927年生의 陳先生님은 80대 중반의
壽를 하셨지만 평소의 모습, 체격을 보아
서는 90을 훨씬 넘기시리라 믿었습니다.
무엇보다 위로의 말씀을 드려야 했지 못
드렸습니다.
늦게나마 微意의 弔慰를 올립니다.
너그러이 헤아려 주십시오.
훗날 事務室로 한번 訪問하겠습니다.
일교차가 심한 때 더욱 건강하시길 빕니다.
총총

2011년 2월 25일
嚴基元 드림

저승으로 부치는 편지

도창회

　진을주 선배님! 그간 안녕하세요? 이렇게 제(弟)가 편지를 쓰지만 이 편지가 전해질지 모르겠네요. 비록 답장은 못 받는다 해도 괜찮다고 나 혼잣말을 뇌까리며 나 혼자 선배님이 몹시도, 몹시도 보고 싶어 술술 이렇게 편지를 적고 있습니다.

　그쪽 세상으로 건너가시더니 어떻게 자리는 좀 잡으셨는지요? 그 동네도 여기처럼 시우詩友들 많이 있는지요? 이곳에 계실 때 오직 시인으로만 고집했길래 그래서 물어보는 겁니다. 그렇게 시창작 그 하나밖에 모르고 살지 않았습니까. 아마 그쪽에 가서도 시와 시우 말고는 상대하지 않을 것 같아서 물어봅니다. 그 동리에 시인들이 있기는 있는 건가요?

　이쪽 세상에 계실 때 친하게 만나던 시우들 안부가 궁금하시죠? 40년, 50여 년간 만나던 문예사조의 김창직 선생, 자유문학의 신세훈씨, 종로 2가 또 종로 3가 사무실에 2, 3일에 안 만나고 못 배기던 도창회도 잘 있습니다. 그리고 문예사조, 세기문학, 문학21, 지구문학지에 만나던 문인들도 다 잘 있습니다. 그리고 잊을 뻔했네요. 고창에 갔더니 서정태 시인을 만나뵙고 안부 전해달라고 하셨습니다. 89세의 나이로 몸이 불편하셔서 거동을 못하시고 자리보전하고 계십니다.

　진 선배님 가신 지 얼마 되지 않지만 왜 이리 뵙고 싶은지 모르겠습니다. 목구멍이 달아오르고 눈물이 납니다. 50여 년간 한국문협을 비롯하여 한국문단을 함께 밟으며 얻어먹을 것도 없으면서 저와 뜻을 같이하며 때로는 슬퍼하고, 때로는 좋아하고, 또 때로는 분개하고, 때로는 고독해 하지 않았습니까? 그 뿐입니까. 문협세미나를 갈 때 꼭 우리 두 사람이 붙어앉아 깔깔대고 무지갯빛 대화를 나누었지요. 생각사록 뵙고 싶어 미치겠고 눈물이 흐릅니다. 진 선배님과 보낸 세월이 너무나 길었길래 말자 하지 못하고 이렇게 울먹이고 있습니다. 호릿한 몸매에 그 가무잡잡한 밝은 얼굴이 오늘 따라 왜 이리 보고 싶은지 모르겠네요. 둘만이 만나서 나누던 찐하고, 정겹고 그리고 그 재치 넘치던 이야기들이 생각나 미치겠네요. 눈물 줄줄 흐릅니다.

사모님께서 추도사나 애도사를 쓰라고 하시지만 그러나 진 선배님께만은 그런 글을 쓸 수가 없네요. 떠났어도 저는 떠나보낸 적이 없고, 옆에 머물고 계신 것 같아 차마 그런 글을 쓸 수가 없습니다. 살아 계신 것으로 믿고 싶어서요.

다정多情도 병이라더니 그 막역하게 지내던 세월을 어찌 제가 잊을 수 있겠습니까? 몸이야 가셨지만 영혼마저 가셨겠나 싶어 차라리 이렇게 편지를 올립니다. 계신 곳의 주소도 모르면서.

우리 문단에 더럽고 치사한 인간들이 있을 때마다 말 못하고 두 사람이 함께 끙끙 앓던 일, 이제 누구를 만나 속앓이를 나눌까 생각하니 눈앞이 캄캄합니다.

진 선배님! 제가 무슨 말을 해도 "하무 하무" 하시며 맞장구를 쳐주시던 다정한 선배님이 아니셨습니까. 이젠 누구를 만나 만단설회를 나눌까 싶네요. 그 볼쌍 사나운 녀석들의 험담을 뜯을 수가 있을까요.

한생 시를 쓴답시고, 큰 기침 한 번 토해내지 못하고 살아온 선배님과 제가 아닙니까. 오늘 따라 왜 이리 글쟁이의 오지랖이 좁아보이는지 모르겠네요. 오늘 따라 왜 이리 인생이 초라해 보이는지 모르겠네요. 가시고 난 후 뚫어진 구멍이 왜 이리 커보이는지 모르겠네요.

선배님이나 저나 한생동안 글나부랭이나 쓰면서 그게 뭐 그리 좋다고 오로지 외길을 고집하며 살아왔는지 오늘 따라 어깨가 축 늘어집니다. 아마 그쪽 동리에 가서도 그 고집을 버릴 리가 없겠지요. 아마 제 말이 맞다고 "암만" 하시며 깔깔 웃으실 겁니다. 물고기가 물을 못 떠나는 이유이겠지요.

진 선배님! 선배님의 그 순정의 감성으로 엮은 서정시들을 읽노라면 마치 어린 아이처럼 저렇게 순수한 시인도 있을까 하고 감동을 받습니다. 무등산 수박 속같이 달콤한 감성이 어디에서 나오는지 저의 눈을 의심케 합니다. 그 하얀 가슴으로 한생을 살았으니 원도 한도 없을 겁니다. 누가 뭐라고 해도 진을주는 시업詩業 하나로 살은 사람이다 라고 말씀드리면 섭섭하시진 않겠지요. 저와 문연文緣으로 엮어진 사이길래 이런 말만 하고 있습니다.

그런데 가실 때 모습도 안 보여주고 그렇게 매정스레 떠나버렸습니까. 못내 섭섭합니다. 그래도 제가 보고 싶어 할 때는 꿈에라도 나타나 얼굴 좀 보여주세요. 옛정을 생각해서라도요.

진 선배님! 할 말이 오죽 많겠습니까만 한다 한들 이 편지가 주소 없이 부치는 글이라 받기나 할란가 모르겠네요. 답장은 없어도 괜찮습니다. 답장이 없어도 종종 소식 전할게요.

도창회 올림.

자회 진을주 시인

김송배
(시인 · 한국문인협회 부이사장)

어느 날 문학 전문지 『지구문학』사의 주간인 김시원 선생이 전화를 했다. '계간평' 집필을 부탁한다는 내용이었다. 내가 그런 시평을 쓸 만한 실력이 있느냐고 거절했다. 아니 부군이신 자회紫回 진을주陳乙洲 선생의 간곡한 부탁이라고 말했다.

내가 익히 진을주 원로 시인을 잘 알고 있었으나 그와 만나서 정감을 쌓은 것은 그가 한국문인협회 감사와 이사를 역임하고 상임이사(2001~2003) 재임시에 예총회관 문협 사무실에서 문학과 문단 이야기를 자주 나눌 수 있어서 더욱 가까워졌다. 그는 훤칠한 신사풍의 용모에 언제나 유행에 걸맞는 패션을 선호하는 멋쟁이 시인으로서 한국문단에서 공인하고 있었다. 또한 그는 다정다감해서 우리 후배 문인들에게 인기가 높았다.

> 내 눈물로는 채울 수 없는 텅 빈 항아리
> 놔 두소
> 돌팔매질 보고 빙그레 웃는 속마음
> 조금만 더 있다가 내가 찾아가 묻힐 항아리

그는 2007년 겨울호 『지구문학』에 이 작품 〈텅 빈 항아리〉를 발표했다. 우선 그 간결한 언어의 함축이 우리들의 공감을 확산시키고 있어서 다음과 같은 시평을 써서 다음 해 봄호에 게재했다.

이 작품은 전문에서 느낄 수 있는 '눈물' 과 '빈 항아리' 와의 상관성은 절묘한 서정의 심연으로 몰입하게 한다. 이처럼 '비어 있음' 에는 사물이거나 관념 모두에게서 우리는 '채움' 을 전제로 하고 있다. 그러나 '눈물로는 채울 수 없다' 는 존재의 성찰을 가미한 이미지의 적출은 '비어 있음' 에 대한 예비적인 진실의 창출을 모색한다는 점에서 시적 화자는 그냥 '놔 두소' 라는 단정적 어조로 시의 묘미를 증대시키는 효과를 읽을 수 있게 한다.

그리고 결론에서 '조금만 더 있다가 내가 찾아가 묻힐 항아리' 라는 어조는 시간성에서 아직 채울 단계가 아니지만 '조금만 더 있다가' 나의 영육靈肉이 동시에 스스로 찾아가서 채워질 것을 염원하고 있다. 이러한 시적 발원은 시인의 숙성된 가치관의 발현이다.

우리 현대시가 그러하듯이 항상 존재의 근원이나 그 의미를 관조하는 고차원의 정서와 사유思惟가 이렇게 짧은 행간에서 공감을 획득할 수 있다는 점은 우리 시인들이나 독자들이 공통적으로 깊이 새겨야 하며 이처럼 '비움' 의 언어로 시적 의미를 수용하는 데는 다양한 인생관이 포괄되어야 한다. 결국 인간의 생명성과 결부하여 형상화하는 경향으로 표출되는데 대체로 시인들은 성찰의 의미를 시의 원류로 설정하는 특징을 엿볼 수 있게 한다는 요지로 게재하였더니 진을주 시인은 대단한 만족감을 어떤 시상식장에서 만나 직접 전해 주었다.

진을주 시인은 1927년 전북 고창에서 태어나 전북대학교 국문학과를 졸업했다. 1949년에 이미 「전북일보」에 작품을 발표하고 문단활동을 해 오다가 1963년 『현대문학』에 김현승 선생 추천으로 등단하였다. 그는 『문예사조』 기획실장과 『문학21』 고문, 1998부터 『지구문학』 상임고문으로 사모님 김시원 선생과 함께 편집 및 제작업무를 담당해 왔다.

또한 그는 한국문인협회와 국제펜 한국본부, 그리고 한국시인협회, 세계시문학연구회, 한국현대시인협회, 국제문화예술협회 등에서 자문위원, 고문 등으로 한국문학의 발전과 문학인구의 저변 확대에 많은 기여를 하였다.

그리고 1966년 첫시집 《가로수》를 비롯해서 《슬픈 눈짓》《사두봉 신화》《그대의 분홍빛 손톱은》《부활절도 지나버린 날》《그믐달》《호수공원》 등 일곱 권을 상재하여 개인적인 문학업적을 빛내고 있으며 신작 1인집으로 《M1 조준》 등 네 권은 간간이 우리 문단의 화제가 되기도 했다.

이러한 공적이 인정되어 자유시인상(1987), 청록두문학상(1990), 한국문학상(1990), 세계시가야금관왕관상(2000), 예총예술문화상(2003), 한민족문학상(2005), 국제문화예술상(2006), 고창문학상(2008) 등 많은 문학상을 수상하였다.

그의 작품 경향은 대체로 인생과 자연에 대한 참신하고 투명한 인식을 보여준다는 평자들의 담론이다. 실제로 그의 작품들은 그의 정감어린 언어에서 조감할 수 있는데 그의 마지막 시집《호수공원》 '서序' 에서 '이처럼 어름답고 역사성이 깊은 일산 호수공원을 어찌 보고만 있을 수 있겠는가. 부득이 시를 써서 남기고 싶은 마음에 이 시집을 내게 된 동기이다' 라고 평소에 그가 좋아하고 사랑하던 자연(호수)에 대한 정감 넘치는 넉넉한 심성의 일단을 피력하고 있다.

진을주 시인의 작품들은 한결같이 함축적인 언어로 간명簡明하게 형상화하는 특징을 이해하게 되는데 그의 지론持論이 시는 언어가 간결해야 하고 이미지나 상징이 독자들과 친숙하게 접근할 수 있도록 낯설지 않아야 한다는 점을 강조하고 있으며 본인도 대체로 간결한 문체로 주제가 명징明澄한 작품을 선호하고 있다.

그는 작품 〈바이올린〉 전문에서 '만삭의 妖婦// 의문의 잉태// 청중 앞에 심판으로 나타날 비밀의 法典인가' 라고 단 3행(3연)으로 완성하고 있어서 사물 '바이올린' 에 대하여 탁월한 이미지의 투영으로 주제를 읽을 수 있게 한다.

이러한 담백하고 의미성이 깊은 작품을 많이 발표하면서 후진양성에도 남다른 열정으로 한 생을 문학과 더불어 살다가 2011년 2월 14일, 향년 84세를 일기로 영면하였다. 나는 문협 임원들과 함께 일산 어느 병원 영안실로 조문을 갔다. 여기에는 그의 장조카인 진동규 한국문인협회 부이사장도 빈소를 지키고 있었다.

그가 떠나간 지 1주년을 맞이하여 '제1회 진을주문학상' 을 제정하여 추영수 시인의 〈重生의 연습〉 외편을 수상작품으로 선정하고 시상식을 성대하게 거행하였으며 『지구문학』 봄호(통권57호)에는 그를 평소에 존경하고 생활했던 몇 분의 문인들이 '진을주 시인 추모특집' 을 게재하여 그를 추모했다.

이제 그가 사랑하면서 산책하던 경기도 일산 '호수공원' 도 말없이 일렁이고 있다. 그가 항상 여기에서 명상하고 시상에 잠겨서 건져 올린 작품들은 시집《호수공원》에 집약하고 있다. '길가에 쥐똥나무 울타리가 인정스럽게/ 봄이 오면 마음 흔드는 향수 내음// 초록빛 울타리 속에 점박이 같은 하얀 꽃송이가/ 사

랑을 눈뜨게 하는 곳(〈호수공원 가는 길〉 중에서)' 이곳이 바로 그의 노년의 시
적 발상지이다.

　시인 진을주 선생께서 2011년 2월 14일 0시1분에 유명을 달리하셨다. 선생께
서는 생전에 한국문인협회 상임이사를 지내셨으며 한국문단에 기여하신 바 그
공이 매우 크시다. 또 오래 전에는 『지구문학』을 창간하여 고문으로 계시면서
깊은 애정으로 후배 양성에 전념을 다하셨다. 이에 선생의 문학과 삶을 오래도
록 기리기 위해 시비를 건립하고자 한다. 뜻을 같이 하시는 분들께서 동참하여
주기를 간곡히 부탁드린다.
　이제 진을주 시인의 시비 건립행사가 진행 중이다. 『지구문학』을 중심으로
'진을주 시인 시비건립추진위원회' 명의로 성금을 모금하고 있어서 관심 있는
문인들이 모금운동에 동참하고 있다. 조속한 시일 내로 그의 시비가 완성되어
그의 업적을 영원히 기리게 될 것이다.

원앙새가 유영하듯이
─ 진을주 시인을 추억하며

김용옥

금강물과 서해 바닷물이 들며날며 섞이는 곳 금강하구언. 그곳에는 아름다운 철새 떼가 놀고 있다. 겨울 하늘에는 철새들이 점묘화법으로 군무를 그리기도 하고 바다에선 청둥오리, 가창오리랑 갈매기가 평화로이 놀고 있다. 그 강둑 가상에 삭아가는 갈대와 잡목이 어우러진 강가에 서면 원앙 한두 쌍이 고요히 떠 있다. 화려하고 고상한 원앙새 부부. 수컷은 관을 향그러이 쓰고 홍색 청색 고운 무늬의 관복을 차려입고 암컷은 수더분하고 음전한 갈옷을 입고 있다. 의젓하고 조신하고 조화로운 원앙이 설한풍에 잘게 일렁이는 강가에서 유영하고 있다. 다정한지고. 아름다운지고. 원앙 한 쌍을 바라보며 자회紫回 진을주 시인 내외분을 생각했다.

시인의 흔적은 여기저기에서 되살아난다. 그의 시가 돌아다니는 곳에서, 그와 인연 지었던 사람들의 대화 속에서, 그의 시비詩碑 속에서, 그를 사랑하고 존경한 사람들의 가슴 속에서. 시인의 육신은 다시 만날 수 없어도 시인의 정신과 마음인 시는 언제라도 우리 주위에서 맴돌고 있다.

자회紫回 진을주陳乙洲 시인. 만나 뵙기 전에 함자衛字부터 오래 익힌 시인.

1978년, 내가 전북의 문인들과 인연을 맺으면서부터 최진성, 최승범, 이기반 시인의 대화에서 얻어들은 이름이다. 시인보다 시를 먼저 만났다. 또 존경하는 진병주, 진동규 시인의 친족이며 전북언론의 대부이며 전북일보 사장을 역임하신 진기풍 어르신의 족친이다. 선생을 뵙기 전에 이미 화지畵紙 위에 큰 느티나무 한 그루로 본을 떠 놓은 셈이다. 그리고 1986년 쯤이던가. 김시원 선생의 서예초대전이 전북

예술회관에서 개최되었다. 당시 오죽잖은 시골문사에 지나지 않은 나는, 말석에서 선생 내외분을 뵈었다. 물론 김시원 선생의 수필도 간간이 읽은 후였다.

정읍 내장사의 관광호텔에서 한국문인협회 세미나를 개최할 때부터 만남이 김제 금산사 여행, 고창 선운사 행사에서도 만났으니 이상하게도 산사에서의 만남이 적잖다. 인연의 씨가 떨어지면 언젠가 싹이 트는 법이다. 인연의 동면을 지나고 봄빛이 비치기 시작하니 이따금 비가 내렸다. 진기풍 어르신의 부인 박수영 선생이 나의 손을 잡고 수필가가 되고, 김시원 선생의 동서인 김갑순 수필가가 친근한 연상의 문우文友로 내게 왔으니, 진을주 선생 내외분의 소식을 간간이 이슬비처럼 얻어듣게 된 것이다. 한 걸음씩 가까워지다 만남도 자연스레 이루어지곤 했다. 어려움이 조금 가신 거랄까.

이렇게 인생은 널따랗고 큼지막한 연극판에서 오가며 부딪거나 스쳐가는 인연의 끈으로 이어져 있다. 손 잡고 동행하는 이는 연분이겠고 잠시 스치며 만나 추억을 남기는 이는 우연이겠다. 게다가 문학이라는 특별무대에서 만난 인연은 우연 속 필연일 것이다. 한 나라의 문자로 동시대를 건너온 문학 속의 인연은 역사적이기까지 하다. 자회 선생은 이미 한국문학의 역사가 되고 시단의 말뚝이 되셨다.

진을주 시인께서는 연극판의 주인공이며 나는 조연 또는 행인 1, 2, 3이었다. 선생의 고향인 전북 고창군 무장읍에 선생의 시비를 세우는 자리에도 동석하고, 종합문예지 『지구문학』의 세미나에 참석하기도 했다. 또 한국문인협회의 세미나를 전주에서 개최할 때에는 협회의 어른으로 깍듯이 모시기도 했다.

사람을 사귀는 데에 장사꾼같이 민첩한 사람을 부러워하면서도 나는 낯선 이를 개 닭 보듯 데면데면하게 대하니 사람 사귀는 일이 돌에 글자 새기기처럼 무척 더디다. 그럭저럭 세월이 갈 동안 한 발자국씩 땀땀이 인연이 이어지자 사사롭고 편안한 자리인 노래방에 둘러앉은 적도 서너 번 있었다.

자회 선생 친족의 혼사가 전주에서 치러진 뒤풀이자리였다. 선생은 몇 곡의 노래를 진지하게 서정적으로 정직하게 불렀다. 우리는 짝짝짝 박수나 치면서 호응한 게 아니라 넋을 놓고 음미하듯이 한 그림을 연상했다. 어둔 밤길을 가는 발걸음 아래 초롱을 들어 비쳐주듯이 한 가락씩 낮게 선창하는 김시원 선생의 내조內助가 멋지게 그려내는 화음의 그림이었다. 김갑순 선생과 동시에 '원앙부부'라고 별명을 지었다. 어쩌다 노래방에 모여서 이야기를 할 때마다 새로이 발표된 젊은 노래를 부르시는 김시원 선생의 안내 없이는 자회 선생의 노래솜씨가 닦아질 수 없었음을 우리는 간파한 것이다. 그림자처럼 조용하게 그러나 추운 날의 이불처럼 포근하게, 남편의 아내노릇을 하시는 시원 선생을 우리는 자주 부러워했다. 시인으로서 존경 받고 남편으로서 공경 받은 자회 선생은 확실히 복 받은 주인공이었다. 무엇보다도 선생은 천생 시인이었다. 시인은 어떤 씨앗이든지 그 속에 미래의 싹이 있음을 발견하는 사람이다. 시인 자회 선생은 그 싹만이 아니라 때때로 바람에 흔들리는 나뭇잎까지 생각해내고 둥치 속에 품는 나이테까지 그려내는 시를 연상했다. 언제나 말이 없으나 선한 눈빛과 시가 향기로운 시인이었다.

시인의 영감은 젊고 막 무르익어 피운 꽃송이 같다 했던가. 1960년대 후반, 시인의 시詩 꽃은 이미 만발해서 자주 회자膾炙되었다. 한때 폭우 쏟아지듯이 시를 쏟으시더니 한때엔 잠시 세파에 뛰어드셨다. 그러나 어찌 시인이 시를 잊어버리고 살겠는가. 한국문인협회의 이사, 상임이사, 자문위원을 역임할 동안에 노익장을 증명하셨다. 1983년 보림출판사에서 《슬픈 눈짓》을 상재, 이후 《사두봉 신화》《그대의 분홍빛 손톱은》《부활절도 지나버린 날》《그믐달》, 2008년에 《호수공원》을 발간하기까지 시작詩作을 이었다.

특히 노년에 이르러 발간한 《호수공원》은 자회 선생의 시의 뼈요 혈맥이요 자안慈顔이다. 시마다 고요하고 그윽하다. 정갈하고 사려 깊다. 맑고 향기롭다. 시의 행간을 사색하는 아름다움과 한 폭의 그림을 연상케 하는 시편들이 가득하다. 마지막을 향해 가시는 걸음걸음을 조용히 정리하신 것 마냥 엄숙하게까지 느껴진다. 한 사람이 모든 것을 다 할 수는 없다. 할 수 있는 것에 진심과 정열을 쏟는 것이 인생을 잘 사는 것이다. 선생은 참 멋지게, 진중하게, 그의 시처럼 정갈하게 잘 사셨음을 느낀다. 선생이 잘하는 것으로 인생의 뼈를 세워 온 마음을 바쳐 종사하고 닦았으니 승리한 인생이다. 게다가 부인 김시원 선생의 내조는 아름다웠다. 참으로 아름다운 부창부수夫唱婦隨요 진실로 금강錦江의 원앙鴛鴦이다.

"아무도 모르리/ 자정子正이 넘으면 달빛이/ 원앙의 옷을 벗기고 있다는 것을."*
금강은 천년 만년 흐를 것이다. 원앙은 언제라도 그곳에서 유영할 것이다.

*마지막 시집 《호수공원》에 실린 첫 번째 시 〈월파정〉의 끝 구절을 패러디한 것임.

진을주 선생님을 추모하며

李花國

　여러 가지 이유로 내가 직접 접하지 못하다가 뒤늦게 소식을 듣는 중에 누가 결혼을 했다 하면 그렇게 반가울 수가 없다. 하지만 누가 세상을 떴다 하면 그 소식을 접하는 순간 그렇게 막막하고 죄스러울 수가 없다.

　누군가 이 세상에서 종적을 영원히 감춘 것인데 내가 몰랐다는 점에서도 그렇고, 고인에 대한 예우를 다하지 못했다는 점에서도 그렇다. 관혼상제는 우리나라에서는 가장 큰 일로 예전부터 중하게 여겨오고 있다. 그래서 웬만하면 주위에 널리 알리는 게 일반적이다. 하지만 때로는 측근 외에는 알리지 않고 조용히 넘어가기도 한다. 그래서였을까. 아니면 내가 자식이 외국에 사는 연고로 장기간 국내에 없어서 연락이 닿지 않았는지도 모른다.

　진을주 선생님께서 별세하셨다는 소식을 몇 개월 뒤 들었을 때 나는 참 놀랍고 잠시 막막한 기분에 젖었다. 다 아는 바와 같이 진을주 선생님은 시인이시며 한국문협 이사를 역임하셨다.

　또한 같은 문학 분야에 종사하시는 시인이며, 수필가이신 김시원 선생님의 인생 동반자로 함께 『지구문학』을 이끌어 오신 장본인이시기도 하다.

　그래서 선생님을 모르는 사람은 많지 않다. 인성이 착하시고 인격이 고매하시며 품위가 있으실 뿐더러 문학을 위하여 문예지를 발간하는 수고를 아끼지 않으셔서 늘 존경하는 마음으로 바라보았는데 돌아가셨다니…….

　더구나 진을주 선생님은 내가 사는 고양시에 사셔서 이곳에서 가끔 만나 커피

한 잔 나누면서 세상사 이야기 자유롭게 한담을 나누는 기회도 여러 번이라 진 선생님에 대한 내 기억은 남다르다.

그 가운데서도 가장 잊히지 않는 부분이 지금 이 글을 쓰면서 눈에 선하게 떠오른다.

어느 행사를 다녀오는 길에 노래방에 들른 적이 있다. 누구누구인지 기억이 잘 안 나지만 꽤 여러 명이었다고 생각된다. 노래가 진을주 선생님 차례에 이르자 마이크를 잡으셨다. 그리고 익숙하게 '차표 한 장'을 부르시는 것이었다. 가사는 대강 이렇다.

　　차표 한 장 손에 들고 떠나야 하네
　　정해진 시간표대로 떠나야 하네
　　너는 상행선 나는 하행선 열차에 몸을 실었다

나는 그때 선생님께서 노래를 잘 부르셔서도 놀랐지만 더 놀란 것은 '너는 상행선 나는 하행선'이라는 구절 때문이었다. 글 쓰는 이들 사이에 가끔 표절 문제가 일어나기도 하지만 내가 선생님의 노래를 듣기 전까지는 내 글에 어쩜 그리도 같은 구절 '너는 상행선 나는 하행선'이라는 말이 들어갔는지 참으로 놀랄 일이 아닐 수 없었다.

TV의 가요 프로를 듣지 않고, 노래방을 거의 다니지 않아 그런 가사를 들어본 일이 없기 때문일 것이다. 사람의 마음과 느낌은 엇비슷한 데가 많아서 같은 말을 쓰는 수가 있지만 언제나 표절 문제에서는 같은 말을 뒤에 쓴 사람이 문제된다고 한다.

그 뒤로 '너는 상행선 나는 하행선'이란 구절은 내 혓바닥 밑에서 살았다. 그러다가 어느 기회에 노래방에 가게되었을 때 나는 진을주 선생님께서 부르시던 노래를 자연스럽게 선곡하게 되었다. 그러나 그 노래는 쉽게 불려지지 않았다.

내가 음악에 소질이 없기 때문이었으며 한 번도 불러본 적이 없기 때문이었다. 그래서 또 한 번 진 선생님의 노래하시던 모습을 떠올리게 되는 계기가 되었다.

진 선생님께서는 다른 장소에서도 같은 노래를 부르신 것으로 보아 아마도 '차표 한 장'은 우리가 말하는 진 선생님의 십팔 번 곡이었지 싶다.

이렇게 해서 나는 진을주 선생님을 잊을 수 없는 지경에 있는 것이다. 그런데 돌아가셨다는 것이다. 그것도 거의 일 년여 바라보는 몇 달 전에… 나는 왜 그렇게도 까맣게 몰랐을까.

영전에 꽃 한 송이라도 바칠 수 있었다면… 하는 아쉬움이 계속 남는다. 이제 다 지난 일이니 어쩔 수 없다.

사람은 누구나 영생을 할 수 없어 한 번은 세상을 떠나게 마련이지만 그를 기억하는 사람이 있는 한까지 그는 살아있다고 나는 생각한다. 그리워하며 모습을 떠올리는 기억 속으로 세상 떠난 사람들은 돌아오는 것이다.

나는 그렇게 영원히 이 세상을 하직한 사람들을 내 속에 많이 모시고 산다. 당연히 우리 부모님도, 저 세상으로 떠난 내 남편도 내 속에서 살아 있다. 그래서 님은 갔어도 나는 님을 보내지 아니하였습니다란 시구가 유효하다.

진 선생님을 잊지 않습니다. 추억합니다.

One way 티켓 한 장 쥐고 떠나신 선생님 부디 영면하시옵소서.

진을주 선생님을 그리며

송세희

한겨울 땅 녹은 물이 나무의 푸른 잎 틔우던 2월 초, 갑작스레 선생님이 영면하셨다는 기별을 사모님이신 김시원 선생님으로부터 듣고, 한동안 머리가 멍해져 왔습니다.

마음 속으로 이제나 저제나 추운 날씨가 풀리면 선생님과 식사하고, 향 좋은 차 한 잔 하리라 벼르고 있던 차라 아쉬운 마음이 어찌나 허해져 오던지……. 지지난 초가을 종로3가 한일장에서 선생님 내외분 모시고 셋이서 점심식사 한 것이 마지막이었구나 싶으니 가슴이 먹먹해 왔습니다. 왜 좀 더 빨리 만남을 청하지 못했을까. 이제 와 이런저런 생각에 지난날들이 영화의 한 장면처럼 휙휙 지나갑니다.

15년 전, 제36회인가 '마케도니아 세계시인대회'에 참가한 적이 있었습니다. 조병화 신창호 진을주 신세훈 선생님 외 10여 명이 함께 했던 14박 15일간의 긴 유럽여행을 잊을 수가 없습니다. 지금은 고인이 되셨지만, 당시 불문학자이자 경희대학교 교수였던 방곤 선생님의 제자인 파리 소르본대학 유학생 두 명이 자동차를 가져와서, 독일 네덜란드 벨기에 룩셈부르크 불가리아를 함께 다녔던 추억이 새삼 그립습니다.

파리에서 여러 날 묵은 다음 마케도니아에서의 4박 5일 동안, 세계시인대회 하이라이트인 '오흘리' 호수 특설무대에서의 시낭송은 지금도 가슴을 설레게 합니다. 우리가 단상에서 시낭송을 하면, 마케도니아 대통령은 관객들 틈에 앉아서 열렬한 박수를 보내왔습니다. 시인을 대접해 줄줄 아는 나라라며 흥분했던 우리들은 마냥 기뻤습니다. 뿐만 아니라 대통령 별장으로 우리를 초대했을 때, 여류시인 6인의 한복 퍼레이드는 많은 박수를 받았었지요. 이어지는 저녁 만찬은 또 어떠했습니까. 그 날의 벅찼던 풍경들이 파노라마처럼 눈에 어른거립니다.

서울 종각 근처 견지동에 지구문학 사무실이 있던 시절, 우리는 가끔 점심시간이면 순창 굴비집에서 만났지요. 식사 후, 차 한 잔 마시는 시간이면 얼마나 뜨거운 시의 열정을 뿜어내 주시던지. 때로 시가 시들해지고 답답해서 선생님을 만나 뵈면, 시를 쓰지 않고는 안 될 만큼 아주 조용한 목소리로 큰 울림을 주시고 시심에 불을 지펴 주셨습니다. 그리고 가끔은 엉뚱한 유머로 여류시인들을 깔깔거리게도 하셨던 선생님은 진짜 시인이셨습니다. 시가 고파 징징거릴 때에도 선생님은 시인으로서의 처신, 몸짓 시를 쓰는 마음가짐 등을 깨우쳐 주셨던 참 고마운 선생님이셨습니다.

그 시절이 그립습니다.

한때, 한국문인협회 상임이사로 계실 때, 제가 사무국 차장으로 근무하면서 선생님을 모실 때도 항상 조용하고 아무리 급해도 서둠 없이 차분하시던 그 모습이 눈에 선합니다.

어느 해인가 지방 세미나에서였습니다. 행사 후, 저녁 뒷풀이 시간이었습니다. 강당에는 아직 저를 포함해서 대여섯 사람만 서성이고 있었습니다. 마침, 실내에는 탱고리듬이 경쾌하게 흐르고 있었습니다. 그 때, 선생님은 파트너와 함께 이끌리듯 즉흥적으로 무대에 올라 춤을 추셨습니다. 춤에 대해 문외한인 저는 그저 황홀하기만 하여 그 모습에 넋 놓고 바라만 보던 그때가 지금도 눈에 삼삼합니다. 문단에서 춤을 제일 잘 추신다는 소문이 헛이 아니었구나… 하고요.

제40회 해외심포지엄(남미)에서도 사진을 얼마나 많이 찍었던지 '연인처럼 친구처럼 온통 호접란과 찍은 사진뿐이더라' 며 며칠 전, 사모님 말씀으로 또 한 바탕 까르르 웃었습니다.

호접란은 저를 이르는 애칭입니다. 1999년 『지구문학』 봄호 계간평(이수화)에 저의 작품 호접란 시가 '7년 대한 중에 단비격이다' 로 찬사를 받은 적이 있었습니다. 그에 선생님께서 극찬을 받았으니 마땅히 "7년 동안 점심 사야지" 라는 말씀에 우리는 한바탕 크게 웃었습니다. 호접란은 그 때 붙여진 저의 애칭입니다.

선생님! 호접란이라 불러주셨던 선생님, 가시고 난 뒤에도 우리는 가끔 사모님과 점심 같이 합니다. 또 사모님 외롭지 않게 번개팅도 갖습니다. 앞으로도 계속 변함없이 그렇게 할 것입니다.

늘 웃으시던 선생님! 먼 곳에서 아니 어쩌면 제일 가까이서 우리들이 깔깔거리는 소리 들으시겠지요. 그리고 같이 웃으시겠지요.

이승 저승 다 한 곳이예. 편히 계십시오.

불광산에서 만난 진을주 선생님

신동명

　동트기 전, 새벽 찬 공기를 헤치며 불광산에 오를 때면 제일 먼저 풀무치와 박새가 적막을 깬다. 약수터로 향하는 좁다란 오솔길을 걷노라면 "비비비 비비약" 이름 모를 새소리와 나뭇가지들이 내 어깨를 툭툭 치며 반갑다고 인사를 한다.

　어머니 품처럼 항상 나를 따뜻하게 맞아주는 불광산! 깊은 사색에 잠기고 싶을 때나 번열의 늪에 빠져 허우적거릴 때도 불광산은 늘 나를 포근히 감싸준다.

　산 중턱에 오르다 보면, 어느새 아침 등산객들이 줄을 이어 따라 오른다. 돌아보고 서로 눈인사하면서 조금 더 올라가면, 중턱에 넓은 운동장에 이른다. 그 곳에서 맨손체조와 에어로빅으로 몸을 풀고 잠시 쉬었다가 계류溪流 따라 내려오면 너럭바위가 있다. 그 곳에서 60대 여인이 커피와 녹차, 둥글레차 외 여러 종류의 차를 판다. 그곳을 우리는 석石다방이라 하고 차를 마시면서 이야기꽃을 피운다.

　시와 수필을 이야기하고 때론 동서고금을 넘나드는 해학과 거침없는 방담放談은 삶의 활력소였다. 특히 이곳에서 진을주 선생님 내외분을 만나게 된 것은 내게 큰 행운이었다. 나는 두 분 덕택에 학창시절부터 꿈꿔왔던 문단에 등단하게 되었다. 무지에서 눈뜨기 시작했고 지혜를 터득하기 시작했으니, 꿈인 듯 생시인 듯 날개 돋친 나는 기쁨 가득 찬 나날을 보냈다. 그분들과의 인연으로 내 인생에 새로운 삶의 터가 열린 셈이다. 생각하면 얼마나 고마운 일이던가.

　등단하고 5년 후, 1996년 여름, 나는 처음으로 문인들과 함께 전남 고흥 아름다운 섬 거금도 소재원 세미나에 참가하였다. 거금도 소재원에 해변학교를 개설하고 문학 동산을 이루는 데 동참하게 된 것이다. 해변학교에서는 문학 세미나와 글짓기 백일장, 푸른 바다 살리기 등을 캐치프레이즈로 내걸어 문인들이 몸소 실천에 나섰었다.

한편 소재원의 문학 동산에는 적지 않은 시비詩碑가 서고, 다수의 나무 비碑가 서게 되었다. 이 나무 비碑란 한 나무를 징표로 시인의 이름을 새긴 돌을 곁들이는 것을 말한다.

첫날 행사를 마치고 저녁 식사 후, 때마침 음력 7월 보름달은 문인들의 마음을 설레게 했다. 달빛은 거금도 앞바다에 온통 은빛가루로 부서져 내렸다. 소재원 석축대에 앉아 달맞이를 하는 내 가슴에도 은빛이 스며들었다. 누구라 할 것 없이 호수 위에 떠 있는 밝은 달을 바라보며 오만가지의 감상에 젖어 들리라. 감탄 또 감탄을 연발하며 기뻐하는 문인들!

호수 위에 떠 있는 둥근달을 건지려고 두 손을 모아 덩실덩실 춤을 추시던 진을주 선생님!

잊을 수 없는 그 모습, 달과 함께 호수 속으로 이랑이랑 황홀한 침몰이 엊그제 같은데 어언 15년이 되었다.

원로시인 진을주 선생님은 장르를 막론하고 모든 문인들이 존경했다.

뿐만 아니라 선생님의 주옥 같은 시집 중에서 특히 《사두봉신화》는 으뜸으로 손꼽을 수 있다고 전해 들었다. 원형갑 평론가의 시 해설에 의하면 〈사두봉 신화〉는 이채롭고 의욕적인 구상이라 할 수 있을 만큼 귀신 이야기를 소재로 한 시편의 모음이며, 민간 속에 살아있는 61개의 귀신 이야기를 수집하여 그 하나하나를 시로써 형상화하여 현전시킨 시집이라고 하지 않았던가.

그러나 이제 선생님은 가셨다. 멀리멀리 가셨다. 다시는 돌아올 수 없는 곳으로 가셨다. 나는 생전에 선생님에 대한 고마운 마음을 안고 살면서, 그 은혜에 보답하고자 열심히 시를 쓰고 수필을 쓰지만 아직도 작품이 어설프고 부끄럽기 그지없다.

이제 선생님은 가셨지만 내 평생 그 은혜를 생각하면서 보답하는 마음으로 더욱 노력하여 멋진 시인이 될 것을 다짐해 본다.

차표 한 장 손에 들고

김수지

1996년 7월 30일, 전남 고흥군 거금도巨金島 소재원愫齋園에 해변학교를 개설하여 문학 동산을 이루고 세미나가 있었다. 주최 측에서 시인학교, 시낭송회에 이어 다양한 프로그램으로 모든 공식 일정을 성공리에 마쳤다. 저녁 식사 후에는 문우들의 향연이 있었다. 소재원 넓푸른 마당에 잔칫상이 크게 펼쳐졌다. 하늘에는 총총 별이 빛나고 보름달은 휘황輝煌하여 몽롱하게 가슴 속으로 스며들었다. 소재원 앞 바다 위에 일렁이는 물결 속으로 달기둥이 떴다. 달기둥은 출렁대는 물살에 쓸려 활이 된 듯 모래톱에 부딪치며 넘어지며 현絃을 긁어대더니 아름다운 선율을 자아냈다. 달빛 아래 펼쳐지는 선경仙境은 늪이 되어 모든 문인文人들이 함께 빠져들었다. 글벗에 취하고 시와 노래와 사랑에 취해 황홀한 달빛 아래 생령生靈을 불태우던 진을주 선생님! 파문波紋을 타고 톱 연주에 맞춰 '차표 한 장' 노래 가락으로 포문砲門을 열었다.

"차표 한 장 손에 들고 떠나야 하네! 예정된 시간표대로….."

바지 걷어 올리고 점벙 점벙 달기둥 밟으며 얼쑤! 덩더쿵! 흥에 겨워 선생님이 춤을 추셨다. 껑충거리며 노래하셨다. 한 마리 학이 되어 노익장 긴 팔 드리우고 더덩실 학춤을 추셨다. 어둠은 점점 짙어가고 달빛 더욱 교교皎皎했다. 한 사람 두 사람 벌집처럼 모여 들더니 달기둥에 뒤엉켜 어우르며 끌어안고 벌집 쑤신 군무 한바탕 장관을 이뤘다. 터줏대감 진돗개 한 쌍 달려 나와 덩달아 짖어댔다. "차표 한 장 손에 들고…" 선창先唱하는 선생님 장단에 홍조 띤 글벗들 행복 만끽

하고 달빛은 더욱 더 하얗게 부서졌다. 꿀벌들의 천국이 그곳에 터 잡은 황홀했던 그 날!

"예정된 시간표대로 떠나야 하네!" 예견豫見이라도 하심인가! 멈추지 않는 선생님의 노래 가락은 떠나는 기차에 몸을 싣고 허공 속으로 절규하며 하소하며 여울지어 퍼져 나갔다. 내 가슴 속 깊은 곳 타임캡슐에 한 폭의 명화로 묻어 간직한 그 여름밤은 비선대飛仙臺 절벽에서 망부석이 되었다.

16년 긴 세월이 꿈처럼 묻혀가는 지금도 그 날 선생님의 영상映像은 어제 인 듯 생생합니다.

"웃으라는 것이냐 울으라는 것이냐…" 선생님의 명시名詩 〈금강산〉에서 "운무를 벗는 속살의 간음"을 엿보며 울먹이셨던 그 예리하고 깊은 눈빛을 우리는 존경했습니다. "자정 넘어 달빛이 월파정月波亭 옷을 벗기는…" 그 엄청난 비밀을 짓궂게 캐내며 통쾌해하셨던 그 출렁이는 교기嬌氣도 우리는 사랑했습니다.

선생님은 정말 멋쟁이셨습니다. 훤칠해서 날렵한 키와 곱슬머리 서양 코 신사 같은 아리송한 왕잠자리 모습도 우리는 궁금했고 좋아했습니다. 두런두런 풀어내시던 정감어린 이야기를 더 이상 들을 수 없어 가슴이 저려옵니다. 우리에게 들려줄 더 많은 소중한 행운의 순간들을 천사의 투기로 우리는 도난당했습니다. 혼신渾身의 힘으로 시혼詩魂을 불태우시던 그 열정을 어디에서 만날 수 있겠습니까! 선생님은 고집스레 한 우물만 파시더니 마침내 노벨문학상에 버금가는 《사두봉 신화》로 우리 문단에 민족혼을 심어놓으셨습니다.

아! 이제 선생님은 떠나가시고 달기둥 말아 올린 멍든 그 자리에 "이별의 시간표대로 떠나야 했다!" 시며 흔드시던 선생님의 시린 손끝에 찬바람이 스칩니다. 눈 감고 귀 막고 모든 것 거두시고 그렇게 황망히 떠나셨습니다. 고천문告天文 하늘에 고하고 글 숲에 고하시더니 천국행 차표 한 장 꼭 쥐시고 그렇게 눈 감으셨습니다. 오늘도 아련한 그리움이 소재원 앞바다 그믐달 그림자 속으로 스러져 갑니다.

그러나 선생님은 가시지 않았습니다. 그냥 거기 우리 곁에 영원히 살아계십니다. 정말 뵙고 싶습니다. 사랑합니다. 진을주 선생님!

*소재원 : 전남 고흥군 거금도 이열형㤗齋선생 정원.
*비선대 : 소재원 절벽 해안에 소재.
*월파정 : 경기도 고양시 일산구 호수공원 수중 소재.

호수에 어리는 陳또배기 사랑

– 진을주 선생님을 추억하며

윤수아

인생을 살면서 수많은 인연들과 만나고 또 헤어지면서 인연의 실타래는 감기고 풀리기를 거듭한다. 그 인연의 종류도 다양해서 인연에 얽힌 이야기를 하라면 아마 평생을 두고 해도 못 다할 것이다.

나와 진을주陳乙州 선생님과의 인연은 내 인생의 또 다른 방향을 제시해 준 귀한 인연이었다. 1988년 광명시 주부백일장에서 입선한 나는 수필가로 모 월간잡지에 등단하여 문학소녀 적 감성을 조금씩 키워나가던 때였다.

나를 문단으로 이끌어 주신 김남웅 선생님을 따라 여기 저기 잡지사 행사에 참가하여 시낭송이나 노래를 부르며 조금씩 문단이란 걸 알아가던 무렵, 1998년 계간 『지구문학』이 창간되었고 영광스럽게도 편집장으로 지구문학사에 근무를 하게 되었다.

그 전에 문학행사에서 만났던 진을주 선생님은 너무 어려워서 먼 빛으로 뵙고 말씀조차 건네본 기억이 없었다. 중후한 외모에 시인 모자를 즐겨 쓰셨고 버버리코트를 길게 늘어뜨려 코디를 연출하는 멋쟁이 시인으로 내게 비쳐졌다.

그런 선생님 밑에서 내가 일을 하게 된 것은 가문의 영광이고 큰 행운이 아닐 수 없었다. 더구나 선생님은 문단의 큰 발자취를 남기신 분으로 문단의 큰 일이 있으면 모두 선생님을 거치지 않고 이루어지는 일이 없을 정도였다. 그만큼 모든 일을 행함에 있어 신뢰와 경륜을 바탕으로 후배들의 귀감이 되는 분이셨다.

지구문학사엔 선생님을 존경하는 문인들이 많이 드나들었다. 함께 식사를 하고 나면 으레 차를 마시러 분위기 좋은 찻집을 간다. 선생님은 식사보다 식사 후의 이런 분위기를 더 좋아하셨다. 찻집에서의 대화는 당연히 문학이야기였는데 선생님과 이야기를 나누면 뭔가 시상을 붙잡게 된다. 시를 쓸 수 있도록 떠올려 주시는 그 노련한 기술(?)은 선생님을 따르는 모든 후배들에게도 묵시적으로 전해지므로 선생님의 인기는 식을 줄 몰랐다.

선생님은 틈만 있으면 문학을 논하신다. 그때 선생님께서 해 주신 말씀들이 내 뇌리에 박혀 있어 지금도 나의 시작노트를 펼치면 선생님의 그 해맑은 모습이 떠오르고 선생님께서 가르쳐 주신 시작詩作 비결을 다시금 새기며 고개가 끄덕여진다. 고백하지만 나의 시적 자원은 8할이 진을주 선생님을 통해서 얻어졌다고 해도 지나친 표현이 아니다.

어찌 보면 선생님은 천생 시인으로서 철부지 소년같이 느껴질 때가 많았다. 문학잡지를 이끌어가려면 여러 가지 경제적인 측면에서 신경 쓸 일이 한두 가지가 아닐 텐데 조금도 걱정하는 기색이 없다. 그것은 모두 김시원 선생님의 몫이었다. 선생님은 그저 어디 좋은 곳으로 뜻있는 사람들과 문학여행을 가서 즐겁게 시를 논하고 그것을 테마로 테마특집을 기획하여 함께했던 회원들이 작품을 써 보내 주면 행복해 하시는, 그래서 철부지 소년 같다는 표현을 감히 사용했는데 선생님께 누가 되지 않을까 죄송스럽다.

선생님은 문단의 산 증인이셨다. 사무실에 앉아 나누는 이야기도 대부분 지나온 문단 이야기였다. 거기엔 문단야사(?)도 있어 문단이 뭔지 모르는 새내기 시인인 나로서는 신선한 충격이 아닐 수 없었다. 그때 들었던 문단의 야시시夜詩詩한 이야기는 어렸을 적 어머니께서 들려주시던 옛날이야기보다 더 달콤하고 흥미진진했다.

새내기 편집장에게 주어진 일은 별로 없었다. 그저 사무실에서 선생님들과 함께 있는 것만으로도 큰 영광이었다. 선생님 곁에서 몇 년간 일하는 동안 나도 덩달아 문단의 많은 일들을 함께하며 나름대로 지평을 넓혀 갔다. 차후 선생님과 나는 한국문인협회 사무국에 상임이사와 사무처 직원으로 함께 근무하는 영광을 얻기도 했다. 문인협회 사무국의 중책을 맡아 좌충우돌하던 나에게 선생님(상임이사)의 따뜻한 격려는 나의 문단생활에 큰 가르침을 주셨다.

선생님은 노래를 참 좋아하셨다. 특히 나의 노래를 좋아하셨다. 몇몇이 모이기만 하면 노래방을 자주 가곤 했는데, 선생님의 레퍼터리는 정해져 있었다. 노래를 좋아하는 만큼 잘 부르시진 못했지만 애창곡 몇 곡은 완벽하게 소화해 내셨다. 최근에 몸이 쇠약해지셨을 때도 노래방엔 꼭 참석하셨는데 주로 감상하는 쪽이셨다. 지금도 종로 그 노래방에서 소년의 미소를 지으며 나의 노래에 박수를 보내 주시던 모습이 생생하게 떠오른다.

진을주 선생님을 가장 가까이서 모신 나에겐 선생님과의 추억담이 무수히 많지만 가장 나를 문인답게 만들어주신 분이셨기에 나의 인생에 있어 또 하나의 큰 획을 그어 주신 분으로 추억하고 싶다.

돌이켜보면, 선생님께서 편찮으셨을 때 선생님을 찾아가 뵙고 일산 호수공원을 함께 거닐며 그렇게 좋아하시던 노래를 불러 드리지 못했음이 가장 큰 후회로 남는다.

호수를 사랑한 호수 같은 선생님, 호수처럼 맑고 깊은 시심詩心을 물결 위에 새기면서 철부지 소년처럼 기다리셨을 선생님의 陳또배기 사랑을 이제야 알 것 같다.

몸은 가셨지만 마음은 남아

김다원

선생님 황망한 소식을 이제야 책을 보고 알았습니다.

아들 집 문제로 대만에 갔다가 엊그제 와서 급한 일 보고 책을 열었습니다. 그렇지 않아도 불편하신 모습 뵙고 내려와 늘 염려가 되었습니다. 아주 죄송합니다. 전화에 선생님 번호 보고도 전화를 드릴 수 없었습니다. 아버지를 보내드리는 것 같은 마음, 말씀은 적으셨으나 깊은 성찰과 진실로 살아오신 인품에서 나오는 기품을 저는 깊이 존경했습니다. 자주 뵙지 못해도 늘 배려해 주신 선생님 내외분의 사랑을 진심으로 감사드립니다.

몸은 조금 추스르셨지요. 서로 깊이 사랑하시고 서로 배려하시던 사이인지라 시간이 갈수록 더 애상하시리라 믿습니다. 그러나 문단을 위해 또 선생님 가족을 위해 다시 마음을 굳게 가지셔야 합니다. 진 선생님 몸은 가셨지만 문학에 대한 열정과 사랑, 그리고 후배들의 길을 열어주시고 이끌어 주신 모든 일은 마음 마음 속에 살아 문학 속에서나 일상의 삶에서 중심에 있을 것입니다. 《사두봉신화》와 《호수공원》을 읽으면서 시의 정수를 보았고 세월을 보내면서도 정신은 그리 깨끗하고 맑을 수 있구나 하는 것을 처음 느끼게 해 주신 분이셨습니다. 그리고 나도 따라갈 수 있었으면 좋겠다 좋겠다 하며 건강하시길 빌었습니다.

선생님 건강하셔야 합니다. 서울엔 늘 선생님이 계셔서 마음이 푸근하고 종로 3가가 친근합니다. 서울 갈 일을 만들어 뵙도록 하겠습니다.

안녕히 계십시오.

고고한 모습 그리며

유금준

올봄 어느 날 김시원 선생님의 전화, 원고 청탁 말씀이시었습니다.

나는 그때 큰 수술 후 아직 숨이 차고 외출을 못하는 환자이었습니다.

반가운 마음으로 의례적인 인사로 "진 선생님도 안녕하시죠?" 하였다.

한참 아무 말씀이 없으시더니,

"돌아가셨습니다."

나즈막한 음성 내 귀를 의심하고

"네에…… 언제요?"

"1개월 전" 이라고 하신다.

이런 대답이 나오시리라 꿈에도 생각지 않았다. 나는 먹먹하니 잠시 말을 잊었습니다.

지난번 지구문학상 시상 때에 못 뵈어 "안부를 여쭈니 편찮으시다"고 하였으나 그렇게 가실 줄은 몰랐습니다.

내가 큰 병으로 병원 출입이 잦아 그만…….

진을주 선생님과 김시원 선생님 계신 사무실엔 언제나 따뜻한 분위기의 봄날을 연상하며 부부애가 느껴졌고, 진을주 선생님은 항상 성직자 같은 느낌을 주셨습니다. 격 있는 인품에서 풍기는 분위기 아닌가? 생각합니다. 언제나 방문 문인이 끊이지 않는 사무실, 방문 문인들에게 접대도 후하셨습니다.

김시원 선생님 결혼 전 직장에 다닐 때에 사진을 책에서 보았는데, 지금도 우아하고 고우시지만 너무나 아름답고 고상한 모습을 보고 천사 같다는 생각을 하며 조화로운 두 분을 나는 존경해 왔습니다. 문단에서의 큰 별이신 두 분이, 부족한 저를 문단으로 손잡아 주셨는데, 그리고 내가 (사)한국편지가족을 이끌고 행사할 때 바쁜 시간을 내어 자리를 빛내 주시고, 따뜻한 격려말씀으로 용기를 북돋워 주시며, 매번 행사에 큰 관심으로 보살피시고 아끼어 주시는 물심양면의 따뜻한 배려에 보답도 못하고 죄송한 마음 큽니다.

진 선생님, 두 분이 하시던 사업 사모님 혼자 어찌하시라고 홀쩍 떠나셨습니까? 아름답고 여린 부인 두시고 가시면 어이 합니까?

참으로 애석합니다. 혼자 사업하시기에 힘든 나날이실 텐데 가뵙지도 못했습니다. 송구한 마음 죄인 같습니다. 저의 건강이 호전되면 찾아뵈오려 합니다.

詩史의 큰 별, 진을주 선생님!

이오순

해넘이 / 진을주

– 1999년 12. 31. 17시 30분 17초, 변산반도 격포채석강에서 –

언젠가는 나를 울려버릴 것만 같은 불덩이 순정이었습니다

간이라도 빼주고 싶은 사랑

순금쟁반에다 수천만 번을 바쳐도 까딱 않는 눈짓

아래로 아래로만 깔았습니다

눈 소리 몰려오려 바람처럼 울어 에는 내 슬픔에

인정사정 없는 침묵의 칼날

뜨거울 때는 언제고
가슴 뛰는 어둠 이불 속에서

벌써 소리 없이 빠져 나가는 몸짓입니다

물든 창호지 떨림으로 구멍 난 내 가슴

연으로 띄워

눈썹만 하게

내 바다울음으로 꺽꺽 삼키며

연줄 실낱 붙잡고
끊어질까 끊어질까

〈새만금〉 울음 속 개펄처럼 엎으려져 흐느낍니다.

陳乙洲 선생님!

올 겨울은 유독 눈도 많이 내리고 춥습니다. 선생님이 계신 세상은 따뜻하신지요. 어디에 계시든 선생님의 그 온화함이 주위를 데우고도 남을 것입니다.

선생님이 너무 어려워 생전에는 감히 옆에도 못 갔습니다. 소리 내서 인사도 바로 못하고, 머리만 깊이 숙이곤 했습니다.

선생님과 작별인사를 드리러 가던 길. 일산은 어쩐지 멀고 발걸음도 무거웠습니다. 아닙니다, 차라리 더 멀었으면 가는 동안 내내 선생님 생각을 많이 했을 것입니다.

그날은 특별한 날에만 찾아 입던 흰 저고리에 검정 치마를 입고 갔습니다. 마음 속으로 그렇게 예를 갖추고 싶었습니다. 아니, 선생님께는 충분히 그래야 된다고 생각했습니다.

저는 그동안 표현하지 못했던 마음을 그날에야 연서로 적어 올렸지요. 세상에서 영정사진 앞에 편지를 올리는 바보는 아마 없을 것입니다. 그리고 늘 병약해 보이시던 선생님 생각에 홍삼차 한 잔을 담아 가슴에 안고 갔지요. 한 번도 커피 한 잔, 대접하지 못한 송구스러움에 따뜻한 차 한 잔을 올리고 싶었습니다. 부처님 전에 다(茶) 공양을 올리는 마음으로요. 그리고 제 온몸으로 작별 인사를 올렸습니다.

그 날, 평소처럼 조용하신 김시원 선생님이 살그머니 제 옆에 오셨습니다. 어떻게 위로의 말씀을 드리지 못하고, 그만 제가 먼저 울고 말았습니다.

"진을주 선생님을 정말로 존경하고 좋아했는데… 한 번도 말을 못했어요. 마주 앉아 차 한 잔 마시기도 어려워서 늘 멀리서만 있었어요."

    김시원 선생님은 오히려 내 손을 잡아 다독여 주셨습니다.

    "살아 계실 때 말을 하지, 그러면 참 좋아하셨을 텐데, 그리고 홍삼차 좋아하셔, 아마 다 아실 거야."

    누가 누구를 위로해야 할지, 그렇게 순서가 빗나가고 말았습니다.

    어느 날입니다. 詩감상에 대한 책을 보다가 저는 깜짝 놀랐습니다. 홍윤기 교수가 해설하여 한림출판사에서 펴낸 《한국현대詩 이해와 감상》에 바로 선생님이 계셨습니다. 선생님의 詩 〈아침〉에서 "눈부신 아침 햇살을 이웃/ 이웃으로, 금관金冠을 얹는 제왕의/ 첫발"로 상징하셨습니다.

    또 〈행주산성 갈대꽃〉에서는 "역사의 현장에서 민족이 걸어온 유구한 발자국 소리를 듣는다. 그곳에 돋아난 풀잎 하나, 들꽃 하나에도 민족의 거센 숨소리를 듣는다"고 했습니다. 시 감상 옆에는 선생님의 중년 때 모습이 흑백사진으로 실려 있었지요.

    그 순간이야말로 혼자만 느끼는 조용한 충격이었습니다. 전에는 멀게만 생각했던 선생님이 얼마나 반갑고 친근히 다가왔는지 모릅니다. 한 편으로는 제가 시세계를 너무 몰랐다는 후회도 했습니다. 무심히도 선생님이 우리 곁에서 떠나신 뒤에야, 당신께서는 시사詩史의 큰 별이었음을 깊이 알았습니다.

    陳乙洲 선생님!

    벌써 두 번째 맞이한 '진을주문학상' 시상식입니다. 저는 당신께서 남기신 〈해넘이〉를 축시로 낭송하려고 합니다.

    1999년 12월 31일 17시 30분 17초, 변산반도 격포채석강에서 지는 노을을 바라보며 울음을 삼켰던 노신사를 생각하니, 시를 외우다 그만 눈물이 났습니다. 그 뜨겁고 멋진 시인의 마음을 제 목소리에 실어 보렵니다.

    선생님이 계실 때 낭송하지 못했던 한 편의 詩와, 함께 나누지 못했던 한 잔의 차와, 곁에 계실 때 못한 이야기 대신 적어올린 편지의 의미를 아실는지요. 늦었지만, 저에게는 오래도록 간직하고 싶은 특별한 용기로 기억될 것입니다.

    선생님, 꼭 시상식에 오셔서 옛날처럼, 그 자리에 함께 해 주시리라 믿습니다. 지금도 시를 쓰고 계실 선생님, 평안히 영면하소서.

                                        2013년 2월 11일

                                            이오순 합장

달나라로 가신 진을주 선생님

주진호

　차분하게 내리는 눈송이가 한 해 동안 몰골사납고 부끄러웠던 우리 주변의 모든 일들을 덮어 숨겨 주려는 듯 제법 쌓이고 그 위로 어둠마저 내려덮는다. 그리곤 고요의 침묵이 흐른다.

　구약 성경 창세기(1장 1절~3절)에 보면 "태초에 하나님이 천지를 창조하시니라 땅이 혼돈하고 공허하며 암흑이 깊음 위에 있고 하나님의 신神은 수면에 운행하시니라 빛이 있으라 하시매 빛이 있었고" 하신 창조의 말씀과 같이 어둠은 여명黎明을 위한 신의 섭리가 아닐까 생각한다. 이 땅 위에도 며칠 후면 토끼의 해 신묘년辛卯年으로 상징하던 2011년도 시간의 흐름에서 밀려나 역사의 한 모퉁이에 남아 우리의 모습을 비추어 보기도 할 것이다. 그리고 한편 조화 무쌍한 12지支에서 유일하게 상상의 동물인 용龍의 해인 2012년을 맞이하게 되면서 저마다 지난해의 아쉬움과 새로운 다짐도 하고 혹은 참회의 눈물로 새해의 아침을 맞이하는 사람도 있을 것이다. 이와 같이 무상한 세월의 흐름 속에서 사람마다 느끼는 감정은 다르며 나 역시 망구望九의 항렬에 접어들어서인지 더욱 인생에 대한 가치 혹은 사후 내세에 대한 막연한 기대나 의문 등이 겹겹이 쌓이면서 셈할 수 없는 훗날의 삶의 마지막 모습과 참된 가치를 온전히 깨우치며 시공을 초월하는 자유로움을 누릴 수 있을까 하는 부질없는 공상에 잠겨 보기도 한다.

　하기야 이런저런 생각도 나의 숨결이 멈출 땐 이미 이 세상에 존재하지 않기에 별다른 의미야 있으랴만은……. 그러나 한 해를 보내게 되면서 영 무거운 마음과 애석

한 심정을 털어 버릴 수 없는 사실은 신묘년 토끼의 해에 달 속 계수나무 아래 있던 토끼가 땅에 내려와 그 많은 시인 중에 하필이면 근엄하시고 자상함을 잃지 않으면서 창의성은 물론 진취적인 성품에 조용함을 두루 갖춘 선비의 고매한 품격의 매우 보기 드문 우리 문단의 거목이신 진을주 선생님을 남몰래 모시고 갔을까 하는 의문을 갖는데 아마도 그 분의 웅심한 시혼과 학鶴과 같은 고고하고 멋스러운 품위의 매혹에 참을 수 없는 마음 속 충동에서 토끼가 땅 위에까지 내려오는 모험을 하면서 선생님을 납치해서 둥근 달나라 계수나무 아래 조용한 정자로 모시고 간 것 아닐까 생각을 해 본다.

하지만 선생님은 생전에 시집《그믐달》서문에서 "과학이 달에 갔을 때는 그에 앞서 詩가 먼저 달에 다녀온 것이라고 말을 했으나 이번엔 타이탄에 과학이 먼저 다녀온 것은 詩가 편안하게 마음 늦추고 있을 때 다녀오게 된 것으로 보아도 좋은 비유가 될 것이다. 이 말은 다름 아니오라 예전엔 과학보다도 詩가 깊은 늪에 빠져들고 있지나 않은가 하는 자성의 말을 하고 싶은 것이다. …(중략)… 과학은 이처럼 자고 나면 앞서 가 있고 하는데 詩도 이제는 잠에서 깨어나 달나라를 다녀오듯이 과학보다 앞서 가는 미래의 예언자가 되었으면 하는 소망의 충정에서다. 이번에 시집에 담은 詩 중에서도 유독 달에 대한 몇 편의 詩가 있는 것은 '새로운 몸부림의 흔적으로 보고 싶다'"고 자성의 말도 아끼지 아니하셨다.

나는 詩에 대한 깊이를 잘 모르기 때문에 감히 무엇이라 말할 수는 없지만 다만 선생님께서 침체된 듯한 시단의 새로운 도약을 위해 노심초사하시다가 홀연히 토끼 따라 달나라 계수나무 아래에서 잠시 쉬고자 가신 게 아닌가 하는 엉뚱한 생각도 해 본다.

선생님 편히 쉬십시오. 가끔 선생님이 보고 싶을 땐 둥근달 안에 계시는 희미한 모습에서나마 선생님을 떠올려 보게 되겠지요. 명복을 빕니다. 한편 이 땅에 오셔서 진을주 선생님과 함께 험난하고 요철이 심한 문림文林의 길을 산책하시면서 후학들에게 길을 알려주시고 이끌어 주시던 김시원 선생님께 위로의 말씀을 드리며 실우失偶의 아픔을 억누르고 홀로 다시금 묵묵히 그 길을 가시는 선생님께 마음 속 깊이 존경과 힘찬 박수를 보내 드립니다. 지구문학의 앞날에 무한한 발전과 영광, 그리고 선생님의 건승을 빌면서 깊은 위로의 말씀을 드립니다. 인간이 셈하는 시제時制 상으로 볼 때 선생님이 달나라로 가신 지 벌써 1주기가 다가오네요. 부디 신의 축복 속에 영원한 안식을 누리시기를 손모아 기원합니다.

진을주 詩仙님께 올리는 글

신인호

　낙엽 속에 녹아 있는 가을 길을 걸으니 詩를 사랑하신 선생님의 모습이 떠오릅니다. 빨간 넥타이에 캡을 쓰시고 단아하고 깔끔하시며 멋스러운 모습에서 풍기는 詩의 향기가 지금도 가슴에 젖어옵니다.

　7년전 선생님을 처음 뵐 때 연세가 있으신데도 어찌 그리도 순수한 어린 아이처럼 심성이 티 없이 맑고 고우시며 학처럼 고고孤高하시면서도 인자하신 인품에 존경심이 저절로 우러나왔습니다. 인생은 어느 누구나 이 땅에 왔다가 본향을 찾아 떠나야 하는 하늘의 이치를 바꿀 수만 있다면 얼마나 좋겠어요. 내가 더 머물고 싶다고 머물러지는 것도 아니고 누가 붙든다고 안 가지는 것도 아니니 제아무리 고관대작 칼을 든 용맹스런 무사라 할지라도 막을 길 없이 남녀노소 막론하고 하나님이 부르시는 데는 일언의 항변도 없이 순수히 가야 하는 것이 인생길임이 안타깝습니다.

　존경하는 스승, 사랑하는 사람, 친지할 것 없이 가서는 안 된다고 애원하고 붙들고 매달려도 칼같이 끊고 냉정하게 떠나야 하는 그 길 한 번쯤이라도 뒤돌아 볼 수 없는 그 길을 선생님은 모든 일 다 놓아두고 가셨습니다.

　이 어찌 선생님만의 일이겠습니까. 한국 문학의 손실이며 선생님을 잃은 지구 문학 가족들의 애탄 절규를 들으시는지요.

　오래 남으셔서 후학들을 가르치시고 한국 문학을 빛내서야 하는데 아쉬운 마음 금할 길 없습니다. 참으로 누구나가 때가 되면 떠나야 하는 그 길에 어떠한 발자취를 남기고 가느냐 하는 것이 관심사인데 선생님께선 80평생을 한결같이 배고프고 어려운 문학의 인생을 한 번도 바꾼 일 없이 꿋꿋하게 걸어 오셨습니다.

비 오는 날 창공을 더 높이 날으는 독수리처럼 어려운 날들을 인내로 도전하시며 문학의 꽃을 피우시고 후학들에게 꿈과 희망을 심어주시고 빛이 되신 값 있고 아름다운 삶을 사셨습니다.

저는 선생님께 공부를 하면서도 시를 잘 쓸 줄 모르는 저를 항상 칭찬해 주시고 격려해 주시던 모습 잊을 수가 없습니다. 유머 감각도 남다르셔서 항상 편안하고 즐거운 마음이었습니다. 더욱이 선생님의 메타포가 흐르는 순수시를 읽다 다른 사람의 서정시를 읽으면 뭔가 맛을 잃은 듯한 허전한 느낌이었습니다. 그토록 선생님의 詩는 저에게 감동을 주고 시의 경지에 이르신 선생님이야말로 詩仙님이십니다.

언젠가 어느 분이 카드를 전해 왔는데 선생님을 詩仙님이라고 호칭한 데 대하여 그리도 흡족해 하셨습니다. 어찌 좁은 입술로 선생님을 다 표현하겠습니까.

선생님을 안타깝게 보내 드린 후 그곳 하나님께 부탁하여 딱 한 번만이라도 이곳에 다녀가셨으면 얼마나 좋을까 황당한 생각을 해 볼 때도 있습니다. 떠나신 후 인생에 무상함을 느낍니다. 성서에도 인생무상을 다양하게 표현했습니다. 인생은 잠깐 자는 것 같으며 아침에 돋는 풀과 같다고……

풀은 봄이면 아름다운 꽃을 피우고 여름에는 푸르고 싱싱하나 가을에는 말라 시들어 버립니다. 인생의 영광도 풀의 꽃과 같이 시들어 버리며 백년을 산다 해도 눈 깜짝할 사이인 것 같습니다.

또한 나그네와 같다고 했으니 나그네는 언제나 외롭고 쓸쓸하고 고통스럽지요. 그러나 나그네 세월은 영원한 것이 아니기에 언젠가 끝날 때가 있으며 만일 외롭고 고통에 찬 세월이 영원한 것이라고 한다면 누가 견디어 내겠습니까. 즐거워도 괴로워도 잠깐인 나그네 인생이라는 것입니다.

안개와 같다고 했으니 아침 안개가 피어오를 때는 온 세상이 자욱하고 다 덮는 듯하나 햇빛이 비치고 바람이 불면 있었던 자리마저 언제 사라지고 맙니다. 그것이 인생이라고 하니 무상하지요.

그림자 같은 인생이라고도 했습니다. 세상에 있는 날이 그림자 같아서 머무름이 없고 그림자는 아침에 태양이 떠오르면 하루 종일 같이 있다가 저녁이면 사라지는 허무한 것으로 비유했습니다.

또한 베틀의 북과 같이 잠깐 지나가는 것이 인생길이라고 표현을 했습니다.

선생님께선 이 짧은 인생길에서 문인협회 이사로부터 각 문학회 감사, 상임이사, 고문 등 지구문학 창설 편집 제작 상임고문 등 하많은 일을 하시고 헤아릴 수 없이 많은 작품과 시집을 출간하셨습니다.

좌우명으로 "기회는 나는 새와도 같다. 날으기 전에 잡아라."

가훈으로 "정직 성실 화목"을 실천하시며 값있게 걸어 오셨으니 문학을 하는 저희들에게 값진 교훈을 주고 가셨습니다.

그동안 저희는 강화도로 문학 기행도 다녀오고 시화전도 열었습니다.

시화전은 모두가 정성을 모아 다양한 작품으로 조촐하면서도 아름다운 시간 속에 관람객도 많았습니다.

이틀 전엔 김시원 선생님을 모시고 홍재숙 선생님과 함께 못처럼 남산에 올랐습니다. 하늘이 너무도 푸르고 서울시도 너무 아름다웠습니다.

선생님이 계시지 않는 남산은 쓸쓸했지만 스치는 가을바람이 상쾌하여 오손도손 정담을 나누며 지구문학의 앞날도 생각해 보았습니다.

앞으로 더욱 선생님의 뜻을 받들어 발행인 김시원 선생님을 모시고 진동규 대표님, 양창국 회장님, 자문위원이신 김정오 교수님, 함홍근 선생님, 윤명철 교수님 등 모든 지구문학 가족들이 힘을 모아 지구문학을 세계의 빛나는 문학으로 만들어 갈 것입니다.

뒷 일을 걱정하지 마시고 힘든 세상을 걷기에 고달프셨으니 이제는 마음 놓고 편히 쉬세요.

'眞을 主'로 노래한 珠玉篇들

— 故 陳乙洲 詩篇의 特色과 意義

新 毫
문학평론가 · 온누리문학연구소장

들어가며

평생 시작詩作에 전념해 오신 자회紫回 진을주陳乙洲 시백詩伯께서 영면永眠하시어 우리 시단이 몹시 고요한 시점에서, 고인의 탁월한 시편들을 읽고 논하는 일이 시문학을 사랑하는 한 사람으로서 의무감이라 느껴져 부끄러움을 무릅쓰고 붓을 들었다. 졸고拙稿가 시백께서 생전에 지니신 시관詩觀 내지는 시정신을 바탕으로 하여, 어떤 독특한 시상詩想을 끌어내어, 탁월한 솜씨로 어떻게 창조했는지를 이해하는 데 조금이라도 도움이 된다면, 더 없는 영광으로 여기겠다.

1. '美的'인 表現 및 構成

평자는 처음에 자회의 작품에 발휘된 수사 표현의 아름다움에 매료되었다. 흔히 '금송아지'가 집에 있다고 자랑하기 일쑤인데, 선뜻 눈앞에다 그 놈을 끌어다가 보여주는 격이었으니, 당대에 가장 권위 있던 문예지로 손꼽힌 『현대문학』 추천작 〈부활절도 지나버린 날〉이 그 한 보기이다.

비는
부활절도 지나버린 날
그윽한 목련 하이얀 향기에 젖어
납처럼 자욱하니 깔린다.

비는
어머니 마지막 떠나시던 날
그리도 열리지 않던
성모병원에
보슬 보슬 내린다.
…(중략)…

비는
부활절도 지나버린 날
어머니를 생각하는 내 가슴에 나리고
겹쳐오는 어머니의 얼굴을 가리고
끝내는 하늘과 나를 가리고
비는
나리고 있다.

　첫 연의 "목련 하이얀 향기에 젖어"에 구사된 시각과 후각의 공감각적 표현은 말할 것도 없고, '젖어'라는 촉각까지 거느린 다양한 감각의 통합적 표현이 놀랍거니와, 생략된 3연에 나오는 "비둘기의 이야기도 젖는다"나, 4연의 "영혼보다 고요히 서 있는/ 십자가" 또한 일품이다.

　이런 뛰어난 표현말고도, 자유시인데도 각 연의 처음과 끝을 'ㅂ'과 'ㅏ'로 각각 맞춘 압운押韻, 심지어는 각 연의 처음과 끝을 "비는 ……다"라는 기본 형태를 지니면서도, 단순한 반복이 아니라 시상의 고양을 위한 나선형식螺旋形式 발전을 이룩한 뛰어난 구성의 솜씨에 의해, 독자의 감동을 극대화시키고 있는 것이다. 그리하여, 이 시는 유명幽明을 달리한 영당슝堂에 대한 슬픔을 고조시키는 데 성공하였으니, 이런 슬픔이야말로 '시詩'와 밀접한 관련을 가지고 있음도 일러 준다. 이는 "어머니를 생각하는 내 가슴"의 행동을 반복하다 보면 '사랑[愛]'으로 승화되기 때문인데, 실은 이 '사랑'의 옛말은 '스랑'이었거니와, 뜻도 당초에는 '생각[思]'이던 것이 훗날 '애愛'로 바뀐 것이니, 상대와 떨어져 있는 경우엔 '그리움'으로 나타나는 정서로, 바꾸어 말하면 언어에 의해 '모시는[侍]' 글이 되니, '말씀 언言'과 '모실 시寺'의 형성形聲인 한자 '詩'도 이를 말해 주는 자료가 된다. 이러함에도, 이 시는 독자에겐 그 슬픔 못지않게 표현의 아름다움에 이끌리게 하는 힘을 지니고 있다.

이왕 '아름다움'이란 말이 나온 김에, 이 토박이말의 어원에 언급하는 것은 시문학을 이해하는 데 일조가 되리라 여겨지니, '아름'은 본디 '안음[抱擁]'의 'ㄴ은(ㄴ)'이 굴러가는 듯한 유음流音으로 바뀐 것으로, 미적 쾌감이 뛰어나 끌어안고 싶은 충동을 억제하지 못하게 하는 데서 나온 말로, 소월의 대표작 〈진달래꽃〉의 "<u>아름</u> 따다 가실 길에 뿌리오리다"가 그 좋은 보기이니, 이를 더욱 강조할 땐 '한껏'의 준말 '한'과 결합시켜 '한아름'이라 하거니와, 그 아름다움이 주로 '눈'에 띄는 가치이지만 다른 감각들 — 여기서는 촉각과 관련이 있으니, 필경은 살갗과 관련되어 포옹으로 이어지게 되는 것이다. 이런 '아름다움'의 동의어인 '미美'도 알고 보면, 시각만이 아닌 다른 감각과 깊은 관련을 가지고 있음을 알게 되니, 곧 '큰[大] 양羊 고기'는 본디 '맛이 좋다'는 데서 만들어진 것인데, 이런 맛있는 고기를 먹고 나면, "의식衣食이 족하여 예의를 안다"고 한 공자孔子의 말처럼 예술도 알게 되는 법이어서, 그 중간에 반복·도치·비유 같은 '멋'의 과정을 거치게 되는 것이다. 좋아하는 심리인 '요(樂)'가, 즐긴다는 행위인 '락樂'으로 바뀌는데, 그를 위한 매체가 곧 '풍류 악'이 되는 바, 배불리 먹고 나면 으레 '풍악을 울리렸다!'는 환락의 패턴이 이를 뒷받침하고 있거니와, 자회의 시 〈금관〉의 한 시행이 그 극치를 보여준다.

억조창생의 가슴마다
파르르 단 하나로 물살치는
공포론 눈부신 태양

언젠가
머언 좌우론
꿈틀대는 청룡 비늘과
으르릉대는 백호의 털.

몇 십리 밖에선
찬란하게 비쳐오는

후광.

밤하늘의 별밭 같은
만조백관의
옥관자
금관자
무겁게 머리 짓눌르고.

조정엔
금빛 해일
천하를 넘쳐라.

그 영화

시공을 초월한
무량의 풍악소리여……
무한의 고고함이여……

이 찬란한 '금관'은 모든 백성의 생살여탈을 마음대로 했던 절대권력의 대유로서 추호秋毫도 손색이 없거니와, 그 호화로운 '영화'의 일익一翼을 '풍악風樂'이 담당하고 있으니, 아름다움이 존재하게 되는 그 바탕이 무엇인가를 여실히 보여주지 않는가.

2. 眞實을 깨우쳐 준 先導者

그러나, 진 시백은 미적 표현에 머무르지 않고, 진실을 일깨우는 선도자의 길을 걷기 시작한다. 이는 "세기의 종말이나 고하듯/ 바다는 하이얀 이빨을 드러/ 내놓고/ 못견디게 사장을 포옹하며/ 오늘도 숱한 거짓말을 토한다.// 오월의/ 흐드러진 속에/ 내 귀를 막고 네 곁에/ 서 있는 동안이라도/ 바다여/ 차라리 입을 다물라"고 읊은 〈바다에게 주는 시〉에 시사되어 있거니와, 〈부도수표〉와 〈오자가 무성한 거리〉에서는 시제詩題부터가 자못 암시적이다. 그 중 "광장마다 빛깔 좋은 공약公約만이 난무하고 있었다"는 부제를 단 전자前者는 이러하다.

　　하늘을 외면한 지 오랜
　　너의 얼굴은 꼭 마술사의 손수건.

　　그래서
　　슬기로웠다던 무기명 투표는
　　호곡의 하늘을 삼킨 장송곡.

　　당장 화려하게 잘살 것만 같이
　　흐뭇한 수표의 난발로
　　숫제 풍부하기만 했던

　　그 때의 교활은
　　지금의 광장마다
　　열쩍은 휴지쪽이 난무할 뿐
　　악랄한 마술은 끝났다
　　무수한 부도수표에 사살되는
　　태양은 해골이 되어 뒹굴고
　　이제 몸부림을 치는 빗나간
　　투표가 피신할 막다른 골목이 차단되고
　　지옥이라도 찾는 노크소리만
　　뒤안 길에 소란하다.

　　한껏
　　데모크라시를 질식시켜 놓고
　　世紀의 종말을
　　사뭇 채찍질하는데,

　　여기—

不渡를, 막다른 골목을,
가슴을 으깨며 부둥켜안고
쓰러지고 거꾸러져도
발랄한 젊은 대열은 굽이치리
투명한 내일을 폭발시키리라. (시 철자법 표기 인용자)

　앞의 〈바다에게 주는 시〉가 소극적이던 데 비하여, 이 시는 '부도수표'로 난장판을 이룬 불공정 사회가 정의인 양 휘두르는 예봉銳鋒에 의해 예지없이 난자亂刺당하고 있다. 그것은 대상의 속과 정반대인 음흉한 겉, 다름 아닌 위장을 벗겨내어 진실을 밝혀내는 쾌거이니, '데모크라시'의 근간이 되는 '선거'부터가 위장된 것이라면 "빛 좋은 개살구"가 돼 버리기 때문이어서, 우리는 4.19의 동인動因이었던 '3.15 분정선거'를 뼈아프게 기억하고 있기에 이 시의 진실성을 의심치 않는다. 본시 한자 '眞'은(그릇에 담긴 음식 따위의 질량質量을 확인하느라) '눈을 부라리고 화를 내고 있는 모양'의 상형象形이라 하니, 진실이 호도糊塗되면 일체가 흔들려 희망을 잃게 되므로, 이 시는 바로 '정직'을 최우선시하는 태도의 반영이어서, 이를 표방하여 한국문단의 절대적 다수의 선택을 얻어 새로 구성된 현 문협 집행부의 태도와도 부합된다.
　이러한 진리의 일깨움은, 분단 반 세기가 가까워올 무렵에 읊은 〈통일의 광장〉에도 생생히 살아 숨쉬고 있다.

어이하리야 어이하리야
시방도 휴전선의 녹슬은 철조망에
서러운 바람만 부는 것을
누가 철조망을
녹이고 싶지 않으랴
너와 내가 외갓집 가던
환한 길처럼

우리는 강물처럼
어울려 버려 어울려 버려

그날 민족의 광장에서

38선이 다 무슨 소용
황토빛 밭두렁에서
허기진 어머니의 젖을 빨던
하나의 핏줄. (2~5연)

우선 무생물인 '바람'이 '서러운' 부자연·불합리한 현실을 족집게처럼 시원
스레 드러내 보이고, 겨레가 더불어 살아야 할 진리를 삼척동자라도 금세 알 수
있는 "외갓집 가던/ 환한 길"로 뚜렷이 보여준 뒤, 도도히 흐르는 시대적 조류처
럼 극복해낼 의지를 보여주어, 반만 년의 역사로 그 당위성을 부여했으니, 얼마
나 알기 쉬우면서도 당연한 일인가.

특히, 대명사 '너'와 '내'(←'나'+'이')와 '우리' 사이엔, 세계의 다른 어느
나라 대명사에도 좀처럼 찾아보기 힘든 값진 우리 선조들의 슬기와 가르침이
배어 있는 바, 곧 '나'와 '너'를 대립적 관계로 치부하는 닫힌 사고를 뛰어넘은
열린 마음의 당위성이니, '니은(ㄴ)'과 '딴 이(ㅣ)'는 말할 것도 없고, '아래아
(·)'마저 같은 모양이 위치만 다른 하찮은 차이밖에 나지 않음으로써, 역지사
지易地思之에 의해 공동 운명체인 '우리(←울[籬]+이)'로 변증법적 통합을 이루어
야 제대로 살 수 있다는 철칙을 타일러준 것이다.

그리하여, '우리'의 행복을 위해, 심훈이 그토록 간절히 바란 〈그 날이 오면〉
과, 최인훈의 〈광장〉의 정신을 아우를 필요성을, 40년 동안 겪었던 식민지하의
'허기진' 체험을 상기시키면서, 다시는 동족상잔의 전철前轍을 밟지 않도록 경계
했으니, 얼마나 위대한 시심의 발로인가.

이렇듯 '진眞을 주'로 노래하는 자회의 시정신은 '진을주陳乙洲'라는 시백의 존
함 석 자의 독음讀音과도 어울리니, 두 가슴에 더욱 믿음직스럽게 다가온다.

3. 美와 더불어 善을 兩腋에 거느리고

그렇다고 '진을 주'로 노래해 온 자회의 시편들이 '진'만을 고집한 것이 아니
라, 이미 앞에서 확인한 바 '미'와 더불어, 이번에는 '선善'도 마저 겨드랑이에
낌으로써, 명실 공히 인간의 이상인 진선미의 조화를 이루어 나갔으니, 〈곡마단

소녀〉가 그 좋은 보기이다.

피 빨아 올리는
트럼펫 소리에
선전화폭이 물살쳐 흐느끼고
매표구석에선 시나브로
소녀의
여생이 매매된다.

기름진 말채 끝에
소녀는
뼈를 녹였어도
아직도 오싹한 간짓대 끝
피를 말리고,

찢어진 천막 사이
물감 같은 하늘색
소녀의
생명처럼 멀기만 하다.

감감히
기적소리 멀미스런 여정이
묻어 오고
원숭일 닮은 문지기
구심 잃어
오수에 접었다.

사장 이은 다리목 주변
천막 위에 바람 넣고
소녀의 표정 같은 휴지쪽만

천변으로 몰려간다.

같은 '곡마단'의 '트럼펫 소리'가 나오지만, 한껏 낭만의 세계를 읊은 김용호의 〈5월의 유혹〉과는 천양지판天壤之判이니, 첫 연부터 자연미의 칭송 일색이던 야돈耶豚과는 달리, 육체적 내지는 경제적 약자의 홀대가 제시되기 때문이다. 시상을 마무리하는 끝 연을 빼고는 시행이 '소녀의'나 '소녀는' 등 한 어절로 처리된 것도 이런 배려 때문인 것이다. 이 작품에 대해 평자는 아래와 같이 적은 적이 있었다.

> 이 시인의 시선이 머문 곳이 타인─그 중에서도 불우한 소년·소녀였다는 사실은, 그가 자신만의 문제에 몰두하지 않고, 여러 계층에 관심을 가진 것을 입증해 주는 점에서 민족적 의의가 있다 하겠다.
>
> ─ 〈진을주 시인의 인생과 문학〉, 『高敞文學』, 제7호(1997), 202쪽

여기서 '민족적'이라 한 것은, 앞장(2장)에서 말한 바 다른 민족에게선 볼 수 없는 '나'와 '너'의 변증법적 발전에 의한 '우리'에로의 승화, 곧 자회의 시가 〈부도수표〉 등에서 다룬 사회적인 진리 제시를, 선행의 관점에서 더욱 폭을 넓혀 발전시켜 나간 귀중한 실천 사례이기 때문인 것이다.

그러나, 영원한 이상을 향해 노력하지만 자회도 필시 불안정한 중간자이기에, 더러는 실천의 결단이 마음과 같지 않아 온전히 이루지 못하고 현실로 되돌아오는 경우도 있었음을, 간결미의 극치라 할 3행시 〈그믐달〉이 내비친다.

> 낚싯대가 놓쳐버린 뛰는 심장
> 호수 위에 波紋으로 일어서는 결단을 내릴 때
> 밤 내 앓더니 날이 새기 전에 또 입질이구나

하지만, 그는 선禪에 의한 작품세계의 확장을 접지 않고 다시 노력하여 마침내 바라는 바 성과를 거두었으니, 마지막 시집《호수공원》의 벽두를 장식한 〈월파정月波亭〉에서 이를 어렵지 않게 읽어낼 수 있다.

호수공원에 바람 부는 날은/ 헛물만 켜고 헐떡이는 월파정月波亭//

소문난 물 속 보름달의 알몸 살빛을/ 아니 보는 듯 물가에만 돌고 다니는/ 점잖은 일산 사람들//

애견들까지도 물기 냄새에/ 용케도 코를 벌름거리고만 다니는/ 부끄러워 못 본 척 하는 일산 사람들//

아무도 모르리/ 자정子正이 넘으면 달빛이/ 월파정月波亭의 옷을 벗기고 있다는 것을

사람들 사이[남녀간]의 나쁜 행실을 건물에 비겨 넌지시 내풍김으로써, 악행을 시정하도록 유도하는 선행을 밑바닥에 깔고 있는 이 작품은, "월파정의 옷을 벗기고 있다"와 같이, '은유법의 특수한 한 형태인 의인법'을 유감없이 활용함으로써 미적 표현의 진수眞髓도 이뤄내고 있으니, 바로 사람의 도리인 '진을 주'로 한 자회 시백의 조화로운 시정신 내지 시관詩觀에로의 새 항진을 제대로 드러내보인 좋은 본보기라 이를 만하다.

나가며

앞에서 확인되었듯이, '진眞을 주主'로 하여 '미美'와 '선善'을 양액에 거느린 '진을주' 시백의 시편들은, 인간의 이상理想인 '진선미'를 아우른 데다가, 인류가 다 함께 영원히 향상할 성聖의 길을 지향함으로써, 가히 시성詩聖의 영예를 누릴 문턱으로 바짝 다가서고 있다 할 것이다.

이는 바로 영당令堂의 생애가 '부활절'이 지난 뒤에 내리는 '비'와 함께 마감되었음을 슬퍼했던 등단작 이래, 무한한 시 창작의 노력 끝에 누리게 된 최상의 영예인 것이다. 그러기에, 그로부터 한 세대가 지난 올해 '부활절'에는 필시 '어머니'에 이어 그 자신도 '부활'했을 것인즉, '진을 주'로 노래한 그의 시작詩作 역정이야말로 "나는 길이요, 진리요, 생명이니라"고 가르친 복음의 세계와 어울려, 이젠 '진眞을 주主로'에서 **진을 주**와 함께 노래하는 경지로 나아갔다 이를 만하다. 그러므로, 그의 생애는, 일찍이 "인생은 짧고, 예술은 길다"고 한 히포클라테스의 세계를 뛰어넘어, 예술과 더불어 인생 또한 긺을 보여준 보기 드문 본보기가 된 것이다.

陳乙洲 詩人 영전에

鄭光修

(詩人, 문학평론가, 海東文學 主幹)

한국시단의 거봉巨峰 진을주 시인이 2011. 2. 14일 새벽 별세하셨다.
1927년생이니 85세이시다.

필자와는 1970년부터 교류했으니 40여년 전 일이다. 필자가『현대문학』(75년
12월호)에 長詩〈고려사〉를 발표했을 때 장호 선생은『현대문학』연간 총평란
에, 진을주 시인은『월간문학』연간 총평란에 아주 길게 평필을 들었던 인연으
로 가까이 모시게 되어 그 후 오늘날까지 형님, 동생하면서 평생 문단을 걱정하
고 살았다.

특히 진을주 형님은『지구문학』을, 필자는『해동문학』을 발행하면서 음으로
양으로 정보를 공유하고, 시를 얘기하고 인생을 논하며 살아왔음이다.

진을주 시인은 전북 고창에서 태어나 전북대 국문과(54)를 졸업하였는데, 재
학중인 1949년「전북일보」를 통해 작품을 발표하기 시작, 전북도청 공보실
(1955~68), 서울대한교련「새한신문사」총무국장, 출판국장 등을 지냈는데 평
생 잡지 등 출판에 종사하였고, 지금은 영부인 김시원(수필가, 화가) 선생에 의
해『지구문학』을 운영하지만『지구문학』을 말함에는 '진을주'가 연상됨으로
하여 문단의 대부로 통하고 실제로『지구문학』에 제자 양성을 철저히 하여 그의
문하생들은 문단에서 두각을 나타내고 있음을 볼 수 있다.

1963년『현대문학』에 김현승 추천으로〈부활절도 지나버린 날〉이 1회 추천되
었고, 그 후『문학춘추』(1966)에〈교향악〉이 당선되고,「동아일보」에〈강물〉

(70), 『월간문학』에 〈아침〉(70), 「한국일보」(71), 『현대문학』(71) 등에 작품을 발표하면서 『월간문학』 월평을 맡기도 했다.

70년대 진을주의 시세계는 모더니즘적 수법의 수련을 거친 인생에 대한 참신하고 투명한 인식을 보여주었는 바 멋을 강조한 시정신은 80평생 흐트러짐이 없었으며 글자 그대로 고고하게 살아온 인생이었음을 기억하고 있음이다.

그의 〈부활절도 지나버린 날〉을 읽어보면 그의 성품과 시정신을 꿰뚫을 수 있다.

비는/ 부활절도 지나버린 날/ 그윽한 목련, 하이얀 향기에 젖어 납처럼 자욱하니 날린다// 비는/ 어머니 마지막 떠나시던 날/ 그리도 열리지 않던/ 성모병원에/ 보슬보슬 나린다// 비는/ 드높은 성당지붕에 나란히 앉아/ 깃을 다듬는 어린 비둘기들의/ 발목에 빨가장이 나리고/ 구구구 주고 받는/ 비둘기의 이야기도 젖는다

비가 내리는데 부활절은 이미 지났고, 그러나 그 비는 납처럼 목련 위에 내린다고 말한다. 결국 어머니를 떠나보내며 자식으로서는 납덩이가 되듯 아무 말이 없고(無常) 납처럼 내린 비에 젖는 것이다.

인생, 자연, 허무 등이 어머니의 죽음과 함께 투명한 인식 속에 자리잡히고 있음은 무엇을 말하는가.

진을주의 시에 있어 서정적 자아라는 것은 객관과 맞서 있는 주관도 아니고 이성과 구별되는 감정도 아니라고 말할 수 있겠다. 그 말은 주관과 객관, 이성과 감정의 구분이 일어나지 않는 상태의 것이라고 보아야 실마리가 풀린다.

그래야 자아와 세계가 접촉해서 세계를 자아화하는 게 아니라 그 접촉이 없이도 존재하는 자아라고 보아야 주관과 객관, 이성과 감정의 구분이 일어나지 않는 상태가 인정될 수 있을 터이다.

그러므로 〈부활절도 지나버린 날〉은 어머니의 죽음에 대한 슬픈 마음을 언어의 반복성과 더불어 동일성을 획득하고 있는 것이다.

진을주 시에서 보여주는 이미지들은 원형을 시화한 것인데 '비'가 반복되면서 목련, 성모병원, 성당지붕 등이 부활하지 못하고 '비둘기들의 이야기도 젖는다'라고 말한다.

부활절만 하더라도 '신화' 제의의 근본 패턴이다. 이러한 원형은 여러 가지

의식을 통해서 한 세대에서 다음 세대로 물려주는 사회적 현상이라면 진을주 시인은 어머니의 죽음을 통해서 〈부활절도 지난 날〉의 유사한 심리적 반응을 보게 되는데 인간의 희망과 가치, 불안과 야망이 투사된 것으로 우리 삶의 의미와 리얼리티를 포착해 주는 눈(眼)이 된 것이리라.

다 아는 바와 같이 현대시는 영국의 로맨티시즘을 축으로 독일 낭만주의, 프랑스 상징주의 시문학 등 서구의 영향을 받았기 때문에 어차피 진을주의 시를 해명하는 데에도 그 이론을 주종으로 하여 살펴볼 때 진을주의 시는 상징적인 심상미를 강렬하게 보여주는 좋은 작품일 터이다.

진을주 시인의 제6시집은 《그믐달》이었다.

　　낚싯대가 놓쳐버린 뛰는 심장// 호수 위에 파문으로 일어서는 결단을 내릴 때// 밤내 앓더니 날이 새기 전에 또 입질이구나

3연 3행의 이 짧은 시가 표제시로 만들어진 제6시집 《그믐달》을 받고 필자는 〈진을주론〉을 쓴 일이 있지만 시작업은 재능보다는 진실로 형성됨을 알겠더라는 점이다.

〈그믐달〉을 진을주 시인의 대표작으로 자리매김한 것은 필자인데… 그 까닭은 메타포의 진수를 뽑아 올린 가편이었기 때문이다. 진을주 시인께 '조사'를 씀에 그의 시 전부를 개관해 본다면, ① 모더니즘 수법의 수련을 거쳐 인생과 자연에 대한 투명한 인식을 보여주었고, ② 신석정의 서문에서 보이는 바 시인으로 속취(俗臭)를 눈치 채지 못했다고 말하듯 평생을 고고하게 그야말로 선비정신으로 일관해 왔고, 그의 천성적인 인간미가 돋보이는 삶은 작품에서 일관된 시정신을 유지해 왔다는 점, ③ 시정신과 더불어 인생, 자연, 허무, 슬픔 등이 투명한 인식 속에 자리잡혀 참신성이 돋보이며 인간의 삶의 의미와 리얼리티를 획득했다는 점, ④ 변화와 갈등이라는 동일성을 교직해 시어가 세련되고 섬세한 감각적 서정성이 풍부하다는 점, ⑤ 특히 가로수에서 보이는 바 상징성이 돋보인다. 그것은 시인의 특별한 개성의 소산이다. ⑥ 명상적, 정관적 자세가 돋보이는 까닭은 순수미가 서정적, 상징적으로 절제된 언어미학으로 인한 정감의 표출이 아름답고 에스프리를 얻었다. 그 말은 자기 충족의 독립된 경험으로 인생관과 세계관은 예술적 의도로 귀착시킨 까닭이다. ⑦ 《사두봉 신화》에서 보여주

는 역사성(우리 것 소중, 우리 정서 천착) 민족의식을 표출한 장시로 주체성 확립에 크게 기여하였다. ⑧ 언어를 초월한 인간존재의 근원적(원형적), 다시 말하면 시의 신神 짙인 세계, 또는 존재의(정신적) 현전現前에 도달하고 있다. 〈사두봉신화〉는 인간의 삶을 포착, 민족의 삶의 지혜를 캐냈다. ⑨ 시어의 아름다움으로 사랑시의 진수를 뽑았다. 그 말은 음악성으로 하여 호소력 있게 이미저리가 유기적으로 그의 시어詩語에서 돋보인다. ⑩ 제6시집《그믐달》은 일대 변신하여 과학적 심상을 획득, 진을주 시세계가 완전히 전환하여 명실상부 이미지즘 대가의 반열에 들어 완숙미를 보여주고 있다고 필자는 쓴 일이 있다. (참고;『지구문학』 2006년 가을호, 통권 35호, 陳乙州論)

 ……이제 진을주 시인이 별세하시매 『지구문학』에서는 선생의 추모특집을 마련, 필자에게 조사를 부탁하매 40여년간 문학을 논하고 인생을 논하며 한결같이 같은 클럽에서 문단활동을 하였음으로 삼가 옷깃을 여미고 향을 사르며 진을주 시인의 명복을 빌어마지 않는다.

 '조사'라는 것이 고인의 명복을 빌어드리는 '말씀'이지만 진을주 시인의 論을 쓴 필자는 어차피 진을주 시인의 시세계의 일말을 적어 영전에 바치고 앞으로 후학들이 그 어른을 추모함에는 그의 '시'를 두고 얘기할 수밖에 없음으로 활자로 남기려 함이고, 모진 세상에서 평생을 시 한 가지에만 매달려 숭고한 삶을 살다 가신 진을주 시인의 극락왕생을 빌어드리는 바이다.

곡! 진을주 선생님 영전에

金政吾
지구문학 편집인

아아 이 어인 일입니까? 선생님! 2011년 2월 14일 0시 1분, 선생님이 우리 곁을 떠나셨다는 비보를 받았습니다. 나는 순간 정신이 아득해졌습니다. 한 달 전만 해도 날이 풀리면 다시 사무실에서 만나자고 했었는데 그 때만 해도 건강한 목소리셨습니다.

특히 12월 한국문협 이사회에서 문학상 발표하던 날, 사모님이신 김시원 선생님께서 조연현문학상 수상자로 선정되었다는 소식을 전해드렸더니 무척이나 기뻐하셨는데 이리 쉽게 떠나실 줄이야! 지금도 미소를 머금고 내 손을 덥석 잡으면서 반가이 맞아줄 것만 같은 선생님! 도무지 믿어지지 않습니다.

아직도 할 일이 많으신데… 지구문학을 더욱 반석 위에 올려놓으시려고 애쓰시던 중 폐렴을 이기지 못하시고 이렇게 홀연히 가시다니요! 나는 많은 세월을 선생님의 사랑을 받으면서 지내왔습니다. 또 지구문학을 창간할 때부터는 선생님과 한 가족이 되어 오늘에 이르렀습니다.

서둘러 아내와 함께 일산 백병원 영안실로 달려갔을 때 선생님은 멋있는 모자를 쓰시고 활짝 웃는 생전의 모습 그대로 그러나 이제는 영정사진이 되어 우리를 맞아 주었습니다. 말없이 나와 아내의 손목을 잡고 눈물을 흘리시는 김시원 사모님의 외로운 모습은 내 마음을 더욱 아프게 했습니다. 그리고 넋을 놓고 빈소를 지키고 있는 가족들의 망연자실한 모습도 안타까웠습니다. 평소에 선생님을 지극정성으로 돌보시던 그렇게도 사랑하시던 사모님과 가족들을 어찌 두고 이리도 쉽게 떠나셨습니까!

우리들은 선생님을 항상 곁에서 보살펴 주시던 김시원 사모님의 그 지극한 정성과 사랑을 오랫동안 곁에서 지켜보았습니다. 며느리 김여림 수필가도 우리 시어머니의 시아버지에 대한 지극한 정성은 많은 깨달음과 감동을 주셨다고 하면서 시어머니를 존경한다고 했습니다.

그리고 4월이면 넓은 터에 아드님이 직접 지으신 통나무 목조 전원주택으로 이사하여 두 분을 편히 모시기로 했는데 이렇게 빨리 떠나셨다고 몹시 아쉬워 했습니다. 그만큼 선생님은 좋은 부인과 며느리와 귀한 자식들을 두셨습니다. 그리고 좋은 문인들을 많이 배출하신 훌륭하고, 자랑스럽고, 복도 많으신 어른 이셨습니다.

빈소에는 전사운 시인이 가장 먼저 도착했고, 이어서 한국문인협회 정종명 이사장님의 조화가 도착했습니다. 그리고 선생님의 장조카 진동규 한국문인협회 부이사장이 전주에서 달려왔습니다. 그리고 선생님의 주치의이셨던 윤자헌 박사님과 부인이자 화백이며 수필가 김문원 님과 김기명, 김현숙, 함홍근, 김예태, 최부희, 한귀남, 김재엽, 박남권, 송세희, 신동명 시인과 그밖에 많은 문인들이 속속 도착하여 선생님의 마지막 가시는 길을 애도했습니다.

그리고 정종명 문협 이사장과 이광복, 김송배, 한분순 시인 등 문협 부이사장단이 도착하여 선생님의 영전에 깊은 애도를 표했습니다. 뿐만이 아니라 생존해 계신 4분의 전·현직 이사장 중 정종명, 신세훈, 김년균 등 세 분의 이사장께서 마지막 애도의 인사를 드렸습니다. 그리고 오랫동안 자리를 뜨지 않고 지켜 주었습니다. 더구나 신세훈 전 이사장께서는 이틀 동안이나 빈소를 찾았을 뿐만 아니라 오랫동안 엎드려 통곡까지 하면서 선생님과의 옛정을 잊지 못했습니다.

그리고 이유식 전 부이사장, 이영호 전 문협 상임이사, 그리고 이한용, 정광수, 박영만, 도창회, 유양휴 시인 등 평소에 선생님과 가까이 지내시던 원로 문인들과 조창원, 양창국, 안병돈, 윤범식, 윤명철, 신인호, 윤수아, 이문호, 김진섭, 신민수, 김을라 등 지구문학작가회의 임원들과 나와 함께 한때 문학공부를 했던 하늬솔 회원들이 선생님과 눈물로 석별의 인사를 나누었습니다. 그밖에 수많은 한국 문단의 별들이 빈소를 찾아 고인의 덕을 기리면서 추모하였습니다.

특히 전사운 시인은 처음부터 마지막 날까지 빈소를 지켰으며, 이영호 전 문협 상임이사와 양창국 지구문학 회장을 비롯하여 임병전, 한귀남, 신민수 등 여러 회원들이 추운 날씨인데도 불구하고 장지까지 함께 가서 선생님의 마지막 가시는 길을 지켜보았습니다. 너무나 고맙고 감사하다는 인사를 드립니다. 역시 선생님은 대한민국 문단에서 크나큰 비중을 차지하고 있었다는 것과 한국문학 발전에 크나큰 축을 담당했다는 사실을 다시 한 번 알 수 있었습니다. 그리고 참으로 보람 있는 삶을 살다 가셨다는 사실을 알 수 있었습니다.

선생님은 "我向靑山去 綠水爾何來"「나는 산을 향해 가는데 물은 어찌 내게로 오는가」라는 시구처럼 맑은 일산 호수를 내려다보시면서 그리고 호숫가를 산책하시면서 호수보다 더 맑고 아름다운 시를 지으시면서 살다가 가셨습니다. 이제는 영원한 안식처 아래 있는 아름다운 연못을 보시면서 일산 호숫가에서 하시던 대로 그렇게 시상에 잠기시기 바랍니다.

저는 지금 선생님의 영원한 안식처를 생각하면서 여름이나 되어야 들리는 소쩍새 울음소리를 듣고 있습니다. 소쩍새 소리는 사람들의 마음을 더욱 애달프게 한다지요! 소쩍새는 뻐꾸기와 비슷하지만 뻐꾸기보다는 몸이 작고 귀엽게 생겼습니다. 일명 두견杜鵑이라고도 불리는 소쩍새 소리는 어딘지 모르게 슬픈 마음을 일게 합니다. 그래서 소월도 접동새라는 시로 소쩍새를 슬프게 읊었지 않습니까. "무슨 한이 그리도 깊기에 소쩍새는 비단 폭을 찢듯이 저리도 피나게 울어대는가」라는 시구가 그것입니다.

이제부터 선생님은 조용한 산속에서 푸른 하늘과 흰 구름 우아한 멧부리들을 보면서 소쩍새 소리를 벗 삼아 시심에 잠길 수 있을 것입니다. 그리고 골짜기마다 우거진 숲속에서 소슬바람과 함께 아지랑이가 피어오를 적이면 선생님을 기리는 문학 행사를 선생님의 유택에서 열어 볼 계획을 생각하고 있습니다. 이 제안은 김년균 전 문협 이사장이 처음으로 내놓았습니다. 그때 여러 문인들이 동의했습니다. 그리고 선생님의 시비건립위원회를 조직하자는 제안도 했습니다. 이제 그 일을 논의하기 위해서 빠른 시일 안에 모임을 가질 예정입니다. 한 송이 들꽃이 때로는 사람의 눈물보다 더욱 깊은 감동을 줄 것입니다. 선생님! 보는 사람 없어도 정성껏 피어 있는 산골짜기의 여러 꽃들과 더불어 정담을 주고받으면서 맘껏 시상에 잠기시기 바랍니다.

그 옛날 솔로몬왕도 티 없이 맑게 피어 있는 꽃들을 너무도 사랑했다고 하지 않습니까. 그뿐이겠습니까. 비온 뒤에 아름다운 무지개와 손이 시리도록 시원한 옹달샘과 저녁 하늘에 퍼져가는 노을을 보면서 아침 저녁, 낮과 밤, 눈, 비, 우박, 진눈깨비조차 모두 벗으로 삼고 밤하늘에 반짝이는 무수한 별들을 처다보면서 안식처 아래 펼쳐져 있는 연못을 내려다보면서 맘껏 사색에 잠겨 보십시오. 이전에 일산 호숫가에서 하듯이 말입니다.

성경은 우리에게 하나님이 우주를 만드시고, 자연도 만드셨으며, 하나님의 모양과 형상대로 흙으로 인간을 빚어 하나님의 입김을 불어넣어 창조하셨다고 기록하셨습니다. 그러므로 우리 인생은 살 만큼 살고는 육신은 흙으로 가고 영혼은 하나님의 품으로 돌아간다고 하셨습니다. 그래서 자연과 인간은 생명이 통하고 있습니다. 선생님 이제 때 묻지 않고 순수한 그곳 자연 속에서 맘껏 쉬시기 바랍니다.

선생님을 붙들지 못하고 머나먼 길로 떠나보내야 하는 우리들의 애끊는 마음을 선생님은 알기나 하십니까? 너무 아쉽고 허전하기만 합니다. 그러나 인간은 한 번 만나면 반드시 헤어져야 하는 법, 이 다음 우리 다시 만날 때 미처 나누지 못했던 이야기들을 그때 나누기로 해야겠습니다.

이제 여기 일은 우리들이 사모님과 함께 최선을 다해서 꾸려 나갈 것입니다. 모든 것을 다 잊으시고 선생님! 기어이 가시는 길 부디 편히 가시어 하나님 품에 편안히 안기소서.

2011년 2월 16일
선생님이 영원한 안식처로 가신 날 늦은 밤에

진을주의 시와 인간, 그리고 사상

김정오

1. 들머리, 진을주 시인은 누구인가!

시인 진을주 선생께서 2011년 2월 14일 0시1분에 유명을 달리 하셨습니다. 선생께서는 생전에 한국문협 상임이사를 지내셨으며, 한국문단에 기여하신 바 그 공이 매우 크십니다. 또 오래 전에 지구문학을 창간하여 고문으로 계시면서 깊은 애정으로 후배 양성에 전념을 다하셨습니다. 이에 선생의 문학과 삶을 오래도록 기리기 위해 시비를 건립하고자 합니다. 뜻을 같이하시는 분들께서 동참하여 주시면 대단히 감사하겠습니다.

2011년 3월 11일

진을주 시인 시비건립추진위원회

위의 글은 사단법인 한국문인협회에서 발간, 전국 1만 2천 명 문인 전원에게 발송하는 국내 최대의 문예지인 『월간문학』 2011년 4월호에 게재된 진을주 시인의 서거 소식과 함께 시비건립추진을 위한 광고문이다. 훗날 문학사적 사료로서 충분한 자료가 될 수 있기에 머리글에 올린다. 특히 진을주 시인과 평소 가까이 지내던 대한민국 최고의 원로 문인들의 행보에 대해 감사드린다. 그것은 진을주 시인이 마지막 가는 길에 보여 주었던 그분들의 깊은 애도의 정과 함께 시비건립운동에까지 동참해 주었기 때문이다. 이로써 진을주 시인의 한 삶을 더욱 돋보이게 되었다. 이에 이 일을 추진하고 있는 사람으로서 책임감이 있기에 이 사실을 기록으로 영구히 남기고자 여기 명단을 다시 공개한다. 단 이 명단은 1차 명단이며, 광고가 나간 후에 많은 문인들이 함께 동참하겠다는 뜻을 밝혀와 2011년『지구문학』여름호에는 명단을 보강하여 발표하기로 한다.

진을주 시인 시비건립추진위원회 임원 및 운영위원

공 동 위 원 장 : 성춘복 시인(21代 한국문인협회 이사장)
　　　　　　　　신세훈 시인(22, 23代 한국문인협회 이사장)
　　　　　　　　김시철 시인(전 국제펜클럽 한국본부 회장)
　　　　　　　　이유식 평론가(전 한국문인협회 부이사장)
공동기획위원장 : 김년균 시인(24代 한국문인협회 이사장, 현 회장)
　　　　　　　　김남곤 시인(전북일보 사장)
공동운영위원장 : 정종명 소설가(한국문인협회 이사장)
　　　　　　　　엄기원 아동문학가(전 한국문인협회 부이사장)
공동추진위원장 : 김정오 수필가(문학평론가, 전 한국문인협회 이사)
　　　　　　　　라대곤 소설가, 수필가(전 한국문인협회 이사)

운영위원
최승범 함동선 이기반 차원재 함홍근 이수화 김광회 이한용 한분순
서재균 정광수 한상렬 이영호 신순애 김용오 김현숙 김송배 도창회
김건중 송동균 신　호 소재호 이동희 하길남 김용옥 김정웅 이운용
김　학 이희선 윤갑철 서정환 정신재 이기화 송세희 박남권 박영만
유양휴 강해근 김문원 차윤옥 한승욱 김희한 김재엽 양창국 장성연
조창원 안병돈 윤명철 신인호 윤범식 김진섭 김　선 우석규 이윤호
이재호 임춘식 한귀남 김기명 신민수 외 지구문학작가회의 임원 일동
유족대표
미망인 : 김시원 수필가(지구문학 발행인, 한국문인협회 자문위원)
장조카 : 진동규 시인(한국문인협회 부이사장)
자 : 진동준 원양무역 대표
자부 : 김여림 수필가

장녀 : 진경님 아동문학가
차녀 : 진인욱 프리랜서

　위의 자료에서 보듯이 진을주 시인은 문단의 대원로들과 동료 선후배 문인들
로부터 크나큰 존경과 사랑을 한 몸에 받으며 살다 가신 시인이었다. 그것은 그
의 삶이 정직하고 성실했기 때문이다. 뿐만 아니라 진을주 시인은 남보다 한 발
앞서 세상을 이끌었던 시인이었다. 그 이야기는 조금 후에 밝히기로 한다.
　진을주 시인은 1927. 10. 3일에 전북 고창군 상하면 송곡리 69번지 송림산 아
래 봉강에서 명문 여양진씨의 후손으로 태어났다. 일찍이 소년시절부터 문학에
눈을 떠서 이미 대학 재학 중인 1949년에 「전북일보」를 통해 작품을 발표했다.
그 후 1954년 전북대학교 국문학과를 졸업하였으며, 생활철학 및 좌우명을 ‘정
직, 성실, 화목’ 으로 정하고 평생토록 그렇게 살아왔다. 또 아호를 ‘자회紫回’ 라
했다, 생전에 그 뜻을 묻지 못한 것이 몹시 아쉽다. 그러나 필자의 짧은 생각으
로는 정몽주의 일편단심 붉은 마음씨를 따르고자 한 것이 아닌가 생각된다.
　1963년 〈부활절도 지나버린 날〉이라는 시가 김현승 시인으로부터 초회 추천
되어 『현대문학』에 발표되고, 이후 1966년에 『문학춘추』에 〈교향악〉이 당선된
후 본격적인 시인의 길로 들어섰다.
　화가와 서예가에 이어 수필까지 쓰는 3관왕을 겸하면서 뛰어난 미모를 지닌
김시원(본명:김정희) 선생과 결혼하여 큰아들 동준(사업가), 큰딸 경님(아동문
학가), 작은딸 인욱(프리랜서)의 자녀를 두었으며, 수필가로 활동하고 있는 김
여림을 큰 며느리로 맞이하여 예술가의 가정을 이루었다.
　전북도청의 공보실과 서울 대한교련 새한신문사의 총무국장과 출판국장을
지냈으며, 문단 경력 및 사회 활동으로는 한국문인협회 이사, 월간 『문예사조』
기획 실장, 한국자유시인협회 부회장, 국제펜클럽 한국본부 이사, 도서출판 을
원 편집 및 제작담당 상임고문, 21민족문학회 부회장, 한국문인협회 감사, 월간
『문학21』 고문을 역임하고 1997년 『세기문학』을 창간하고 1년 후 『지구문학』을
재창간하여 편집 및 상임고문으로 재임하면서 오늘의 탄탄한 지구문학 산맥을
이루어 놓았다.
　한국민족문학회 상임고문, 세계시문학연구회 상임고문, 러시아 국립극동대
학교 한국학연구소 자문위원, 한국문인협회 상임이사, 한국시인협회 자문위원,

왕인문화원 고문, 사)국제펜클럽 한국본부 제32대 자문위원, 제3회 송강정철문학축제위원회 위원장, 국제문화예술협회 특별고문을 지냈으며, 수상 내역은 한국자유시인상, 청녹두문학상, 한국문학상, 세계시가야금관왕관상, 예총예술문화상 공로상, 한국민족문학상 대상을 수상했다.

대표작으로는 〈바다의 생명〉(지구문학), 〈말타고 고구려 가다〉(지구문학 사화집), 〈금강산〉(지구문학)이 있고, 시집으로는 《가로수》(교육출판사), 진을주 신작 1인집으로 《M1조준》(문고당)·《도약》(문고당)·《숲》(문고당)·《학》(문고당), 《슬픈 눈짓》(보림출판사), 《사두봉 신화》(사사연), 《그대의 분홍빛 손톱은》(혜진서관), 《부활절도 지나버린 날》(이슬), 《그믐달》(을원), 《호수공원》(지구문학) 등이 있다.

이처럼 화려한 경력과 수많은 상을 수상하였으며, 많은 시집을 상재한 진을주 시인은 정직과 성실을 바탕으로 평생 동안 동료들과 선후배 제자들에게 끝없는 존경과 사랑과 아낌을 받아왔다. 그는 약속을 철저히 지켰으며, 단 한 번도 자기가 한 말에 대해서 책임을 회피한 일이 없는 올곧은 선비였다. 나는 평소에 그가 단 한 번도 약속을 어기거나 그의 말에 대한 책임을 회피한 것을 본 적이 없다.

또 진을주 시인은 예언적이고 미래 지향적이며, 그 어떤 권력 앞에서도 초연한 시인이었다.

그래서 필자는 진을주 시인을 윤동주 시인의 성품과 닮은 시인이었다고 말하고 싶다. 그것은 진을주 시인을 가장 가까운 거리에서 오랫동안 지켜보았기 때문에 내린 결론이다. 그는 겉으로 보기엔 한없이 부드럽고 온순한 성품의 소유자이다. 그만큼 그는 우리 시단에서 부드럽고 인자하며 온순한 사람으로 평가받으면서 사랑과 아낌 속에서 살아왔다. 나는 그가 단 한 번도 누구와 다투는 것을 본 적이 없다. 그리고 큰 소리를 내는 것을 본 적이 없다. 그토록 따뜻하고 부드러우면서도 그는 언제나 정의의 편에 서서 일하였다. 사리에 맞지 않다고 생각하면 상대가 그 누구일지라도 옳고 그름을 분명하게 매듭짓는 성품의 소유자였다.

필자는 진을주 시인을 지켜보면서 아마 윤동주 시인도 저런 성품이었을 것이라고 상상해 보곤 했다. 이런 확신은 윤동주와 연희전문에서 동문수학했던 전 연세대 유영 교수가 윤동주의 인품에 대해서 평한 글을 보면서 확신이 갔다. 유영 교수의 윤동주에 대한 평을 본다.

"윤동주는 외유내강外柔內剛 형이라고 할까, 대인 관계가 그렇게 유순하고 다정하고 또 재미스러울 수 없는데 그 지조라든지 의지는 감히 누구도 어찌 못할 굳고 강한 것이었다. 문학에 지닌 뜻과 포부를 밖으로 내비치지 않으면서 안으로 차근차근 붓을 드는 버릇이 있었다."[1]

이 성품을 진을주 시인에 대비해서 볼 때 그를 아는 사람 치고 아니라고 할 사람은 아무도 없을 것이다. 문학평론가 신호 님은 진을주 시인을 가리켜 '행복과 명예를 아우른 보기 드문 행복한 예술인'이라고 극찬하고 있다.

이 말에도 의의를 달 사람은 아무도 없을 것이다. 진을주 시인은 가정적으로도 누구보다 행복하고 사회생활도 모범적으로 해 오면서 문단의 원로로서 후배들의 존경과 선망의 대상이 되었던 축복 받은 시인이었다. 그래서 일찍이 신석정辛夕汀 시인도 진을주 시인을 가리켜 말하기를 "乙洲는 人間으로 사귀어 겪어 보고 詩學徒로서 눈여겨 살펴본 지 여러 해, 이날 이때까지 毫末의 俗臭도 내 눈치 채 본 적이 없다"고 했다.

진을주 시인은 인간 자체가 순수한 시인이다. 그래서 신호 님도 그의 시 창작의 특색을 한 마디로 말해 "시인 자신을 포함한 많은 동포들의 가슴 속에 응어리진 감동을 효과적인 기법으로 표현함으로써 품격 있는 멋을 드러내고 있다"고 지적했다. 그렇듯이 그는 부드럽고 아름다운 성품을 소유하면서 시조차 아름다운 순수 서정시를 쓰는 시인이었다.

그렇기에 수많은 사람들이 그를 따랐다. 특히 여성 팬들이 압도적으로 많았다. 그만큼 그는 한평생을 뭇사람들의 선망의 대상으로 살아왔다. 그것은 시인의 인격이 워낙 높고 출중했기 때문에 우의와 존경의 마음을 곁들인 아름답고 깨끗한 창조적 우러름이었을 것이다.

진을주 시인에게 보내는 수많은 사람들의 편지와 찬사와 덕담은 헤아릴 수가 없이 많다. 그 가운데 많은 시를 써오면서 독자들의 사랑을 받아온 추영수 시인의 편지체 시편을 대표로 여기 소개한다.

추영수 시인은 일찍이 미당의 추천으로 『현대문학』에 등단하여 좋은 시를 발표해 오면서 교직에 있다가 은퇴하고 유치원 원장으로서 꿈나무들을 키우면서 미당시맥 회장을 맡고 있는 원로 여류시인이다.

---

1) 유영,《윤동주, 잎새에 이는 바람에도 나는 괴로워했다》, 열음사 p.89

진을주 詩仙님

선생님
유치원 정원엔
단풍지는 춤사위에 이어
첫 눈이 왔습니다.
'호수공원'에도
첫 눈이 찾아왔는지요
눈을 바라보며 선생님을 그렸습니다.
더욱
강건하시기를
축원 올립니다.

추영수 기도 2008년 11월

이 글은 진을주 시인 내외분이 매우 아끼고 있었다. 그래서 예쁘게 액자에 표구해서 사무실 잘 보이는 자리에 걸어놓고 들며나며 보고 있었다. 그것을 필자가 책임 맡고 있는 서울 강서문인협회의 시화전에서 윤동주, 조지훈, 유치환, 장만영, 김악, 진을주 시인 등 작고하신 유명한 시인들과 김지향, 추영수 시인 등 원로시인들의 시와 40여 명의 강서문인협회 회원들의 시와 함께 2011년 5월부터 6월까지 한 달간 그랜드 아쿠아 휘트니스 전시장에서 전시했다.

2. 진을주 시인의 문학과 사상

진을주 시인에 대한 시인론은 평론가 신호를 비롯해 여러 평론가들이 많이 발표했다. 그 가운데서 진을주 시인의 시세계를 가장 본격적으로 거론한 평론가가 정광수 시인이다. 그는 진을주의 제 6시집《그믐달》이 발간되자 바로 〈진을주론〉을 쓰면서 진을주의 이 시는 상징적인 심상미를 강렬하게 보여주는 좋은 작품이라고 평했다.

낚싯대가 놓쳐버린 뛰는 심장
호수 위에 파문으로 일어서는 결단을 내릴 때
밤내 앓더니 날이 새기 전에 또 입질이구나

정광수는 이 평론에서 3연 3행의 이 짧은 시가 표제시로 만들어진 제 6시집
《그믐달》을 받고 시 작업은 재능보다는 진실로 형성됨을 알겠다고 했다.
　그는 진을주 시인의 《그믐달》을 그의 대표작으로 자리매김한 최초의 시인이
기도 하다. 그는 진을주론에서 이 시야말로 메타포의 진수를 뽑아 올린 가편이
라고 논평했다. 그리고 진을주 시 전부를 개관한 글을 10개로 나누어 분석했다.
이 분석에 대해 필자도 공감하기에 여기 그 내용을 요약하여 밝힌다.
　① 진을주의 시는 모더니즘 수법의 수련을 거쳐 인생과 자연에 대한 투명한
인식을 보여주었다.
　② 평생을 고고하게 그야말로 선비정신으로 일관해 왔고, 그의 천성적인 인간
미가 돋보이는 삶은 작품에서 일관된 시 정신을 유지해 왔다.
　③ 시정신과 더불어 인생, 자연, 허무, 슬픔 등이 투명한 인식 속에 자리잡혀
참신성이 돋보이며 인간의 삶의 의미와 리얼리티를 획득했다.
　④ 변화와 갈등이라는 동일성을 교직해 시어가 세련되고 섬세한 감각적 서정
성이 풍부하다.
　⑤ 특히 가로수에서 보이는 바 상징성이 돋보인다. 그것은 시인의 특별한 개
성의 소산이다.
　⑥ 명상적, 정관적 자세가 돋보이는 까닭은 순수미가 서정적, 상징적으로 절
제된 언어미학으로 인한 정감의 표출이 아름답고 에스프리를 얻었다. 그 말은
자기 충족의 독립된 경험으로 인생관과 세계관은 예술적 의도로 귀착시킨 까닭
이다.
　⑦ 《사두봉 신화》에서 보여주는 역사성(우리 것 소중, 우리 정서 천착) 민족의
식을 표출한 장시로 주체성 확립에 크게 기여하였다.
　⑧ 언어를 초월한 인간존재의 근원적(원형적), 다시 말하면 시의 신神 짚인 세
계, 또는 존재의(정신적) 현전現前에 도달하고 있다. 〈사두봉신화〉는 인간의 삶을
포착, 민족의 삶의 지혜를 캐냈다.
　⑨ 시어의 아름다움으로 사랑시의 진수를 뽑았다. 그 말은 음악성으로 하여

호소력 있게 이미저리가 유기적으로 그의 시어詩語에서 돋보인다.

⑩ 제6시집《그믐달》은 일대 변신하여 과학적 심상을 획득, 진을주 시세계가 완전히 전환하여 명실상부 이미지즘 대가의 반열에 들어 완숙미를 보여주고 있다고 논평했다.[2]

반면에 진을주 시인의 시어 속에는 세상을 바라보는 눈길이 남다르다. 앞에서 이미 진을주 시인은 남보다 한 발 앞서 세상을 이끌었던 시인이었다고 한 적이 있다. 그 사실을 지금 밝히고자 한다. 진을주 시인은 놀랍도록 젊은 시를 써왔다. 그의 시〈금강산〉이나〈말 타고 고구려 가다〉등의 시 속에는 20대 청춘이 약동한다. 지면이 없어 인용하지 못한 것이 아쉽다.

또 진을주 시인의 시는 놀라운 발상의 전환으로 진보적 저항성을 띤 순수 서정시를 창출했다. 그의 시〈그대의 분홍빛 손톱은〉을 본다.

그리움의/ 눈매 속에/ 꽃잎으로 피어서// 내 환상의 나래로/ 물살도 없이 흘러 와요/ 그대의 분홍빛 손톱은// 설레임의/ 미소 속에/ 꽃잎으로 떠서// 내 달아오른 입술가에로/ 어리마리 어리마리 흘러 와요/ 그대의 분홍빛 손톱은// 사무침의/ 눈빛 속에/ 꽃잎으로 흔들려서// 내 목 언저리로/ 넘실넘실 나래질이어요/ 그대의 분홍빛 손톱은// 떨리는/ 긴장 속에/ 꽃잎으로 숫저어// 내 머리 뒤돌아/ 뉘엿뉘엿 스쳐 와요/ 그대의 분홍빛 손톱은

진을주 시인은 소년처럼 감동적이다. 이웃을 사랑할 줄 알고 뜨거운 가슴이 정으로 물결쳐서 감성으로 차고 넘쳐 흐른다. 우주와 지구의 아름다움을 기쁨과 즐거움으로 느낄 줄 알고 언제나 뜨거운 가슴으로 노래할 수 있는 여유가 있다. 그대로 영원한 이팔청춘인 것이다. 아름다움 앞에서 생명의 숨소리를 들을 줄 알고 대상을 사랑할 줄 알고 생명의 숨결을 사랑하고 마음 속에 비치는 아름다운 모습을 설레임의 미소 속에 꽃잎으로 형상화시키는 놀라운 미적 감각이 있다. 그것은 마치 정지용, 박용철, 김영랑 등의 순수파 시인들처럼 탐미적이고 유미적이며, 예술지상주의적 사상까지 시로 녹여 승화시키고 있다.

이런 시인이 윤동주의 저항정신과 맥을 같이하는 시인이라면 놀랄 사람들도

---

2) 정광수, 「陳乙州論」『지구문학』(2006년 가을호) 통권 35호.

있으리라. 윤동주의 시 〈십자가〉, 〈슬픈 족속〉, 〈또 다른 고향〉 등은 당시 일제에 의해 핍박 받을 만한 충분한 조건을 갖추고 있었다. 바로 진을주 시인이 쓴 민중적인 분단 극복을 실현하고자 하는 강력한 의지의 시들도 당시 80년대 남북의 철저한 대치를 정치적 수단으로 악용하던 독재 정권하에서는 충분히 사상 검증을 받고 붙잡혀 가고도 남을 수 있었던 작품들이었다. 그런데 이런 시를 누구보다 먼저 썼다는 역사적 사실을 그냥 지나칠 수가 없다. 그의 시 〈통일의 광장〉을 본다.

어이하리야 어이하리야/ 시방도 휴전선의 녹슬은 철조망에/ 서러운 바람만 부는 것을// 누가 철조망을/ 녹이고 싶지 않으랴/ 너와 내가 외갓집 가던/ 환한 길처럼// 우리는 강물처럼/ 어울려 버려 어울려 버려/ 그날 민족의 광장에서// 3.8선이 다 무슨 소용/ 황토빛 밭두렁에서/ 허기진 어머니의 젖을 빨던/ 하나의 핏줄// 우리는 미친 듯이 얼싸안고/ 한라산에서 백두산까지/ 파도처럼 일어나 버려/ 그날 통일의 광장에서

통일의 열망을 원하지 않을 사람이 어디 있을 것인가? 그러나 7, 80년대 유신시절과 군사독재의 암울했던 그런 시절에 남북대치의 구실로 민초들을 통치해 가면서 끄떡하면 남산 아니면 이문동 어디론가 끌려가던 사람들이 헤아릴 수 없이 많던 그런 시절에 그런 시를 당당하게 썼다. 체계화되고 체질화되어 버린 분단 현실의 민족사적 세계사적 의미를 파헤치면서 그날 우리 모두가 민족의 광장에서 하나의 핏줄이 서로 만나 미친 듯이 얼싸안고 함께 살아가자고 외치는 처절한 음성의 시어들이 저 부드러운 시인 그 어디에서 저다지도 강렬하게 피어올랐을까? 이어서 〈남북통일〉의 시를 본다.

단군님이 웃어 제낀
참으로 푸른 하늘이 내린
首都 판문점 중앙청 지붕 위에
신생 공화국 국기가
하늘 높이 펄럭이는 눈부신 새아침
韓朝民主共和國 개국식 만세소리
남쪽에선 대한 주정부 주민들이

북쪽에선 조선 주정부 주민들이

한강의 강물처럼
대동강의 물줄기처럼

할아버지 할머니들도 아버지 어머니들도
아들 며느리 손자들까지

손에 손에 신생 韓朝國旗를 흔들며
미친 듯이 이산가족 한데 얼싸안고
뜨거운 가슴 가슴 들불로 타버려라
산불로 타올라라

이젠 지리산도 서럽게 한 번 울어보고
백두산 천지도 마음 놓고 한 번 울어봐라

韓朝民主共和國 헌법은
자유와 평등의 至高点만 있고
사형제도가 없는 박애주의 새나라
韓朝民主共和國 만세

휘파람새 소리 구르는
남쪽 끝에서 북쪽 끝으로
북쪽 끝에서 남쪽 끝으로
참으로 오랫만에
연변 며느리미씨깨 꽃이 활짝 웃는
민족통일路에
강아지도 실은 이삿짐들이
길 앞잡이 떼 날리며
왔다갔다 야단굿 났네

판문점 수도 통일시장에는
'메이드 인 韓朝'가 산더미로 쌓이고
외국바이어들이 개미 떼처럼 줄서고

평안도 산삼 사러 가는 제주도 사투리가
제주도 밀감 사러 가는 평안도 사투리가
장터에서 박치기로 코피도 내고
화해술로 재미도 보는
韓朝民主共和國 만세

　진을주 시인은 먼 훗날 아니 어느 날 갑자기 이루어질지도 모르는 조국의 통
일을 그토록 염원하면서 이 시를 썼으리라. 필자는 이 시를 읽으면서 김광균의
〈추일서정〉을 생각했다. 추일서정은 가을을 소재로 하여 현대인의 고달픈 삶을
가을의 고독과 애수에 대비시킨 시로서 우수의 그림자가 짙게 깔린 시이다. 그
것은 의지할 정신적 지주가 없이 방황하고 있는 현대인에 대한 그림자인 것이
며, 일제시대 식민지의 서러움을 견디어야 하는 지성인으로서 슬프고 외롭고,
고달픈 한이 깔린 시이다.
　그러나 진을주 시인의 〈남북통일〉은 우리의 조국이 통일을 이루고 신생 한조
민주공화국을 세워 만방에 고하는 찬란하고도 영광이 넘치는 역사적인 순간을
그린 가슴 벅찬 내일을 그린 장엄한 메시지의 시이다. 〈추일서정〉과는 완전히
대비되는 시인 것이다. 이 시가 발표될 때는 군사 독재가 기승을 부리던 시절이
어서 남북관계가 오늘보다 더 얼어붙은 시대였다. 그래서 그때는 아무나 이런
시를 쓸 수도 없었던 시절이었다. 그만큼 진을주 시인은 부드러우면서도 강렬
한 의지의 시인이었다.

3. 마무리

　부족한 식견으로 한국의 큰 시인의 자리에 당당히 녹명된 진을주 시인에 대한
논평을 한다는 것은 주제 넘는 일인 줄을 알고 있다. 그리하여 혹여라도 진을주
시인에 대해 누가 되지 않을까 걱정스럽기까지 하다. 그러나 필자는 강산이 여

러번 바뀌는 세월 동안을 진을주 시인과 가장 가까운 거리에서 그의 모든 것을 지켜보면서 함께 일을 해왔다. 그러므로 그에 대한 나의 짧은 소견이라도 발표해야만 그분에 대한 예의가 아닐까 하여 감히 붓을 들었다. 그러나 한편으로는 진을주 대시인의 인물과 시평을 하게 된 것을 무한한 영광으로 생각한다.

또 한 가지는 진을주 시인이 유명을 달리하신 이후 『지구문학』 2011년 봄호에 진을주 추모특집이 나가고 곧이어 발 빠르게 진행된 그의 시비건립운동에 대한 행사진행 사실이 『월간문학』 2011년 4월호에 발표되자 그때까지 이 사실을 모르고 있던 전국의 많은 문단의 선후배 동료들이 전화로 혹은 우연히 만난 자리에서 『지구문학』과 『월간문학』을 보고서야 진을주 시인께서 유명을 달리하신 사실을 알았다고 하면서 위로와 함께 자신에게는 왜 알리지도 않았느냐고 항의도 빗발쳤다. 그래서 분망 중에 미처 알리지 못한 분들이 있었다고 정중히 사과했다. 그러면서도 진을주 시인을 아끼고 사랑하는 분들이 이토록 많았다는 사실에 대해서 마음 한편으로는 매우 흐뭇하기까지 했었다는 사실을 말씀드린다.

그리고 그토록 놀라울 정도로 발 빠르게 진행되는 시비건립운동에 대한 사실에 대해서도 뜨거운 찬사와 지지를 보내준 분들이 많았다. 또 한결같은 마음으로 진을주 시인의 인품과 그의 시세계를 높이 평가하는 분들도 많았다. 평소에 그토록 진을주 시인을 사랑하고 아끼었던 많은 분들에게 이 자리를 빌어서 다시 한 번 정중히 고맙다는 인사말씀을 드린다.

아울러 『월간문학』 4월호 〈시비건립안내〉 광고가 나간 후 1개월간에 걸쳐 5월 17일 현재로 성금을 보내 주신 분들의 명단을 입금 순서대로 밝힌다.

김정오 함홍근 진진욱 박영만 오영태 이명란 홍하정 윤범식 조청호 최전엽 신규호 최창도 이유식 노정애 박성범 윤수아 정다운 김용옥 오동춘 전시운 송금균 정용채 이정희 정재황 문재옥 김상현 금동원 장정자 김희한 김광회 최승범 정병렬 김년균 민경옥 이기반 최상학

모두가 바쁘고 힘든 가운데도 이토록 성원을 보내 주신들께 깊이 감사드린다. 진을주 시인의 인품이 얼마나 훌륭했느냐는 사실을 앞에서도 누누이 말씀 드렸지만 시비건립에 동참해 주시는 분들의 그 깊은 마음을 볼 때 진을주 시인은 참으로 인생을 값지게 살다가 가셨다는 사실을 알 수 있다.

진을주 선생님께 세 번째 드리는 글월

김정오
지구문학 편집인 · 한민족역사문화연구원장

진을주 선생님! 가을이 왔습니다. 선생님! 가을 하늘의 구름이 아름답습니다. 선생님께서 견지동 지구문학 사무실로 저를 부르실 때도 오늘처럼 하늘의 구름이 참 아름다웠습니다. 그때부터 선생님과 저는 같은 길을 걸어 왔습니다. 신인들을 발굴하고, 지구문학상과 에스쁘아문학상을 만들고, 지구문학작가회의를 창립하고, 계절마다 시와 산문 낭송회를 열고, 또 국내외의 역사탐방을 함께 하였습니다. 이제 와서 생각하니 선생님과 함께 지내던 때가 참 행복했습니다.

선생님은 가을 하늘과 흰 구름을 좋아하셨습니다. 또 가을의 산과 들녘을 좋아하셨고, 가을의 여인을 사랑하셨습니다. 그러나 선생님이 안 계신 이 가을은 세상이 텅 빈 것만 같습니다. 선생님은 시집 《그믐달》에서 〈이 가을은〉이라는 시를 발표하셨고 호수공원에서는 〈가을 잠자리〉를 발표하셨습니다.

억새꽃 달아나면서 홀로 울게 하는
이 가을은 내 슬픔마저 거세하다.

미친년 같은 들판

견딜 수 없는 웃음소리만 들려오다
- 〈이 가을은〉 전문

선생님은 가을을 웃음과 해학으로 장식하셨습니다. 억새꽃이 달아나면서 선생님의 슬픔까지 거세해 버린다는 것입니다. 심지어 보통 사람들 같으면 엄두도 못 낼 미친년이라는 단어를 훌륭한 시어로 승화시켰습니다. 가을의 들녘 여기저기 흩어지고 널려져 있는 이삭들이 마치 미친년이 머리 풀어 헤치고 춤추듯 한다는 것입니다. 언어의 연금술사로서 시인의 능력을 마음껏 드러내 보이는 시입니다. 이처럼 선생님은 뛰어난 언어감각으로써 우리의 모국어를 훌륭한 시어로 탄생시키는 능력을 유감없이 보여주고 있습니다. 시집《호수공원》에 실린 〈가을 잠자리〉도 예사로운 시가 아닙니다.

> 그녀의 깊디깊은 아이새빛 가을 하늘에
> 속눈썹을 수없이 말아 올리는 마스카라 가을 잠자리
>
> 한 번 말아 올리고 거울 보고
> 뒤돌아서서 둠벙 같은 거울 속 욕심에 빠지고
> 나는 가을 내내 왔다갔다
> 하루해를 녹인다.
>
> – 〈가을 잠자리〉 전문

선생님은 예리한 시인의 눈으로 부드럽고 섬세한 가을 여인을 한 편의 시로 형상화시켰습니다. 가을을 맞는 아름다운 한 여인이 거울 앞에서 눈썹 치장을 하는 성숙한 모습을 절묘하게 묘사한 것이 그것입니다. 여인의 눈썹을 가을 잠자리에 비유한 이 시는 선생님께서 시와 함께 삶을 꿰뚫어 보시면서 살아오신 연륜을 감동으로 물결치게 하고 있습니다.

선생님과 여행의 추억
선생님과 함께 저는 나라 안팎으로 많은 곳을 역사탐방했습니다. 나라 안의 여행으로는 강원도 홍천과 인제의 백담사, 영월 그리고 무안 등에서 열리는 문학행사를 비롯하여 백제의 고도 부여와 공주, 익산, 그리고 목포의 박화성 문학관과 무안의 연꽃축제, 영암의 왕인박사 유적지, 강진의 다산초당, 김영랑 생가, 해남 녹우당의 윤선도 기념관을 거쳐 완도의 보길도를 다녀왔습니다. 그리고

▲ 매월당 김시습 문학비를 사이에 두고 고 진을주 시인과 필자

당진의 심훈문학관을 비롯하여 예산의 백제 마지막 산성인 임존산성과 홍성 등 내포 역사탐방은 물론 안성의 망이산성, 그리고 고구려 광개토대왕과 인연이 깊은 임진강변 오두산성의 통일전망대와 호로고루산성, 백제의 난은별 성이었 던 칠중성, 당포성은 물론 예천의 고모산성, 김해와 함안의 가야 유적지 그리고 신라의 고도 경주와 중원의 고구려 유적지 등 전국 방방곡곡 유적지를 거의 다 가 보았습니다.

또 몇 년 전 40여 명의 회원들과 함께 춘천의 김유정 문학관을 방문할 때였습 니다. 그때 선생님은 마이크를 잡으시더니 여러분 1927년 10월 3일이 무슨 날인 줄 아십니까! 우리는 어리둥절하고 있었습니다. 그때 선생님은 그날이 진을주가 세상에 태어난 날입니다. 이 말씀을 들은 우리들은 모두 손뼉을 치며 웃었습니 다. 선생님의 말씀은 다시 이어졌습니다. 나는 개천절 그러니까 우리나라가 탄 생한 날 태어났습니다. 이날은 우리 국민 모두가 태극기를 게양합니다. 저는 선 생님의 그 뛰어난 유머 감각에 또 한 번 놀랐습니다. 세상에서 유명한 지도자들 가운데는 유머를 모르는 사람이 없었습니다. 선생님도 역시 유머를 아시는 문 단의 지도자였습니다. 이 말씀을 들은 우리들은 피곤함도 잊은 채 즐거운 여행 을 했습니다.

나라 밖 여행으로는 중국 북경의 자금성과 이화원을 비롯한 여러 곳에 널려 있는 역사유적지와 유리창을 답사했습니다. 그리고, 동북 삼성의 고구려 역사 유적지, 연변대학과 윤동주의 모교, 김좌진 장군 청산리대첩 유적지, 백두산, 두만강, 압록강 심양, 북경 등을 두루두루 다녀왔습니다. 그리고 일본의 백제 역사 유적지와 오사카의 왕인박사 유적지, 또 조선통신사의 발자취를 따라 나라, 교토, 오사카, 히로시마, 후쿠오카 등 일본의 역사 유적지를 다녀왔습니다.

선생님은 북경행 비행기에서 옆자리에 앉은 저에게 인생을 살아가는 방법을 말씀해 주셨습니다. "세상을 살아가기 위해서는 온몸을 던져 한 가지 목표를 향해 전력투구해야 한다. 그렇게 해서 전문가가 된 후에 기회가 오면 놓치지 말아야 한다. 갈래길에서 헤매면 아무 곳에도 갈 수 없다, 눈으로 두 가지를 한꺼번에 보지 말고, 귀로 두 가지를 한꺼번에 듣지 말아야 한다"고 하셨습니다. 이 말씀을 들은 저는 선생님의 생활철학 및 좌우명을 정직, 성실, 화목으로 정하신 이유와 가훈으로 기회는 날으는 새와도 같다. 날기 전에 잡아라, 라고 정하신 이유를 알 수 있었습니다.

선생님이 아끼시던 지구문학 가족들

선생님은 1997년 3월 29일에 김시원 선생님과 함께 『세기문학』을 창간하셨습니다. 그리고 1년 후인 1998년 3월 23일 『지구문학』으로 재창간한 후 14년 째 단한 호도 거르지 않고 문인들에게 마음 놓고 글을 발표할 수 있는 터전을 마련해 주셨습니다. 그리고 능력 있는 신인들을 양성하여 문단에 큰 산맥을 이루었습니다. 그 가운데는 이름난 작가들도 많이 있습니다. 또 의사와 교수, 역사학자, 원자력학자, 사회학자 등을 비롯하여 공무원, 자영업자, 교사는 물론 군 고급 장교들까지 참으로 다양한 인물들이 지구문학으로 모여들었습니다.

2000년 가을에는 선생님과 함께 김시원 발행인, 김정오 편집인, 진진욱 시인, 이환송 시인 등이 의기투합하여 지구문학상을 제정했습니다. 초대 문학상 후원회장은 이환송 시인이 맡았으며, 이어서 고광룡 시인, 한귀남 소설가를 거쳐 지금은 임춘식 시인(한남대 대학원장)이 맡고 있습니다. 그리고 2003년 4월 태평양화학의 에스쁘아 화장품 전영호 사장이 500만원의 상금을 기탁함으로써 에스쁘아문학상이 제정되었습니다. 에스쁘아라는 말은 불란서 말로 희망이라는 뜻입니다. 우리나라에서는 태평양 화학에서 향수회사 이름으로 처음 쓰기 비롯했습니다. 그 후 전 사장의 정년퇴임으로 에스쁘아문학상이 일시 중단되었다가 시인 안병돈 교수, 수필가 김문원 화백을 거쳐 지금은 조창원 시인이 후원회장으로 있습니다. 전국적으로 널리 알려진 이 두 개의 문학상 수준은 같습니다. 수상자는 문단의 거목으로부터 중견에 이르기까지 실력 있고 가능성 있는 문인들이 대상입니다. 그동안 두 분야의 문학상을 타신 분들로는 김광회 원로 시인, 김상일 원로 평론가, 전 한국문인협회 부이사장인 엄기원 아동문학가, 그리고 국제펜클럽 한국본부 이사장을 역임한 김시철 시인, 송랑해 시인, 오정아 소설가, 박영만 평론가, 윤명철 시인, 조창원 시인, 함홍근 시인, 김희안 시인, 양창국 소설가, 안병돈 수필가, 김문원 수필가, 우제봉 시인, 김현숙 시인, 이희선 시인, 김용옥 수필가, 최전엽 시인 등입니다. 그동안 심사를 맡아주신 분들은 하근찬 원로 소설가, 진을주 원로 시인, 김정오 수필가, 홍윤기 평론가, 이유식 평론가, 이명재 평론가, 김봉군 평론가, 이수화 시인, 진동규 시인이 번갈아 수고해 주었습니다.

특히 에스쁘아문학상 후원회장을 맡고 있는 조창원 박사님은 서울대 의대를 졸업하고 군의관 대령으로 예편했습니다. 당시 대통령의 명령에 의해 소록도 병원장으로 부임한 후 한센병 환자들을 위해 한평생을 바친 분입니다. 이청준의 소설 〈우리들의 청춘〉에 나오는 주인공 조 대령이 바로 그분입니다. 화가이기도 한 조창원 시인은 지구문학으로 등단하여 자랑스러운 대한민국의 시인으로 열심히 활동하고 있습니다.

또 선생님과 가장 가까이 지내신 분이 있습니다. 에스쁘아문학상 수장자이며 상금 후원자이기도 한 김문원 수필가의 부군이자 선생님의 주치의였던 윤자헌 박사님입니다. 그분도 서울대 의대를 졸업하고 합정동에다 새서울의원의 문을 연후 30여 년을 그 자리를 떠나지 않고 가난한 이웃들을 돌보는 한국의 슈바이처입니다. 선생님이 치료를 받으실 때 그 병원을 방문한 적이 있습니다. 합정동은 대로변의 번화한 대도시와는 달리 큰 길에서 조금만 더 들어가면 아직도 가난한 사람들이 살고 있습니다. 윤자헌 박사님은 그 자리를 꿋꿋이 지키면서 오직 이웃들의 건강을 위해 24시간 병원을 지키고 있습니다. 이름난 화가이기도 한 김문원 수필가는 부군의 뒷바라지를 위해 교직을 그만 두고 함께 건강의 파수꾼 역할을 하는 현모양처입니다. 그러면서도 틈나는 대로 글을 쓰고 그림을 그리고 있습니다. 윤자헌 박사님의 성실한 치료는 선생님의 건강을 잘 지켜 주셨던 것으로 알고 있습니다. 그러나 만년에 선생님을 뵈었을 때는 날로 쇠잔해 가시던 모습이 애잔함으로 다가옵니다. 결국 체력의 한계가 폐렴을 이기지 못하시고 임종을 맞으신 것 같습니다.

또 한 분이 있습니다. 선생님의 장조카이자 선생님의 대를 이어 지구문학의 대표를 맡고 있는 진동규 시인입니다. 진 시인은 『시와 의식』으로 등단한 후, 전주 예총회장, 국제종이협회 총회장, 전북교육위원, 전북문인협회 회장을 지내고, 현재는 한국문인협회 부이사장을 맡고 있습니다. 시집으로 《꿈에 쫓기며》, 《민들레야 민들레야》, 《아무렇지도 않게 맑은 날》, 《구사포 노랑모시 조개》, 기행수필집 《바람에다 물감을 풀어서》, 《일어서는 돌》이 있습니다. 그런데 시집 《아무렇지도 않게 맑은 날》이 16판까지 팔리는 기적이 일어난 것입니다. 그것은 이유가 있습니다. TV 연속 드라마 '시크릿 가든'(비밀정원)이 2010년 11월 13일부터 2011년 1월 16일까지 SBS에서 방영되었습니다. 백만장자 현빈(김주원)과 스턴트 우먼 하지원(길라임)이 주인공인데 주인공 현빈(김주원)이 통유리로 된 자기 서재에서 하지원(길라임)을 애절하게 그리면서 진동규의 시집 《아무렇지도 않게 맑은 날》을 꺼내 읽었습니다. 그때 이 시가 자막으로 방영되었습니다. 그 장면을 지켜 본 시청자들의 반응은 엄청났습니다. 순식간에 그 책은 날개 달린 책이 되어 세상을 놀라게 했습니다. 그 시를 다시 봅니다.

솔 꽃가루 쌓인/ 토방 마루/ 소쩍새 울음 몇/ 몸 부리고 앉아/ 피먹진 소절을 널어/ 말립니다/ 산발치에서는 한바탕/ 보춘화 꽃대궁 어지럽더니/ 진달래 철쭉 몸 사르더니/ 골짝 골짝/ 오늘은/ 아무렇지도 않게 맑은 날/ 쌓인 송홧가루/ 밭은기침을 합니다.
　　　　　　　　　　　　　　　　　　　　　　　　　　　－ 〈아무렇지도 않게 맑은 날〉 전문

진동규의 시 세계는 의도적인 리듬과 문체를 통해 우리의 옛 정서들을 되살려 냈다는 평을 받고 있습니다. 그 정서들은 현재의 풍경을 그림이나 음악을 통해 삶 속에서 정형화된 형태로 형상화시키면서 시인의 감성 속에 자리잡고 있는 것이 그것입니다. 이는 시인의 독특한 미학이 퇴락한 것들 속에서 살아 있는 정통의 맥을 잇는 시 정신일 것입니다. 그리하여 현재적인 아름다움을 지난날과 이어주는 징검다리 역할을 충실히 하고 있다는 평을 받고 있습니다. 다시 말해 고답적인 감각들을 현실로 일깨워 준다는 시평이 그것입니다.

또 진동규 시인은 '달하 노피곰 도다샤 어긔야 어강됴리 아으 다롱디리' 〈정읍사〉의 첫 구절을 인용하면서 "내장산 골짜기에 들어가 보면 별별 희한한 짐승들이 다 모여 산다. …(중략)… 갈 때마다 들리는 새소리가 다르다. 뻐꾹새·동박새·밀하부리·하얀 눈이·오목눈이 소리도 다르지만 그 하는 지서리도 다르다. …(중략)… 지서리가 나면 양성 모음·음성 모음·중성 모음 이런 것들을 제 흥만큼씩 시늉하며 소리 지르고 그런다고 할 것이 아닌가. …(중략)… 시를 쓴다고 몇 번이나 기를 세우고 또 꺾어지고 그러면서 여기까지 왔지만 나는 감히 저 가락을 따르지 못한다. 천년도 훨씬 더 먼 옛날, 우리 동네에 살았던 평범한 아낙네의 저 가락을 따르지 못한다. 내 시가 저만큼 제 감흥을 참되게 담아낼 수 있다면 얼마나 좋겠는가"라고 말하고 있습니다. 더구나 이 시 〈아무렇지도 않게 맑은 날〉은 2003년 2월 25일 테너 김남두가 전 세계로 생중계되는 16대 대통령 취임식 자리에서 불러 더욱 유명해졌습니다. 선생님은 이런 후계자를 두고 가셨습니다.

또 반드시 거론해야 할 한 분이 있습니다. 평생 동안을 선생님의 반려자로서 선생님 곁을 단 한 번도 떠나지 않고 지켜 주시던 원로 수필가인 김시원 사모님입니다. 저는 오랜 세월을 선생님 내외분의 일거수일투족을 가까이서 지켜보았습니다. 그런데 선생님을 지극 정성으로 보필하시는 사모님의 놀라운 내조는 많은 분들을 놀라게 했습니다. 저는 단 한 번도 선생님을 향한 김시원 선생님의 자세가 흐트러진 모습을 본 일이 없습니다. 이는 나 말고도 선생님 내외를 아시는 분들의 한결같은 소감입니다. 그만큼 선생님은 처복도 많은 분이셨습니다.

그런데 선생님이 가시고 난 후 그 어렵다는 순수문예지 발간을 위해서 최선을 다하시는 모습이 참으로 믿음직스럽습니다. 외유내강 그대로 겉으로는 한없이 부드럽지만 일을 처리해 가는 데는 어느 장부 못지않은 그대로 여장부이십니다. 그러면서도 한없이 부드럽고 아름다운 수필을 써서 우리나라 최고의 문인들에게만 주는 조연현문학상을 받기까지 했습니다. 저는 문협 이사회에서 수상자가 결정된 후 가장 먼저 이 소식을 선생님께 알려드렸습니다. 그때 전화선을 통해 너무나 기뻐하시던 선생님의 목소리가 지금도 그대로 들리는 듯합니다. 김시원 선생님은 선생님이 가시기 전에 가장 큰 선물을 드린 것으로 알고 있습니다.

선생님 그밖에도 많은 분들을 거론해야 하는데 지면이 없어 말씀드리지 못한 점이 아쉽습니다. 그러나 지구문학상 후원회장을 맡고 있는 한남대 임춘식 교수(대학원장, 지구문학 출신 시인)와 현 지구문학작가회의 신인호 회장을 비롯하여 함홍근 고문, 양창국 회장, 백활영 이사와 그밖에 하늘에 별과 같은 문인들이 줄을 이어 있습니다. 그분들을 일일이 거론하지 못한 점에 대해서 이해해 주시리라 믿습니다.

문단에서 존경 받으신 선생님

선생님은 문인과 문학지에 대해서 이렇게 말씀하셨습니다.

"글을 쓰고자 하는 사람이 있다 하자 그 사람이 글을 쓰지 않고는 도저히 견딜 수 없다면 그 사람은 온몸을 던져 글을 써야 한다. 그러나 여러 편의 좋은 작품이 써지기를 기다리고만 있다면 단 한 편의 글도 쓰지 못할 것이다. 그러므로 끊임없이 읽고, 생각하고, 써라. 그렇게 한다면 반드시 좋은 글을 쓸 수 있을 것이다. 마찬가지로 백사람의 좋은 작가를 기다리고만 있다면 단 한 사람의 작가도 만나지 못할 것이다. 그러므로 가능성 있는 신인들을 과감하게 길러내야 한다. 지구문학을 창간한 이유의 한가지이기도 하다. 좋은 작가를 찾아내는 가장 바른 길이 문예지를 운영하는 길이기 때문이다. 그러나 이 길은 가시밭과 엉경퀴가 깔려 있는 험한 길이다"라고 말씀하셨습니다. 그리고 선생님은 여러 문예지를 통해 많은 신인들을 배출하셨습니다. 특히 지구문학에서만 300여 명의 문인들을 길러내셨습니다. 선생님의 말씀대로 그들 가운데는 문단에서 크게 능력을 인정받고 있는 분들이 많습니다.

우리는 선생님이 가신 후 바로 선생님의 시비건립을 위한 모임을 가졌습니다. 그때 생존해 계신 전 현직 한국문협 이사장님 전원이 동참해 주셨습니다. 뿐만 아니라 일부 부이사장님들과 국제펜클럽 김시철 전 회장님을 비롯한 몇몇 부회장님들도 많은 원로 문인들과 함께 적극적으로 찬동해 주셨습니다. 이런 일은 우리 문단사에서 일찍이 없었던 일로 알고 있습니다. 선생님께서 한평생을 존경 받는 큰 시인으로서 아름다운 삶을 살다가 가셨다는 증표가 되는 것입니다. 한 사람이 어떤 삶을 살았느냐 하는 것을 평가하려면 그 사람이 세상을 떠난 뒤에야 알 수 있다는 말이 진리임을 입증해 주고 있습니다. 뿐만 아닙니다. 원로문인들께서 진을주 선생님의 아름다웠던 한 삶과 주옥 같은 시편들을 더욱 널리 알려야 한다고 격려해 주셨습니다. 그리고 진을주문학상도 제정해야 한다는 말씀들을 하셨습니다.

그리하여 선생님이 가신 후에 시집 《호수공원》을 비롯하여 많은 작품집들이 널리 읽혀지고 있습니다. 이를테면 중국 연변대학교의 최문식, 우상렬 교수와 상해 외국어대학교 육애화 교수를 비롯하여 러시아 국립극동대학교 도서관에도 선생님의 시집을 보내드렸습니다. 그곳의 교수님들이 좋은 시집을 보내주어서 고맙다는 말씀을 해왔습니다. 그만큼 국내외로 선생님의 애독자들이 늘어나고 있습니다. 그리고 일본의 민단과 각 대학의 도서관으로도 지구문학과 시집 《호수공원》을 보내드리고 있습니다. 또 미국의 중요 기관과 대학에도 선생님의 책들을 보낼 예정입니다. 물론 그밖에도 가능한 한 세계 여러 나라들의 교포들과 대학에도 책을 보내드릴 것이며, 그 나라의 글로 번역하여 더 많이 그리고 더 널리 선생님의 문학과 그 업적을 알릴 생각입니다.

진을주문학상을 제정했습니다.

선생님 2011년 7월 13일 지구문학 가족 일행(김시원, 김문원, 함홍근, 김현숙, 신인호, 김정오)은 경치 좋은 북한산 자락의 형제갈비집에서 모임을 가졌습니다. 그것은 한국 화가이면서 지구문학에서 에스쁘아문학상을 수상하였고, 문학상 후원회장을 맡기도 했던 수필가 김문원 님이 국전에 출품하여 당당히 특선을 했습니다. 그리하여 그 기쁨을 함께 나누고자 평소에 가까이 지내던 문우들을 초청한 자리였습니다. 우리는 선생님이 계셨더라면 함께 모시고 올 수 있었을 텐데 너무나 아쉽다는 말씀들을 나누었습니다. 그리고 선생님의 시비 건립 문제와 선생님의 이름을 넣은 진을주문학상 제정에 대해서 의견들을 나누었습니다. 그때 함홍근 시인께서 진을주문학상은 반드시 제정되어야 한다고 하면서 상금 후원을 책임지기로 약속하였습니다. 결국 그날은 진을주문학상이 탄생되는 역사적인 날로 기록된 것입니다. 그 후 7월 20일 지구문학 사무실에서 양창국 회장이 함께한 자리에서 진을주문학상 제정을 확정지었습니다. 이로서 지구문학에는 지구문학상과 에스쁘아문학상, 그리고 진을주문학상까지 세 개의 문학상을 두게 되었습니다.

함홍근 시인은 1963년 청록파 박두진 시인의 추천에 의해 『현대문학』으로 등단하여 초대 울산문인협회장을 맡고 울산문학을 창간하였습니다. 여러 번에 걸친 교육공로상과 홍조근조훈장을 수훈하였고, 에스쁘아문학상을 수상하였으

▲ 2011년 7월 13일 북한산 자락 형제갈비집에서 진을주문학상을 제정하고. 좌로부터 함홍근 시인, 김문원 수필가, 신인호 시인, 김시원 수필가, 김현숙 시인, 김정오 수필가

며, 동경PEN대회(1984), 아시아시인회의(1986), 서울 세계시인대회(1988), 서울 PEN대회(1988) 한국대표를 역임한 원로 시인입니다. 시집 《東海風》, 《東海北部》, 《바다가 열리는 언덕》, 시론집 《한국 현대시의 탐구》가 있습니다. 함 시인은 생활적 체험을 시로 여과·환원시키면서 진실을 이상적으로 포괄하고 응축하려고 노력하는 시인으로 알려져 있습니다. 본인도 한국적인 리듬과 삶의 아픔을 시로써 순화시키려 노력하면서 시를 쓰고 있다고 말하고 있습니다.

선생님의 시비건립 운동은 잘 진행되고 있습니다. 특히 저와 함께 공동추진위원장을 맡고 있는 라대곤 회장님은 선생님께서 누구보다 아끼시던 자랑스런 제자였습니다. 그래서 이번 시비 건립 운동에서도 저와 함께 공동추진위원장으로서 많은 협조를 아끼지 않고 있습니다. 그리고 멀리 중국의 연변대학교 우상렬 교수님께서도 선생님의 시학과정을 중국어로 번역해서 시비건립 후원금과 함께 보내 오셨습니다. 여름호에 이어 8월 현재까지 성금을 보내 주신 분들의 성함을 알려드립니다.

김정오, 함홍근, 진진욱, 박영만, 오영태, 이명란, 홍하정, 윤범식, 조청호, 최전엽, 신규호, 최창도, 이유식, 노정애, 박성범, 윤수아, 정다운, 김용옥, 오동춘, 전사운, 송동균, 정용채, 이정희, 정재황, 문정희, 김상현, 금동원, 장정자, 김희한, 김광회, 최승범, 정병렬, 김년균, 민경옥, 이기반, 최상학(이상 1차).

라대곤, 고임순, 양동식, 차동희, 송랑해, 주진호, 김학, 신인호, 이혜선, 박정하, 이종곤, 신동명, 이지영, 김두은, 김현숙, 엄기원, 김진섭, 경길수, 신민수, 김기명, 백활영, 김예태, 허순행, 이희선, 신현근, 우상렬, 최창일, 김문철, 김건중, 김문원, 오현정, 이정순(이상 2차, 8월 현재).

이제 겨울호로 시비 헌금을 마감하고 따뜻한 봄철에 시비를 건립할 예정입니다. 그리고 성금을 보내 주신 분들의 성함과 헌금 액수를 정식으로 공고할 예정입니다.

선생님 소식 한 가지를 더 알려 드립니다. 그것은 선생님을 모시고 백두산과 항일 유적지와 윤동주 기념관 등을 역사탐방했습니다. 금년 여름에도 한민족역사문화 연구원이 주최가 되고 지구문학과 강서문단이 공동 주관하여 백두산 항일유적지, 윤동주 생가와 기념관, 그리고 조·중 국경지대인 두만강에서는 배를 타고 조선 국경 1미터 옆에서 뱃놀이까지 했습니다. 또 연변대학교에 들러서 그 넓은 학교 안팎을 두루두루 둘러보고 자세한 설명을 듣고 왔습니다. 마침 거기서 TV 사극 '왕의 남자' 주인공과 만나 사진도 같이 찍었습니다. 또 심양에 들러 병자호란 때 소현세자와 봉림대군이 9년간이나 볼모로 잡혀 있던 역사 현장과 환향년과 호로자식의 어원을 만들어 낸 슬픈 역사유적지를 둘러보고 귀국했습니다. 그리고 신인호 지구문학작가회의 회장, 함홍근 고문, 백활영 이사 등이 함께 참여했으며 총 23명의 기라성 같은 문인 학자들이 참여하여 중국 측 학자들과 문인들의 환영을 받았습니다. 이제 선생님께 올리는 가을 편지는 여기서 그치겠습니다. 선생님 천국에서 편히 쉬시기를 바랍니다.

2011년 초 가을에 김정오

진을주 선생님께 드리는 네 번째 추모 글월

金政吾
지구문학 편집인, 한민족역사문화연구원장

이 겨울에 다시 선생님을 불러봅니다.

선생님! 겨울이 왔습니다. 미소 띈 얼굴로 반기시던 선생님의 모습이 다시 떠오릅니다. 오늘은 그동안에 있었던 일들을 간추려서 말씀드리고자 합니다. 이미 지난번 편지에서 말씀했습니다만 금년 8월 11일부터 16일까지 저와 함홍근(시인, 진을주 문학상 운영위원장), 신인호(시인, 지구문학 작가회의 회장), 백활영(시인, 지구문학작가회의 이사) 등 지구문학 임원들이 강서문단 회원들과 KBS, 임원 및 숭실대를 비롯한 여러 대학 교수님들과 함께 몇 년 전 선생님과 함께 다녀왔던 옛 고구려, 발해 땅 심양을 거쳐 백두산, 두만강 그리고 항일운동의 발자취를 따라 청산리 대첩의 현장과 기념비를 찾아보고 연길시, 용정의 명동촌 윤동주 생가와 모교, 그리고 연변대학교 등 만주지방을 두루 두루 돌아보고 왔습니다.

특히 선생님과 함께 올랐던 백두산의 열두 봉우리는 승로반承露盤인 듯, 새의 부리인 듯 하늘을 떠받치는 천길 내리 벽으로 천지를 둘러 감싸고 있는 모습은 언제나 한결같았으며, 그 맑은 호수 물은 하늘빛 그대로 장엄하다 못해 신비로움이 감돌았습니다. 유일하게 북쪽으로만 흐르는 물길은 장백폭포로 흘러 여러 강의 시원이 됩니다. 중국 쪽으로는 혼동강混同江이 되고 한중 국경이 되어 흐르는 두만강이 됩니다. 특히 이 강은 땅 밑으로 30리나 숨었다가 나타난 물길이라고 해서 도망강이라 했다가 두만강으로 바뀌어진 이름이기도 합니다. 만주어로는 '투먼 울라'(Tumen Ula) 즉 '으뜸'이라는 뜻입니다. 그리고 우리말로 '솔의 꽃 물'이라 이름했던 송화강松花江은 만주어로 '숭가리 울라(Sungari Ula)'라고 합니다. 은하수, 또는 하늘의 강'이라는 뜻입니다.

그리고 백두산의 북동쪽으로는 옛 발해 땅이던 러시아 연해주가 있고 핫산을 거쳐 블라디보스톡을 지나 우스리스크와 하바롭스키가 나옵니다. 그곳을 휘돌아 중·러 국경으로 흐르는 강을 중국에서는 헤이룽강(黑龍江)이라 하고, 만주어로는 큰 강(大河)이라는 뜻인 암바무리 강이라 하며, 러시아에서는 아무르 강이라 합니다. 아무르 강의 어원은 강이 너무 커서 아물아물하다 하다는 우리말이 말 뿌리가 된 것입니다.

또 서쪽으로는 북한과 만주 사이를 압록강이 흐릅니다. 이 강이 고구려 수도였던 집안 앞을 서울의 한강처럼 흐르는 강이었기에 우리말로 앞 누비강이었습니다. 광개토대왕비에 나타나는 엄리대수奄利大水가 곧 압록강(鴨綠)입니다. 만주어로는 '얄루 울라(Yalu Ula)'라 하는데 두 평야 사이를 흐르는 강이라는 뜻입니다. 그러니까 지금 서울의 강남 강북 사이를 한강이 흐르듯이 압록강도 옛 고구려 땅 가운데 즉 지금의 만주와 북한 사이를 흘렀던 강이었습니다.

아무르강이나 압록강이나 한강 등이 모두 아리수라는 말 뿌리에 근거를 두고 있습니다. 다시 말해 흑룡黑龍은 우리말로 거믈미리인데 〈검미리[kemmiri]〉에서 'ㄱ'이 탈락하여 '아(어)미리'〈아무르〉 등으로 추정하는 것입니다. 위례의 말 뿌리를 아리수로 보고 있는 것도 같은 이치입니다. 아리수란 넓고 크고 깨끗한 강을 뜻하고 한강이라는 말도 '큰 강'이라는 뜻이기 때문입니다.

압록강과 두만강에는 468개 섬이 있습니다. 이 가운데 280개가 북한 땅이고, 중국이 187개, 러시아가 1개를 갖고 있습니다. 압록강에 있는 205개의 섬은 1962년 맺어진 '조중변계조약朝中邊界條約'에 의해 북한이 127개, 중국이 78개씩 차지했습니다.

강물은 두 나라의 공유이지만, 섬은 조약 체결 당시 그 섬에 살던 주민이 어느쪽 백성인가에 따라 나눈 것입니다. 그때 북한 땅으로 된 섬이 이성계의 회군回軍으로 유명한 위화도를 비롯해 황금평, 비단섬 등이었습니다. 위화도는 압록강 한가운데 있지만 황금평과 비단섬은 중국 단둥과 거의 붙어 있습니다. 1962년까지는 단둥과 황금평 사이에 샛강이 흘렀습니다.

그 후 세월이 흐르면서 퇴적물이 쌓여 중국 땅과 거의 닿아 있습니다. 아예 중

국이 흙으로 강을 메워 중국 땅으로 만들려 했다는 이야기도 있습니다.[1]

　또 백두산에서 뻗은 산세는 북쪽으로 영고탑寧古塔, 서쪽은 요동, 서남쪽은 혜산진, 동쪽은 무산, 회령, 그 남동쪽으로 허항령, 보다산, 마등령, 덕은봉, 완항령, 설령, 참두령, 원봉圓峯 황토령, 후치령, 통파령, 부전령, 상검산, 하검산이 백두대간을 타고 내려와 서울의 주맥 삼각산이 되고 다시 이 산은 인수봉, 백운대, 북악산, 인왕산, 낙산, 남산을 품고 수락산, 아차산, 관악산, 청계산, 계양산, 천마산, 송악산, 성거산을 거느리며 우리의 서울을 지키고 있습니다.

　2002년에 이미 우리는 선생님과 함께 이곳을 다녀왔습니다. 그래서 이번 여행도 그쪽을 택하게 된 이유 중 하나이기도 합니다. 가는 곳곳마다 선생님과 함께했던 그때가 생각났습니다. 또 우리는 갈 때와 올 때 두 번에 걸쳐 심양공항을 이용하였습니다.

　심양은 병자호란 때 소현세자와 봉림대군 그리고 우리 부녀자들 50여만 명이 끌려가 능욕을 당한 곳입니다. 그리고 호로胡虜자식과 환향년還鄕女의 슬픈 어원을 만들어 냈던 아픈 역사의 현장입니다.

　우리가 심양공항에 내리자 심양의 문인 대표들이 공항까지 마중 나와서 우리들을 환영해 주었습니다. 그 가운데 대표적인 분들은 권춘철(언론인, 중국 심양 조선족작가회 회장), 이문호(시인, 중국 심양조선족작가회 부회장), 림금산(시인, 중국 심양조선족작가회 부회장), 문운룡 (수필가, 중국 심양조선족작가회 수필분과 회장), 김룡호(시인, 중국 심양조선족작가회 시분과 회장) 등입니다. 그분들에게 감사드립니다.

　만주에는 우리 조선족이 2백만 명이 넘게 살고 있습니다. 이는 해외 한민족 가운데 가장 큰 모임입니다. 한민족은 중국 전역에서 살고 있으나 대부분이 길림성, 흑룡강성, 요녕성 등 옛 고구려, 발해 땅이던 만주에 많이 살고 있습니다. 그 가운데 길림성의 연변 조선족 자치주에 약 80여 만 명의 조선족이 살고 있습니다.

　조선족 자치주는 1952년 9월 3일에 출범했습니다. 그곳은 연길과 도문 두 개의 시와 용정[2], 훈춘, 화룡, 돈화, 안도, 왕청 등 6개의 현으로 이루어져 있습니

---

1) 「조선일보」, 2011년 6월 10일 만물상
2) 1983년에 연길현을 용정으로 변경

다. 연변 조선족 자치주 외에도 백두산 서남쪽에 따로 장백 조선족 자치현이 있습니다. 1983년부터 우리 한민족이 집중으로 모여 살고 있는 길림성의 연길, 서란 교하 화전 반석 등 5개의 현이 길림성으로 들어왔습니다. 모든 간판은 한글을 먼저 쓰고 다음으로 중국어를 쓰든지 안 써도 상관없습니다. 또 신문 방송 등 어느 공용 기관이거나 다 한글로 말하고 한글로 쓰고 있습니다. 그들의 힘으로 1949년 중국에서도 최우수 종합대학교로 알려진 연변대학교를 세웠습니다. 교문의 간판도 선생님과 함께 갔을 때 그대로인 한글로 "연변대학"이라고 붙여놓고 2세 교육에 온 힘을 기울이고 있습니다.

일송정과 선구자의 노래와 용정龍井 우물

우리는 선생님과 함께 갔을 때처럼 백두산 천지에서 기를 잔뜩 받고 내려와 두만강에서 배를 타고 북한 땅 옆을 오르내리면서 북한의 실상을 엿보았습니다. 그리고 용정에 있는 윤동주의 모교 대성중학교와 윤동주 기념관을 둘러보고 그 의 시비詩碑 앞에서 기념촬영을 했습니다. 용정에는 해란강이 흐릅니다. 이 강은 백두산 자락의 야트막한 산을 굽이돌아 용정시의 용문교를 지나 두만강으로 흐릅니다.

시내의 아파트와 옛날의 낡은 건물들 사이에 쌈지 공원이 있고, 거기에 용정 기념비가 서 있습니다. 기념비에는 이렇게 새겨져 있습니다.

龍井地名起源之井泉 용정지명기원지정천
〈1879년부터 1880년간에 조선 이민 장인식, 박인언이 발견하였다. 이민들은 우물가에다 용두레를 세웠는데 용정 지명은 여기서부터 나왔다〉

선구자의 노래는 해란강을 배경으로 용정의 실상과 그 아픔을 담은 노래입니다. 작곡가 조두남(1921년생)이 21세 때인 1933년 어느 날이었답니다. 함경도 말씨를 쓰는 윤해영이라는 낯선 젊은이가 〈용정의 노래〉라는 노래 말을 들고 와서 작곡을 부탁했답니다. 조그마한 키 마른 몸 낡은 외투를 걸치고 초췌한 모습의 눈빛이 강열했던 그 젊은이로부터 노래 말을 받은 해는 윤동주가 은진중학교에 입학한 다음 해였습니다.

용정의 노래는 1933년 당시의 용정의 가슴 아팠던 현상을 너무나 잘 반영한 작품이었습니다.

"지난날 강가에서 말 달리던 선구자/ 지금은 어느 곳에 거친 꿈이 깊었나"라는 구절은 실제로 독립군들이 말을 타고 일본군들과 용맹하게 싸우던 실상을 그대로 담고 있어 사람들의 가슴을 울리는 구절입니다. 치과의사 이병태는 "한때 이상설과 같은 큰 경륜과 높은 의기와 독립운동가들이 거친 땅에서 외롭게 싸우면서 그들의 꿈을 펼치던 땅 그러나 일본 세력이 판을 치는 땅이 되어 버린 비통한 용정의 변천사가 그 한 줄의 처연한 탄식 속에 녹아 흐르고 있다"라고 말합니다.

일송정, 푸른솔, 한줄기 해란강, 용두래 우물, 용문교의 달빛이라는 노래 말의 정감은 아름답습니다. 그런데 최근에는 가사를 지은이가 친일을 했다는 말이 있어 마음이 무겁습니다. 그래서 그런지 예전에 세워졌던 일송정의 시비는 없고 대신 진달래노래가 서있습니다. 그리고 휴게소조차 황량하게 서있어 가슴이 아팠습니다.

선구자의 노래를 다시 불러 봅니다.

선구자

일송정 푸른 솔은 홀로 늙어 갔어도
한 줄기 해란 강은 천년 두고 흐른다
지난날 강가에서 말달리던 선구자
지금은 어느 곳에 거친 꿈이 깊었나.

용두래 우물가에 밤새 소리 들릴 때
뜻 깊은 용문교에 달빛 고이 비친다.
이역하늘 바라보며 활을 쏘던 선구자
지금은 어느 곳에 거친 꿈이 깊었나

용주사 저녁종이 비암산에 울릴 때
사나이 굳은 마음 깊이 새겨 두었네

조국을 찾겠노라 맹세하던 선구자
지금은 어느 곳에 거친 꿈이 깊었나.

선생님의 시 〈해란강〉과 〈고구려〉 시를 읊었습니다.

용정 근처에는 원래 소나무가 자라지 않습니다. 다만 해란강 위에 있는 용문교를 지나 산등성이를 한참이나 올라가면 그 꼭대기 큰 바위 옆에 한 그루 우람한 소나무가 우뚝 서 있었습니다. 이 소나무가 일송정입니다. 그러나 중국 정부에서 이 소나무를 베어버렸습니다. 그래서 우리 민족의 손으로 조그마한 소나무를 다시 심어 놓았고 기와집 정자도 지었습니다.

2002년 8월에 우리는 선생님과 같이 이곳 일송정에 올라왔습니다. 그리고 우리 모두는 해란강을 내려다보며 소리 높여 일송정 노래를 불렀습니다. 이어서 저는 역사 강의를 했고, 선생님은 〈해란강〉이라는 시와 〈고구려〉라는 시를 발표하셨습니다.

그때 그 시를 다시 읊으면서 선생님을 생각합니다.

해란강

진을주

제주도 땅 끝에서
만리장성 코앞에 둔 고구려 땅 끝까지
땅 속에 뻗어 있는 질기디 질긴 쇠심을
나는 해란강에 와서 처음 보았어
해란강에 피 흘려놓고
어디론가 떠났다는 독립군 소식
일송정 꼭대기는 손때 묻은 내 등짝 찢어지게 붙잡고
양잿물 같은 눈물 펑펑 쏟아 붓고 있네

디지털 전쟁[3]을 생각해 내는 내일의 주역들

눈빛에서 타는 섬광이 해란강 마른 번갯불로

고구려 발해 역사탐방
우리들의 수 천리 밖 시야에서
나도 아스라이 울어야 했네

고구려

진을주

나당동맹의 시퍼런 칼날 위에 섰던
뜨거운 동맥이 들썩거리는
고구려 땅
푸르디푸른 풀잎 끝 뼛속 눈물
어머니의 아스란 임종처럼
서러운 서러운 지평선

평화 민주 독립 정신의 성지, 용정

선생님 우리는 선생님의 시를 다시 읊조리면서 윤동주의 생가를 찾았습니다. 윤동주는 1917년 12월 30일 북간도 용정 명동촌에서 태어났습니다. 그는 이미 초등학교 시절부터 시를 썼고, 12살 때 친구들과 함께 『새명동』이라는 잡지를 만들었습니다. 중학교 때는 축구선수이면서도 시문집을 만들었습니다. 훗날 젊은 나이에 억울하게 세상을 떠났지만 윤동주와 그의 시는 우리 국민의 가슴 깊이 새겨져 있습니다. 윤동주가 태어난 북간도 용정의 명동촌은 한국의 평화 사상과 민주 독립정신의 산실 여러 곳 가운데 첫 번째로 손꼽는 곳입니다.

이곳은 1900년대에 교육과 종교와 독립운동 등에서 관북일대의 핵심지로 자리 잡았던 곳입니다. 명동촌의 역사는 1889년 2월 18일부터 비롯됩니다. 당시

---

3) 디지털 전쟁 : 마이크로 로봇 허프총, 전자기장폭탄으로 생물이 죽지 않는 미래의 전쟁

두만강변의 회령, 종성 등에 살던 네 가문의 스물 두 집 가족들 141명이 고향을 떠났습니다. 그들은 나라가 어려운 것은 백성들이 교육을 받지 못했기에 일어난 일이라는 것을 알았습니다. 그리하여 후손들에게 교육을 시켜야겠다는 마음으로 청국인 대지주로부터 토지를 사들인 후 이곳으로 왔습니다. 그리고 각자 돈을 낸 만큼 땅을 나눈 후 조선 사람들의 마을을 만들었습니다. 그리고 공동 부담금에서 학전이라는 이름으로 땅을 따로 내놓았습니다. 거기서 나오는 수입금으로 교육 기금을 썼습니다. 문병규, 남도천, 김약연, 김하규 등 네 사람은 고향에서 후세들을 가르치던 훌륭한 교육자들이었습니다. 이곳에서는 나이가 많은 문병규, 남도천 대신 김하규(당시 38세), 김약연(당시 32세)과 남도천의 아들 남위언이 학당을 맡았습니다. 학전의 수익금으로 모든 교육비를 부담했으며, 책을 사다가 학생들에게 나누어 주면서 마음껏 공부할 수 있도록 했습니다. 문병규의 증손이며, 문익환 목사의 선친인 문재린(1896~1985) 목사는 김약연 선생에게서 직접 들었던 이들의 북간도 이민동기를 이렇게 증언했습니다.

1. 척박하고 비싼 조선 땅을 팔아 기름진 땅을 많이 사서 잘 살아보자.
2. 많은 사람들이 들어가 삶으로써 옛 우리 간도를 다시 우리 땅으로 만들자.
3. 기울어 가는 나라의 운명을 바로 세울 인재를 기르자.

한편 시인 윤동주의 증조할아버지 윤재옥의 가문 파평 윤씨 18명은 다음 해인 1900년 많은 땅을 사서 이곳으로 이주해 왔습니다. 윤동주의 집안은 이곳에서 가장 잘사는 집안이 되었습니다.

그 후 동주의 외삼촌 규암 김약연이 1901년에 규암재라는 사설학교를 세웠고, 5년 후 1906년 이상설과 이동녕이 명동촌에서 30리 떨어진 용정촌에다가 서전의숙을 세웠습니다. 그러나 1907년 이상설이 해아(헤이그) 밀사로 떠난 뒤에 서전의숙은 문을 닫고 규암재는 명동서숙으로 이름을 바꾸었습니다. 명동서숙이 문을 열게 됨으로써 명동촌이라는 고을 이름이 태어났습니다. 이 말은 동방을 밝게 한다는 순수한 우리말입니다. 명동서숙은 1909년 명동소학교와 명동중학교로 커 나갔습니다.

1년 후 1910년 8월 29일 우리나라가 망했습니다. 그때 서울에서 기독교 청년학관에서 공부한 정재면을 교사로 초빙했습니다. 그는 신학문과 함께 명동촌에 처음으로 기독교를 전파한 사람입니다.

그 첫 신도들이 김약연과 윤동주의 할아버지 윤하연이었습니다. 마을에는 활기가 넘쳤고, 신문화 운동의 싹이 움텄습니다. 같은 해에 16세 된 윤하연의 아들 영석(1895~?)이 규암의 누이인 김용(1891~1947)과 결혼했습니다. 그 후 북경 유학을 다녀 온 영석이 명동중학교의 교원으로 재직 중이던 1917년 12월 30일 윤동주가 태어난 것입니다.

명동학교에는 황의돈, 장지영, 박태환[4]과 당시 최세평이라는 가명으로 군사 교육과 체육을 가르쳤던 김홍일 장군 등 여러 애국지사들이 교사로 초빙되었습니다.

윤동주는 명동소학교에서 이들 훌륭한 선생님들로부터 나라 사랑과 민족정 신을 철저히 배우게 됩니다. 1931년 명동소학교를 졸업할 무렵에는 당숙인 윤 영춘도 그 학교의 교원으로 있었고, 함께 졸업했던 동급생 14명 중에는 고종 사 촌인 송몽규와 외사촌인 김정우(규암의 조카 시인)와 당숙인 윤영선(의사, 시 인) 그리고 문익환 목사가 있었습니다. 특히 이들 중 고종 사촌인 송몽규와는 특 별한 인연으로 마지막까지 후쿠오카 감옥에서 며칠 사이를 두고 함께 옥사했습 니다.

이번에 찾은 윤동주의 생가와 그가 시를 썼던 교회는 많이 퇴락했습니다. 우 리나라가 아닌 다른 나라에서 낡은 건물이 되어 외롭게 서 있는 생가를 보고 가 슴 아팠습니다.

청산리 대첩의 현장과 기념탑을 찾았습니다.

우리는 다시 청산리에서 대첩을 거둔 현장과 김좌진 장군을 기리는 기념탑을 찾았습니다. 말달리며 일본군을 무찌르던 청산리는 너무나 조용하고 승전을 기 념한 탑은 웅장하고 장엄했습니다만 멀리 남의 나라 땅에 홀로 외롭게 서있는 모습이 너무 쓸쓸했습니다.

김좌진 장군은 나라를 구하기 위해서 1911년에 북간도에 독립군사관학교를 세우고 독립운동을 하기 위해 모금운동에 나섰습니다. 그러나 아는 사람이 일 경에 밀고하는 바람에 2년 6개월 간(1911~1913) 서대문 형무소에서 옥살이를 했습니다. 그 후 1916년 애국지사들과 북간도로 건너가면서 압록강에서 이런 시를 지었습니다.

---

4) 주시경 저, 《조선어문법(유고)》 정음사, 《조선어문전음학》의 서문을 쓰신 분

칼 머리 바람이 센데 관산 달은 밝구나
칼끝에 서릿발은 차가워 고국이 그립다
삼천리 무궁화 동산에 왜적이 웬 말이냐
진정 내가 님의 조국을 찾고야 말 것이다.

1918년 12월 만주에서 「대한독립선언서」(일명 무오독립선언서)에 민족지도
자의 한 사람으로 서명하였습니다. 그리고 대한정의단에서 군사책임을 맡고,
군정부로 개편한 다음 사령관이 되어 격렬한 항일투쟁을 하였습니다.

그 다음 해인 1919년 3.1운동이 일어나고 그해 4월 13일 상해에서 대한민국
임시 정부가 세워졌습니다. 그 때 김좌진 장군은 광복군 창설을 준비하는 임시
정부와 협력하면서 독립군 북로군정서의 총사령관이 되었습니다. 이어서 임시
정부가 지원해 준 돈 1만원으로 독립군 장교를 양성하는 사관양성소를 설립하
고 교장이 되었습니다. 1920년 9월 제1회 졸업생 298명을 배출하였습니다. 그때
일본군은 만주의 모든 지역에서 한국인 촌락에 불을 지르고 동포들을 2만 명이
나 학살했습니다. 그리고도 독립군을 섬멸하려고 일본 정규군 5만 명이 총공격
을 하였습니다.[5]

김좌진 장군은 이에 맞서 청산리 일대에서 1920년 10월 20일부터 10월 26일
새벽까지 홍범도 장군과 함께 약 6일간 10여 차례나 싸웠습니다. 그 전투에서
적을 3,300여 명이나 사살하여 세계 전쟁사상 유례없는 대전과를 올렸습니다.[6]

이 싸움이 그 유명한 청산리 전투입니다. 이 때 김좌진 장군은 다음과 같은 시
를 읊었습니다.

대포 소리 울리는데
온 누리 밝아오니
청구(한국) 옛 나라에도
물색이 새로우리
산영山影 달 아래

---

5) 강덕상 편(1920년 10월 19일), 현대사자료, 28, 216~217쪽. 「암호전보」제56호, 암 No. 15600, 강덕상
편, 현대사자료, p, 28. 318
6) 독립신문(1921년 3월 1일), 북로아군실전기

칼을 가는 나그네
철채鐵寨 바람 앞에
말먹이며 서 있네.

중천에 휘날리는 깃발
천리에 닿는 듯
동하는 군악 소리
멀리도 퍼져가네
섶에 누워 쓸개 빨며
십년을 벼르던 마음
현해탄을 건너가서
원수를 무찌르세나

김좌진 장군의 총지휘로 최초의 대승을 거두었던 전투지가 청산리에 있었기 때문에 그밖에 여러 전투까지도 '청산리' 전투라 합니다.[7] 그러나 그 후에도 계속해서 일본군을 무찌르던 김좌진 장군은 1930년 1월 24일 공산주의자의 조종을 받은 김봉환의 부하 박상실이란 자가 쏜 흉탄에 맞아 쓰러졌습니다. 향년 41세 아직도 많은 일을 남겨 둔 채 유명을 달리하였습니다. 장군의 장례식은 동포들의 사회장으로 치루어졌습니다. 동포는 물론 중국 사람들까지 고려의 왕이 죽었다고 애통해 했습니다.

광복 후 대한민국정부에서는 장군의 공로를 기려 대한민국 훈장 중장을 수여하였습니다.

지구문학 대표 진동규 시인의 시나리오가 영화화 됩니다.

선생님, 9월 22일 11시 예총회관 회의실에는 한국문협 정종명 이사장을 비롯하여 부이사장단과 분과회장단, 그리고 위원장단과 대외협력위원 등 40여 명이 모였습니다. 그것은 지구문학 대표이며 한국문협 부이사장인 진동규 시인의 시나리오 〈자국눈〉을 영화로 만들기 위한 모임이었습니다.

---

7) 전보 조선 제102호, 1920年 10월 19일자(발신 조선군사령관, 수신 육군호(1984).

정종명 이사장은 인사말에서 시나리오 〈자국눈〉은 1천4백 년 전의 역사 기록을 찾아낸 기적이라고 말했습니다. 그러면서 학자들의 결론은 그 작품이 "동양사상이 어우러진 최고의 걸작"이라는 평을 받았다고 말했습니다. 그리고 백제 금동대향로金銅大香爐의 비밀에서 당시의 미묘했던 상황과 철학을 표현해 놓은 회화 언어를 문자 언어로 해석하여 새로운 역사적 진실을 규명한 것은 놀라운 일이라고 했습니다.

　그리고 그것은 진동규 시인이 시와 그림을 하는 분이었기에 가능한 일이었다고 했습니다. 그리고 대외협력위원회가 중심이 되어 시극詩劇 〈자국눈〉을 한국문학관 건립을 위한 영화 사업으로 추진하는 일은 우리의 척박한 영화 토양에 좋은 기록으로 남을 것이라고 말했습니다.

　이어서 진동규 시인은 "이것은 내가 쓴 글이 아닙니다" "천사백년 전 백제 무왕이 쓴 글입니다. 마(薯) 뿌리를 캐서 어머니를 봉양했다는 《삼국사기》에 나타난, 마동의 작품"이라고 말했습니다. 그리고 지난 1월 미륵사 석탑 사리봉안기의 발굴은 환호보다는 사학계를 들끓게 하기에 충분했다고 말했습니다. 또 물속에 어리는 달처럼 기록해 놓은 천사백 년 전의 이야기들을 옴스레 베껴내고 싶었을 뿐이라고도 했습니다. 왕궁에서 태어났을 뿐 만행수도하면서 몸으로 실천해 보인 법왕의 '생명사랑'의 일대기이기 때문이라는 것입니다. 큰 틀에서의 생명사랑운동을 어려서부터 배우고 익힌 무왕이 미륵사 창건과 함께 새겨놓은 기록이라는 것입니다. 신라의 수도 서라벌까지 깊숙이 들어가서 〈서동요〉를 지어 부르고 예쁘디예쁜 선화공주를 아내로 맞이하는 대서사시의 기록이라고 말했습니다.

　최진호 위원장은 "문인들의 숙원사업인 문학관 건립 기금을 위하여 진동규 시인의 시극 〈자국눈〉과 영상매체의 결합을 통해 역사적인 진실을 밝히는 영화 제작을 적극 추진해 나갈 것"이라고 말했습니다. 이 일은 지구문학의 대표인 진동규 시인의 영광일 뿐만 아니라 우리 모두의 경사입니다.

　이어서 그날 오후 5시에는 예총회관 1층 전시실에서 지구문학작가회의가 주최하는 시화전의 막을 열었습니다. 문협 이사장단은 물론 장내를 가득 메운 내외 귀빈들과 회원들이 모인 자리에서 저는 인사말을 통해 진을주 선생님을 그리워하면서 선생님의 지구문학 창립에 대한 업적을 말씀드렸습니다. 그리고 이 시화전은 선생님 생존시에 시작했던 일을 다시 이어가는 것이라고 했습니다.

그리고 정종명 문협 이사장의 축사에 이어 양창국 지구문학 회장의 축사와 진동규 대표의 마무리 말씀이 있었습니다. 그 자리에서도 모두들 선생님이 계셨더라면 이 자리가 더욱 빛났을 터인데 선생님의 빈자리가 너무나 크다고들 했습니다. 그러나 김시원 선생님이 의연하게 이끌어 가심으로 전시회는 24일 그 성대한 막을 내렸습니다.

에스쁘아 문학상 시상식이 있었습니다.

선생님, 11월 9일에는 에스쁘아 문학상 시상식이 있었습니다. 수상자는 신춘문예를 두 번이나 석권한 신현근 소설가였습니다. 그는 서울대학교 대학원을 졸업하고, 서울 양천중학교 교장으로 정년퇴임한 교육자입니다. 1962년 「전북일보」 신춘문예에 소설 〈秋歌〉가 김동리 추천으로 당선하였으며, 1978년 「서울신문」 신춘문예에 소설 〈雨期의 늪〉이 김현, 김치수 추천으로 당선한 작가입니다. 현재는 사)서울강서문인협회 부회장, 사)서울문인협회 이사, 한민족역사문화연구원부회장, 한국문인협회 홍보위원, 한국소설가협회 회원으로 활동하며, 실버넷뉴스 미래경제부 차장으로 사회봉사를 하고 있습니다. 작품집으로는 《야구방망이를 들고 있는 남자》, 장편소설 《최초의 발견》 외 많은 작품이 있습니다. 심사위원들은 최근에 발표하여 호평을 받고 있는 소설 〈한 마리 새가 되다〉를 참고하고 새로 발표된 〈어디쯤 서 있을까〉라는 소설을 에스쁘아 문학상 작품으로 정하였습니다.

수상작 〈어디쯤 서 있을까〉는 다문화 사회에서 흔히 지적되는 자녀들의 문제점을 작품으로 형상화하고 있습니다. 어머니의 사랑으로 교사가 되었던 사람이 다시 어머니의 사랑을 실천함으로써 불우한 환경 속에서 허덕이고 있는 혼혈 학생을 바른 길로 선도한다는 내용입니다.

신현근은 시대적 아픔 속을 살아가는 인물들을 그리면서 문학성이 짙은 작품을 쓰는 작가입니다. 평론가 김현(서울대 교수)은 〈우기의 늪〉에서 "한국사회가 숙명처럼 안고 있는 이데올로기의 비극에 새로운 조명을 해주었다는 점을 높이 평가했습니다.

〈야구방망이를 들고 있는 남자〉는 80년 광주의 아픔을 직접 체험한 가해자의 상처를 어루만지면서 위선과 부조리를 통렬하게 비판하고 있습니다. 문학평론가 김치수 교수는 작품 〈탈바꿈〉에 대해서 소외 받는 민중들에 대한 동정과 애정을 그리는 작품이 "작가의 치밀한 묘사가 이야기에 힘을 부여하고 있다"고 극찬했습니다. 그리고 평론가 정현기는 질긴 삶의 집념과 함께 절망적인 삶을 사는 사람들끼리의 처절한 인간애가 잘 그려진 작품이라고 호평하고 있습니다.

그의 작품들은 농촌과 고향에 대한 애정이 깊이 깔려 있습니다. 그리고 소시민들의 아픔과 한, 그리고 우리의 부모 세대와 우리가 겪고 고민하는 문제들을 실감나게 그리고 있습니다. 또 허위적인 삶에서 끊임없이 자신을 성찰하며, 갈등하는 현대인들에게 올바른 삶을 제시해 주고 있습니다. 진정한 문학은 깨달음을 통해서 다시 일어설 수 있도록 이끌어 주는 것이어야 합니다. 그래서 그의 문학세계는 시대의 길을 이끌고 있다고 볼 수 있습니다.

그는 수상 소감을 말하면서 "처음 신춘문예에 당선되었을 때 심사를 해주신 김동리 선생님께서 '문장은 좀 거칠지만 인생을 느끼게 하는 작품이다'라고 했다면서 '문장이 좀 거칠다는 말'은 문학수업을 더 열심히 하라는 충고였고, '인생을 느끼게 하는 작품'이라는 말은 무한한 힘과 용기를 주는 격려와 칭찬의 말씀이었다"고 했습니다.

그 뒤로 작품을 쓸 때마다 그 말씀을 떠올리면서 '좀 더 정확한 문장과 인생을 느끼게 하는 작품', '인생을 되돌아보게 하는 작품', '인생을 생각게 하는 작품'을 쓰기 위해 최선을 다 하고 있다고 했습니다. 얼마 전 그는 중국 북경 외국인 학교에 다니는 외손녀가 하는 말이, 자기 친구들한테 우리 할아버지는 교장선생님이고, 또 소설을 쓰는 사람이라고 자랑을 했다는 것입니다. 그러면서 '할아버지 그거 맞죠?' 할 때 '그래 맞다'고 대답하면서 혼자 속으로 생각했답니다.

교장은 이미 끝난 이야기고, 자랑할 거라곤 소설가뿐인데 앞으로는 구체적으로 이름난 작품을 써야겠다고 생각했다면서 이렇게 끝을 맺었습니다. "에스쁘아 문학상은 저로 하여금 새로운 작가로 태어나게 했으며, 제 가슴에 정년을 모르는 영원한 작가라는 이름표를 새롭게 달아주었습니다. 귀한 상을 받은 작가답게 앞으로 더 좋은 작품을 쓰기 위해서 노력하겠습니다.

상을 주신 지구문학사와 심사위원님들, 그리고 자리를 함께 해주신 모든 분들에게 다시 한 번 마음 깊이 감사의 말씀을 드립니다"라고 말했습니다. 상을 받은 그에게 지금까지 쌓아온 삶에 대한 성찰과 지혜를 바탕으로 더욱 좋은 작품을 쓸 것을 기대합니다.

이유식 교수께서 심사위원장을 맡아 주었습니다.

평론가 이유식 교수가 이번에도 심사위원장을 맡았습니다. 이유식은 1961년 8월 대학 재학 중인 23세 때 『현대문학』에 평론 〈현대적 시인형〉으로 초회 추천 되었고, 바로 그 해에 추천 완료를 한 원로 평론가입니다.

그는 현대시가 낭만주의 시와 달리 인간의 지성을 자극한 것은 현대가 바로 인간 탐구의 시대이기 때문이라고 지적했습니다. 그리고 현대시 역시 그러한 인간 탐구와 도시 탐구의 풍토 속에서 성장 발전할 수밖에 없는 자연과 인간의 삶까지도 시의 영역으로 수용하기 때문이라는 글로 문단의 주목을 받았습니다. 그리고 25세 때인 1963년에 〈윤동주론 아웃사이더〉를 발표하여 다시 한 번 문단의 주목을 받았습니다. 그동안 윤동주를 연구한 학자나 평론가는 참 많았습니다. 그러나 윤동주에 관한 본격적인 접근은 이유식으로부터 비롯했다고 해도 과언이 아닐 것입니다. 더구나 최근에는 작고 문인 61인 숨은 이야기를 《이유식의 문단수첩 엿보기》라는 책으로 발간하였습니다. 그리고 한국일보와 문화일보 등에 5단 전면 광고가 나간 후 더욱 유명해졌습니다.

특히 이유식 교수는 오랫동안 선생님의 아낌을 받으며 지구문학에서 시상하는 모든 문학상의 심사위원 또는 심사위원장으로 활동하였습니다. 그리고 지금도 변함없이 지구문학을 아끼고 있는 믿음직스러운 지구문학의 가족이며, 문단의 원로입니다. 그에게 다시 한 번 감사드립니다.

진을주 선생님 1주기에 드리는 다섯 번째 글월

金政吾
지구문학 편집인, 한민족역사문화연구원장

선생님! 선생님이 가신 지 어느새 1주기가 되었습니다.

선생님! 지하철 1호선 서울 시청역과 지하철 2호선 서초역에는 선생님의 시 〈포도〉가 전시되어 있습니다. 저는 이곳을 지날 때마다 이 시를 읽으면서 선생님을 생각합니다.

포도 _ 진을주

핏빛으로
넘치는 글라스
꽃처럼 타오르는
화답하는 숨소리
주체 못할 부끄럼 나누고
죽은 듯이 취한 맞단 볼
몇 십 리 밖에 고요로
침잠되어 가는 혈관

읽어 볼수록 의미가 새로워지는 아름다운 시입니다. 저는 지금 이 시를 다시 생각하면서 선생님이 우리 곁을 영원히 떠나신 2011년 2월 14일 새벽 0시 1분 그 아득했던 순간을 돌이켜 봅니다. 세월이 참 빠르다는 것을 다시 생각하면서 지구상에서 처음으로 『지구』의 이름을 딴 순수 문학지를 창간하신 선생님을 생각합니다. 시간의 흐름은 결국 지구의 자전과 공전입니다. 지구는 북위 37도를 기준으로 하는 한국의 경우 1260㎞의 초속으로 스스로 몸을 돌리면서 매 시간 총알보다 8배나 빠른 106,560㎞의 속력으로 태양을 돕니다. 이 속도는 350m로 달리는 KTX 고속열차보다 네 배나 빠르다고 합니다. 그렇게 태양을 한 바퀴 도는 시간이 365일 6시간 9분 9.54초인데 그 시간을 1년이라고 합니다. 그 1년 동안 우리는 각자에게 공정하게 배정된 525,600분을 날마다 1,440분씩 쓰면서 또 한 해를 보냈습니다. 그 1년 동안에 저는 선생님께 계절마다 한 편씩 네 편의 글월을 올렸습니다.

선생님은 과묵한 분으로 알려져 있습니다. 실제로 선생님 내외분은 하루 종일 아무 말씀도 없이 사색에 잠기시든지 하시는 일에만 몰두하시는 경우가 많았습니다. 그러나 저하고는 많은 시간을 보내면서 많은 말씀을 나누었습니다. 이를테면 문인들과 함께 지방여행을 할 때는 언제나 저는 선생님과 한 방에서 지냈습니다. 그리고 외국 여행을 할 때도 비행기 좌석은 언제나 선생님의 옆자리였고, 숙소에서도 같은 방을 썼습니다. 그때마다 선생님은 많은 말씀을 해 주셨습니다. 특히 선생님과 저는 시간에 대해서 많은 말씀을 나누었습니다. 시간은 기다리는 사람에게는 너무 느리고, 기뻐하는 사람에게는 너무 짧다고 말입니다. 그러나 두려워하는 사람이나 비탄에 빠진 사람에게는 너무 길고 지루하다고도 했습니다. 그런가 하면 아무 의미도 없이 그냥 시간을 낭비하는 사람들이 너무 많다고도 했습니다. 누군가 자기 은행 계좌에서 이유 없이 돈을 빼간다면 큰 소동이 날 것이라는 것입니다. 그러나 자기 생명을 빼앗아 가는 시간의 낭비에 대해서는 무관심한 경우가 많다는 것입니다. 또 어리석은 사람은 자신이 할 수 없는 일만을 고집하면서 소중한 시간들을 낭비한다고도 하셨습니다. 그런데 지혜 있는 사람은 자기에게 주어진 시간을 뜻있는 시간으로 만든다고 하셨습니다. 그래서 단테는 "지혜로운 사람은 시간을 잘 관리하는 사람" 이라고 했다는 것입니다. 시간과 생명은 같은 뜻이기 때문이라는 것입니다. 선생님 자신도 매우 엄격하고 철저하게 시간 관리를 하셨습니다. 그것은 선생님의 가훈이 「기회는 날으는 새와도 같다. 날기 전에 붙잡아라」하신 것에서도 알 수 있습니다. 필요한 시간을 놓치지 말고 붙잡으라는 뜻이 아닙니까! 그러면서 선생님은 "소중한 사람들과의 만나는 시간은 참으로 뜻있는 삶의 일부"라고 말씀하셨습니다. 저는 선생님의 말씀들을 생각하면서 스티브잡스의 명연설을 떠올려 봅니다. "시간은 한정되어 있습니다. 그러므로 다른 사람의 삶을 사느라고 시간을 낭비하지 마십시오. 1970년대, 《지구 백과》라는 책 최종판의 뒤표지에는 이런 말이 있습니다. "늘 갈망하고 우직하게 나아가라(Stay Hungry, Stay Foolish)"는 말이 그것입니다. 선생님 내외분께서는 우리들에게 시간 약속을 철저히 지키시는 본을 보이셨습니다. 그렇게 저는 선생님과 함께 보석보다 귀하고 아름다운 시간들을 보내면서 많은 것을 배웠습니다. 앞으로도 선생님에게 전해 드리고 싶은 말씀들이 많을 것입니다. 그동안 선생님과 쌓아온 삶의 무게가 너무 크기 때문입니다. 오늘도 선생님에게 그동안 올리지 못했던 새로운 소식들과 함께 지난 시절 잊을 수 없었던 몇 가지 일들을 생각하고자 합니다.

선생님 가족들이 새 전원주택으로 이사하셨습니다

선생님의 가족들이 작년 가을 파주시 전원주택으로 이사를 했습니다. 이 일은 선생님이 계실 때부터 봄 상반기에 이사하기로 계획했던 것입니다. 그러나 선생님이 갑자기 떠나시는 바람에 경황이 없었습니다. 또 아들 동준 씨가 강화도에도 전원주택을 지어 분양하는 일에 쫓기면서 일정이 늦어진 것입니다.

저는 집이 완공되기 전에 김시원 선생님과 장조카 진동규 시인과 함께 며느리 김어림 수필가의 안내를 받으면서 그 곳을 가 보았습니다. 가는 길에 일산의 호수공원에 들러 선생님의 명시들의 발상지인 월파정과 학괴정 그리고 시에 나오는 여러 곳을 두루두루 돌아보았습니다. 그리고 다시 한 번 그 시들을 음미하였습니다. 그리고 경기도 파주시 적성면 자장리 399-1번지의 전원주택을 찾았습니다. 그 집은 내가 오래 전부터 살고 싶었던 통나무집이었습니다. 게다가 하늘은 높고 공기조차 맑아 더욱 마음에 들었습니다. 이런 곳에서 자연과 더불어 명상에 잠겨 본다는 것은 참으로 행복한 일일 것이라고 생각했습니다. 저도 전원에서 태어나 그 곳에서 잔뼈가 굵어졌기 때문에 더욱 그랬을 것입니다.

전원이라는 말은 희랍어로 '가나'라고 합니다. 그 말은 '보호하다', '방어하다'라는 뜻을 함께 지니고 있습니다. 성경의 에레미야서에서는 "너희는 전원에

집을 짓고 살면서 그곳에서 나는 열매를 먹으라. 아내를 취하여 자녀를 낳고, 너희 아들도 아내를 얻고 너희 딸도 남편을 맞아 그들로 자녀를 낳고, 거기서 번성하고 쇠잔하지 않게 하라"고 축복했습니다. 전원은 이렇게 축복받은 곳입니다. 이런 곳에서 따사로운 햇살을 받으며 아름다운 시냇물 소리를 듣는다면, 그리고 푸른 잔디 위에서 소나 양들이 한가롭게 풀을 뜯는 풍요로운 동산이 있다면 얼마나 좋겠습니까!

하나님이 최초로 만드신 낙원도 이런 전원이었을 것입니다. 전원에는 풍성한 열매가 있고 향기가 있습니다. 선생님의 집 주위에도 산이 있고 들이 있어 더욱 풍요로움을 느낄 수 있었습니다. 그래서 솔로몬도 아가서에서 전원에 대해 "너는 동산의 샘이요, 생수의 우물이요, 레바논에서부터 흐르는 시내로구나. 북풍아 일어나라, 남풍아 오라, 나의 동산에 불어서 향기를 날리라. 나의 사랑하는 자가 그 동산에 들어가서 그 아름다운 실과 먹기를 원하노라"라고 축복의 노래를 불렀습니다. 그리고 에레미아도 "그들이 와서 시온의 높은 곳에서 찬양하며 곡식과 새 포도주와 기름과 어린 양이 모일 것이라 그 심령은 물댄 동산 같겠고, 다시는 근심이 없으리로다"라고 축복했습니다. 그만큼 아름다운 전원에서 마음을 가다듬고 명상에 잠긴다면 마음이 고요하게 가라앉을 것이니 그보다 더 좋은 일은 없을 것입니다.

명상이란 마음이 그 어디에도 얽매임 없이 집중되는 것을 말합니다. 그렇게 되면 마음이 평온해지고 맑고 깨끗해질 것입니다. 그러므로 전원에서의 명상은 삶의 한 부분이며 정신력을 기르는 원동력이 될 것입니다. 명상은 자신의 내면에 잠재된 감정의 변화와 언어동작은 물론 생활습관까지 비추어 보게 됩니다. 사람들은 난마처럼 얽히고설킨 세상을 흙탕물에 비유합니다. 그러므로 세상 사람들은 내일 일도 모르고 한 치 앞일도 내다보지 못합니다. 이럴 때 생각을 붙잡아서 마음에서 일어나는 감정을 가라앉히면 둘레의 모든 것이 환하게 비춰지게 될 것입니다. 본래의 깨끗했던 마음을 되찾게 되는 것입니다. 이것이 전원에서의 명상입니다. 그것은 곧 커다란 침묵의 흐름이요 소리 없는 음악과도 같은 것입니다. 그래서 저도 은퇴하면 이렇게 아름다운 전원으로 나와서 맑은 공기를 마음껏 마시면서 살고 싶다고 입버릇처럼 말해 왔습니다. 그런데 아직 그 꿈을 이루지 못하고 있습니다.

선생님 집은 아드님이 직접 설계하고 지은 통나무 목조 건물입니다. 집안으로 들어가니 솔향기의 냄새가 너무나 감미로웠습니다. 아들과 며느리는 이곳에서 두 분을 모시고 오래도록 함께 살기를 원했는데 너무 아쉬움이 크다고 말했습니다. 서울에서 그리 멀지 않은 곳이니 이따금 찾아가서 좋은 공기와 맑고 아름다운 자연 속에 마음껏 취하다 오고 싶은 생각이 들었습니다.

『지구문학』 창간을 생각합니다

1997년 새봄과 함께 선생님 내외분께서는 『지구문학』의 전신인 『세기문학』을 창간했습니다. 그 창간호에 조병화 원로 시인(전 한국문협 이사장)께서 아래와 같이 축사를 보내주셨습니다.

『세기문학』의 창간을 축하합니다

세상 사람들이 다 잘 알고 있듯이 지금 이 나라에서 문학지를 창간한다는 것은 큰 모험이 아닐 수 없습니다. 그 크나큰 모험을 무릅쓰고 문학지를 창간하는 그 용기와 의지를 높이 평가합니다. 아무쪼록 이 잡지가 장수하기를 빌며, 이 잡지가 장수하면서 우리 문단 사람이나 독자들에게 사랑을 받으며, 문학의 자양분이 많고 예술의 혼이 아름답게 감도는 정다운 정신의 광장이 되길 기원합니다.   1997년 4월 조병화

―『세기문학』 창간호 축사에서

또 장윤우 시인도 아래와 같이 김시원 발행인의 이름을 딴 '始原의 깃발을 올리다' 라는 제목으로 축하 권두시를 보내왔습니다.

始原의 깃발을 올리다

인사동 일대를 지날 때마다 살갗이 군실거린다./ 핏줄이 솟는다./ 빗겨지는 정감과 체감/ 화랑의 문을 밀칠 때의 설레임으로/ 화폭 가득히 넘치는 자만과 새로운 세계/ 반질한 바닥 위에 눕혀진 조각품 위로/ 밀리는 바다의 은물결 은물결/ 나는 갑자기 서둘러진다./ 근육이 긴장된다./ 작은 작품들과 제각기 다른 작가들의 호흡/ 그들도 한 대열인 이른바 작가인데/ 어쩌니 이러고 있으면 어쩌나 조급해진다./ 예술의 숨찬 해양에는/오늘도 始原의 깃발이 오른다.
                    1997년 4월 장윤우   ―『세기문학』 창간호 권두시 전문

선생님! 이렇게 창간된 『세기문학』은 그 1년 후인 1998년 봄호부터 『지구문학』으로 재창간하였습니다. 그때 김시원 발행인은 본명 김정희 이름으로 아래와 같이 창간사를 썼습니다.

포박자抱朴子의 불로장생을 갈망하는 생명주의는 유명하다. 특히 우리나라에는 지대한 영향을 미쳤으니 그것은 유선문학遊仙文學이라는 한 장르까지 발전시킨 바 있다. …(중략)… 인류는 글쓰기를 시작하면서 동서고금을 막론하고 젖과 꿀이 넘치는 가나안 땅이나 원하는 바 온갖 먹을거리와 재화가 갖추어져 있으며, 봉새가 절로 춤추고 온갖 새가 어울려 노래하는 옥야沃野요, 낙원樂園을 그려왔다. …(중략)… 우리는 오래 전부터 자연이나 지구를 사람이 살고 있는 집으로 알고 살아왔다. 지구상의 모든 생물, 심지어는 바위 따위 무기물까지도 유기적 전체의 일부로서 일가권속처럼 함께 살아온 것이다. 이 기본적인 자세를 계승 발전시켜야 하는 사명감을 가지고 『지구문학』을 창간하는 것이니 여러분의 성원을 바라마지 않는다.

1998년 봄 김시원

—『지구문학』 창간호 창간사에서

지구문학을 창간하실 무렵 선생님은 저를 여러 번 부르셨습니다. 그러나 바로 찾지 못하고 있다가 몇 번 더 연락을 받은 후에야 선생님을 찾아뵈었습니다. 종로구 견지동 110-13 번지 지원빌딩 506호 사무실에서 선생님은 저를 반갑게 맞아주셨습니다. 그리고 지구문학 제 2호에 저의 권두수필을 실어 주셨습니다. 그 후 저는 『지구문학』 상임편집위원장을 거쳐 편집인으로 오늘에 이르고 있습니다.

그 1년 후인 1999년 저는 러시아 국립극동연방대학교(Дальневосточныйг осударственныйуниверситет, Dal' nyevostochiniy gosudarstvenniy universitet, Far Eastern National University, -ДВГУ, DVGU) 교환교수로 떠났습니다. 이 학교는 1899년 10월 21일 러시아 마지막 황제 리콜라이 2세의 특별 칙령으로 세워졌습니다. 모스크바 대학교, 상트페테르부르크(전 레닌대학) 대학교와 함께 러시아의 3대 명문종합대학교로 알려져 있습니다.

그곳에서 외로운 시간을 보낼 때 선생님 내외분과 윤수아 시인의 편지를 받았

러시아국립극동연방대학교 한국학연구소 자문위원 위촉장을 받을 당시 진을주 시인의 모습
(2000.1.29. 롯데호텔 귀빈실)

습니다. 그 때 얼마나 반가웠는지 모릅니다. 저는 그 대학에 가 있는 동안 한·러 양국 정부로부터 정식으로 인가를 받아 「러시아 국립극동연방대학교 한국학연구소」를 창립하는 데 앞장섰습니다. 그리고 양국의 저명한 학자, 문인들을 자문위원으로 위촉했습니다. 저는 그 공로를 인정받아 그 대학의 종신연구교수 겸 한국학 연구실장으로 임명받았습니다. 그 학교에 그대로 남아 달라는 것을 마다하고 저는 고국이 그리워 교환교수 임기를 마치고 귀국했습니다. 그때 한국정부의 귀빈으로 초청 받은 쿠릴로프 총장과 디칼레프 부총장 그리고 베르할략 한국학대학장 등 일행이 저와 함께 동행했습니다. 선생님을 비롯한 몇 분의

「러시아국립극동연방대학교」 한국문학연구소 자문위원 위촉장을 가지고 말입니다. 그리하여 2000년 1월 29일 서울 소공동 롯데호텔 귀빈실에서 선생님은 쿠릴로프 총장으로부터 직접 러시아 국립극동연방대학교 자문위원 위촉장을 받으셨습니다. 그 자리에는 신세훈 한국문인협회 이사장, 김시철 국제 펜클럽 이사장, 홍문표 문협 부이사장, 이명제 문협 평론분과 회장, 김시원 지구문학 발행인, 김효자 경기대 교수 외에 문단과 학계의 큰 인물들이 자리를 함께 했습니다. 그 후부터 선생님의 약력란에는 언제나 러시아 국립극동연방대학교 한국학연구소 자문위원이라는 직함을 자랑스럽게 넣으셨습니다. 그 약력을 볼 때마다 저도 흐뭇했습니다.

「지구문학작가회의」 창립

지구문학 창간 5년이 되던 해인 2001년 4월 7일 그날은 제가 4년 전 선생님을 처음 찾아뵙던 그날입니다. 저는 그때 「지구문학작가회의」 창립을 선생님에게 건의했습니다. 선생님은 즉석에서 대단히 좋은 생각이라고 하시면서 적극적으로 협력하셨습니다. 저는 그때부터 창립준비위원장으로서 바쁜 나날을 보냈습니다. 그리고 2001년 5월 25일 금요일 오후 4시부터 서울역 앞에 있는 연세빌딩 1층 대우문화관에서 「지구문학작가회의」의 창립총회를 열었습니다. 그 날 식장에는 문덕수 시인(예술원 회원, 전 국제펜클럽 한국본부 회장), 김시철 시인(국제펜클럽 한국본부 회장), 신세훈 시인(한국문인협회 이사장), 장윤익 문학평론가(인천대학교 총장), 김상일 원로평론가(전 한국문협 상임이사), 김년균 시인(당시 한국문협 사무국장 겸 월간문학 편집국장, 전 한국문인협회 이사장), 김광회 원로시인, 서정태 원로시인, 한분순 시인(한국문협 시조분과 위원장, 현 한국문협 부이사장), 반숙자 원로수필가, 신순애 원로시인(전 여류시조시인협회회장) 등 수많은 내빈들과 원로 중진 문인들이 『지구문학』 출신 회원들과 함께 자리를 가득 채웠습니다. 문덕수 국제펜클럽 명예 이사장과 김시철 국제 펜클럽 이사장, 그리고 신세훈 한국문협 이사장의 축사는 그 자리를 한층 더 빛나게 해 주었습니다. 뿐만 아니라 중국 연변대학교 박문일 총장과 정판룡 부총장, 권철 민족연구원장, 그리고 러시아 국립극동연방대학교 쿠릴로프 총장, 베르할략 학장, 미국 워싱턴 신학대학교 김택용 대학원장도 지구문학작가회의 창립을 축하하는 축전을 보내 왔습니다. 그날 아래와 같이 지구문학작가회의 고문단과 자문위원단이 추대되었습니다.

지구문학작가회의 창립당시 고문단
문덕수 고문_예술원회원, 전 국제 펜클럽 이사장, 한국문인협회 명예이사장
김시철 고문_원로시인, 전 국제 펜클럽 이사장
신세훈 고문_원로시인, 한국문인협회 이사장
김상일 고문_원로 평론가, 전 한국문협 상임이사
진을주 고문_원로시인, 한국문협 상임이사(작고)
김광회 고문_원로시인, 제1회 지구문학상 수상자
장윤익 고문_평론가, 인천대학교 총장, 현 동리 목월 문학관 관장
김정오 상임고문_한국문협 이사, 지구문학 상임 편집위원장, 현 편집인

지구문학 작가회의 창립당시 자문위원단
김년균 자문위원_당시 문협 사무국장 겸 월간문학 편집국장, 전 문협 이사장
김시원 자문위원_지구문학 발행인, 전 한국문협 이사
한분순 자문위원_한국 문협 시조분과 위원장, 현 한국문협 부이사장
반숙자 자문위원_원로 수필가
신순애 자문위원_원로시인, 전 여류시조시인협회 회장

현재는 함홍근 원로시인도 고문으로 추대하고 많은 도움을 받고 있습니다. 그
때 저는 장성연 시인을 초대 회장으로 천거했습니다. 2004년에는 선생님이 양
창국 소설가를 2대 회장으로 천거했습니다. 그리고 2006년에도 제가 3대 회장
으로 안병돈 시인을 천거했고, 2008년에도 제가 4대 회장으로 윤명철 시인을 천
거했습니다. 그리고 2009년 12월 15일 제 5대 회장으로 신인호 시인을 선생님
내외분이 천거하여 2년간 임기를 마쳤습니다. 그리고 2011년 12월 26일 제 6대
회장으로 재선임되었습니다. 지구문학작가회의는 그동안 많은 일을 했습니다.
계절마다 시낭송회를 열고, 시화전과 도자기 전시회도 열었으며, 매년 사화집
을 발간하였습니다. 그리고 원자력 발전소 견학과 매년 역사탐방을 겸한 문학
기행을 다녀왔습니다. 특별히 5대 신인호 회장은 처음으로 함홍근 고문, 백활영
이사 등 작가회의 임원들과 함께 한민족역사문화연구원, 숭실대 평생교육학 박

사회의 교수단, 그리고 강서문단 임원들과 함께 해외 역사탐방을 다녀왔습니다. 우리는 중국 심양문인협회와 연변문인협회 임원들, 그리고 연변대학교 당국의 열렬한 환영을 받으면서 연변대학과 윤동주 생가와 고구려 역사유적지와 김좌진 장군 청산리 대첩 유적지 그리고 백두산, 두만강 등을 찾았습니다. 그 곳은 이미 선생님과 함께 2002년에 다녀왔던 곳입니다. 저는 이 가는 곳마다 선생님이 생각나는 그런 여정이었습니다.

제1회 진을주 문학상 시상식을 거행했습니다

선생님 작년 편지에서 진을주 문학상이 제정되었다는 글월을 올렸습니다. 그러니까 2011년 7월 13일과 20일 두 번에 걸쳐 김시원, 김문원, 함홍근, 김현숙, 신인호, 양창국, 김정오 등 7인의 지구문학 가족들이 진을주 문학상 제정에 대해서 의견들을 나누었습니다. 그때 함홍근 시인께서 진을주 문학상 후원 책임을 맡기로 하여 문학상이 제정된 것입니다. 시상식 날짜는 선생님의 1주기에 하기로 의견을 모았습니다.

특히 상금을 쾌척한 함홍근 시인은 1963년 청록파 박두진 시인의 추천으로 『현대문학』지를 통해 등단한 한국문단에서 인정받는 대표적인 원로시인입니다. 함 시인은 삶의 체험을 시로 녹여·원상으로 돌이키기를 꾀하면서 진실을 이상적으로 안고 응축하려고 애를 쓰는 시인으로 알려졌습니다. 본인도 한국적인 리듬과 삶의 아픔을 시로써 순화 승화시키는 시를 쓰고 있다고 말하고 있습니다. 그리하여 그의 성실한 인품과 시적 능력은 선배 동료들은 물론 문단의 후배들로부터 크게 우러름을 받고 있는 자랑스러운 시인입니다.

2012년 1월 31일 지구문학 사무실에서 제1회 진을주 문학상 심사위원들의 모임을 가졌습니다. 이 자리에서 추영수 시인의 시 〈중생의 연습〉 외 1편을 수상작품으로 선정했습니다. 추영수秋英秀 시인은 1937년 경남 창원 출생으로 부산대학교를 졸업하였습니다. 1961년 『현대문학』지에 시 〈꽃나무〉, 〈바위에게〉 등이 추천되어 등단한 원로시인입니다. 그동안 「청미시靑眉詩」 동인으로 활동하면서 한국문인협회, 한국시인협회, 기독시인협회 회원으로 활동을 해 왔으며, 현재는 미당시맥 회장으로 있습니다. 서울 중앙여자중·고등학교 교사와 계원예술고등학교 교감 그리고 덕수유치원 원장을 역임하였으며, 현재는 덕수유치원 명예원장으로 활동하고 있습니다. 저서로는 시집《흐름의 소묘》,《작은 풀꽃 한 송이》,《너도 바람아》,《천년을 하루같이》외 여러 권의 시집과 수필집, 전기 등이 있습니다. 그리고 한국문학평론가협회상, 교육부장관상, 제1회 미당시맥상 등을 수상한 바 있습니다.

선생님의 첫 번째 기일을 맞는 날 2012년 2월 13일 월요일 오후 6시부터 한일장 세미나실에서 제1회 진을주 문학상 시상식을 거행했습니다. 그 자리에는 김시원 지구문학 발행인을 비롯하여 정종명 한국문협 이사장, 김시철 전 국제 펜클럽한국본부 회장, 성춘복 · 신세훈 전 한국문협 이사장, 진동규 · 김송배 현 한국문협 부이사장, 이유식 · 엄기원 전 한국문협 부이사장, 함동선 전 국제 펜클럽한국본부 부회장, 차윤옥 문협 사무처장 겸 편집국장, 그리고 김후란 서울 문학의 집 이사장과 전옥주 사무처장, 조병무, 신호, 채수명 등 문학평론가, 신현근, 김태호, 양창국, 한귀남 등 소설가, 송동균, 신순애, 김현숙, 이희선, 박옥구, 이문호, 강해근, 신인호, 임병전, 조일규, 이호구, 이덕주, 송랑해, 신민수, 유금숙, 박은석, 이해원, 자영 등 시인, 김문원, 도창회, 윤범식, 김성렬, 김동기 등 수필가와 멀리 전주에서 김용옥 시인이 참석하였으며, 김재엽 한누리미디어 대표와 서울 강서문협 임원들과 그밖에 많은 회원들이 자리를 같이 하였습니다.

신민수 시인의 사회로 시작된 시상식 자리에서 지구문학 양창국 회장의 개회사에 이어 제가 진을주 문학상 제정 경위를 보고했습니다. 그리고 시상식에 이어서 정종명 한국문협 이사장, 김시철 전 국제펜클럽 회장, 성춘복 · 신세훈 전 한국문협 이사장이 선생님을 기리는 말씀과 함께 수상자에게 격려의 말씀을 해 주셨습니다. 그리고 지구문학작가회의 신인호 회장의 폐회사에 이어 이희선, 윤수아 시인이 선생님의 시를 낭송하고 이규복 시인이 송가를 끝으로 시상식을 성대하게 마쳤습니다. 선생님이 가시고도 이토록 수많은 문단의 후배들이 선생님의 생전 모습들을 그리워하면서 선생님의 이름으로 된 문학상을 시상할 때 가슴이 뭉클해졌습니다. 선생님도 천국에서 그 특유의 미소로 응답하셨을 줄 믿습니다.

특히 추영수 시인께서는 우리나라에서 처음으로 선생님에게 '진을주 詩仙 님' 이라는 특별한 호칭을 부여해 준 분입니다. 이를테면 김춘수 시인의 〈꽃〉이라는 시에서 "내가 그의 이름을 불러주기 전에는/ 그는 다만/ 하나의 몸짓에 지나지 않았다./ 내가 그의 이름을 불러주었을 때/ 그는 나에게로 와서/ 하나의 꽃이 되었다" 라는 유명한 시가 있습니다.

그와 마찬가지로 당나라 최고 시인 이태백을 시선이라 하고, 두보는 시성이라 했습니다. 이분들도 어느 훌륭한 문인이 처음으로 시선과 시성이라는 이름을 부여했을 것입니다. 그때부터 그분들은 그 호칭으로 오늘까지 추앙받고 있습니다. 마찬가지로 한국에서도 그 이름이 널리 알려져 있는 추영수 시인께서 선생님에게 처음으로 '진을주 시선'이라는 호칭을 지어 올렸습니다. 그리하여 선생님은 당당히 대한민국의 시선이 되신 것입니다.

그토록 특별한 인연이 있는 추영수 시인께서 제1회 진을주 문학상을 수상한 것은 필연일 것입니다. 제1회 시상이기 때문에 이유식 심사위원장의 심사평 전문을 올립니다.

제1회 진을주 문학상 심사평

지난 1월 31일 심사위원으로 위촉된 4분의 심사위원(존칭 생략) 김년균, 진동규, 김정오, 이유식 그리고 김시원 주간이 배석하여 지구문학 사무실에서 모임을 가졌습니다. 제1회인 만큼 앞으로 수상 원칙의 선례도 되겠기에 매우 조심스럽게 심사 원칙을 놓고 깊은 논의를 해 보았습니다. 그리고 1인 수상으로 할 것인가 아니면 2인 공동 수상으로 할 것인가도 논의해 본 결과 1인으로 결정을 보았습니다. 서너 명의 후보를 놓고 논의에 논의를 거듭한 결과 첫 해에는 진을주 시인이 시인인 점을 감안하여 일단 시인 수상자로 하는 것이 격에 맞겠다고 합의하여 추영수 시인을 수상자로 결정했습니다. 이 수상자는 1961년도 『현대문학』지를 통해 시단에 데뷔한 이후 《천년을 하루같이》 외 8권의 시집을 낸 바 있는데 특히 최근에 몇 편의 우수한 시를 발표하여 많은 사람들로부터 칭송을 듣기도 했습니다. 그중에서도 〈중생의 연습〉과 〈꽃씨 한 알〉이 특히 뛰어나다는 평을 듣고 있습니다.

〈중생의 연습〉에서 이때 중생은 불교에서 말하는 중생이 아니라 기독교에서 말하는 '거듭남'을 의미하는데 오대양 육대주를 넘나드는 바닷물의 생태와 생리를 통해 삶이나 인생의 은유적 진실을 천착 명상해 보고 있는데 그 스케일이 크고 깊은 맛이 있다는 평을 듣고 있습니다. 그 다음 〈꽃씨 한 알〉은 잠언적 진실을 노래하고 있는 시인이 꽃씨에 가탁하여 생명의 부활이나 희망을 상찬하고 있는 내용입니다. 시단의 원로로서 독자들에게 교훈적 깨우침을 줄 수 있는 인생론 유형의 작품입니다.

심사위원을 대표하여 축하드립니다. 원래 무엇이건 1회란 첫 단추를 열고, 첫 문을 여는 격이라 더욱 뜻이 깊고 큰 의미가 있다 하겠습니다. 큰 박수를 보냅니다. 감사합니다. (2012년 2월 13일 심사위원장 평론가 이유식)

추영수 시인의 많은 시 가운데 독자들에게 많은 사랑을 받고 있는 〈묏새가 묏새답게〉라는 시 한 편을 더 소개하면서 이번 소식은 여기서 그치겠습니다. 부디 천국에서 평안하시기를 기원합니다.

묏새가 묏새답게 _추영수

묏새가 묏새답게
울기 위해
묏등을 찾아왔나 봐
오는 길에
냇물의 기氣 한 쪽
입에 베어 물고
오장육부
저린 울음으로 씻어 버리고
휘파람 불어불어
묻혔던 삶을 퍼올리면
또랑물 소리도
마른 땅 가늘게 적시며
하늘을 읽어내지

진을주 선생님 영전에 드리는 여섯 번째 글월

金政吾

지구문학 편집인, 한민족역사문화연구원장

영원한 시인 진을주 선생님

선생님! 그동안 평안하셨습니까! 저는 선생님에게 여섯 번째 글을 쓰면서 프란츠 카프카(소설가, 1883~1924)의 묘비 글귀를 생각하고 있습니다. "내면을 사랑한 이 사람에게 고뇌는 일상이었고, 글쓰기는 구원을 향한 간절한 기도의 한 형식이었다"라는 글귀가 그것입니다. 선생님도 프란츠 카프카처럼 우리나라 문단을 위해 늘 고뇌하셨고, 한 편의 아름다운 시를 쓰기 위해 늘 기도하는 자세를 가지셨습니다.

선생님! 그런데 사람들은 언제나 잃어버리고 나서야 삶을 돌이켜 볼 수 있는 눈을 얻는다고 합니다. 즉 사람들의 "깨달음은 늘 한 발자국 뒤에 온다는 것이 그것입니다. 훌륭한 인물이 곁에 있을 때는 그 가치를 잘 모르고 있다가 그가 떠난 후에야 그의 빈자리를 보면서 그의 존재와 가치의 소중함을 알고 후회한다는 것입니다." 그래서 "왜 우리 인간들은 무엇인가를 잃었을 때에야 비로소 그 가치를 새롭게 깨닫게 되는 것일까"라는 말을 실감해 봅니다. 저도 선생님이 곁에 계실 때는 그토록 소중한 분인 줄을 모르고 지냈습니다.

그러나 선생님의 빈자리를 보고서야 그 존재 가치가 크고 소중했다는 사실을 알게 되었습니다. 그러나 "중요한 것은 사라지는 것이 완전히 없어지는 것을 뜻하지는 않는다"는 말이 있습니다. 어느 관점에서 보면 소멸은 사라지는 것이 아니라 오히려 깊어지는 것이라고 합니다. 그러므로 사라지는 것은 극복해야 할 대상이 아니라 서정을 이루는 바탕이라는 것입니다. 선생님! 그래서 저도 선생님에 대한 생각이 날로 깊어지는 것으로 압니다.

세계적인 철학자 버트란드 러셀은 인본주의와 양심의 자유를 논하는 여러 편의 중요한 저술을 발간했습니다. 그 공로를 인정받아 1950년 노벨문학상을 받았습니다. 그때 그는 시상식에서 이런 연설을 했습니다.

"요즘 정치가 과학적으로 되기 위해선, 그리고 정치적인 사건이 늘상 놀라운 것이 아니기 위해선, 우리의 정치적 사고가 인간행동의 원천을 더욱 깊게 꿰뚫어 보아야 한다. 굶주림이 정치적인 슬로건에 끼치는 영향은 무엇인가? 당신의 식사 영양가가 변할 때 그것은 어떤 결과로 이어질 것인가? 그리고 만약에 민주주의와 한 자루의 식량이 주어진다면, 당신은 얼마나 굶주려야 민주주의보다는 식량을 택하게 될까?" 이 연설을 생각하면서 오늘의 북한을 생각해 봅니다. 지금도 그들은 헐벗고 굶주림에 지쳐 있습니다. 선생님께서는 얼마나 통일을 갈망하셨고, 남북이 함께 잘 살아가기를 소망했습니까! 그러나 아직도 통일은 요원하니 가슴 아픈 일입니다.

러셀은 그의 어록에서 이렇게 말합니다. "단순하지만 누를 길 없이 강렬한 세 가지 열정이 내 인생을 지배해 왔다. 그것은 사랑에 대한 갈망, 지식에 대한 탐구욕, 인류의 고통에 대한 참기 힘든 연민이다."라는 말입니다. 저도 그 말에 전적으로 동의하면서 그의 이런 말도 생각해 봅니다. "멀게 보면 역사의 힘은 다른 곳에 있다. 다시 말해 100년 500년 뒤에는 오늘의 세상을 뒤흔들고 있는 정치인들은 대부분 기억에서 사라지고 말 것이다. 그러나 위대한 예술이나 학문에 대한 큰 업적을 남긴 이들은 오래도록 기억에 남을 것이다. 그러므로 당장 눈에 보이는 것만이 전부가 아니다"라는 말이 그것입니다.

그런데 금년 2012년의 봄철은 우리나라 전체가 총선으로 시끄러웠습니다. 지금까지도 그 후유증으로 온 나라가 몸살을 앓고 있습니다. 게다가 금년 12월에 대선까지 치르게 되어서 정치판은 더욱 시끄럽습니다. 그러나 선생님! 훗날 역사는 오늘의 정치인들을 몇 사람이나 기억하고 있을까요! 권력은 당대에서 끝나고 그들 대부분의 이름은 기억에서 사라질 것이기 때문입니다. 그러나 예술은 영원하므로 시인으로서의 진을주 선생님은 영원히 기억에 남을 것입니다.

이런 일도 있었습니다. 《종의 기원》을 쓴 찰스 다윈의 집에 영국의 총리 글레드스턴이 찾아왔습니다. 글레드스턴은 누구입니까! 박애주의자로서 19세기 영국의 총리를 네 차례나 지낸 큰 정치 지도자였습니다. 글레드스턴의 방문을 받은 다윈은 '참으로 명예스러운 일'이라고 말했습니다. 그때 러셀은 이렇게 말했습니다. "다윈이 글레드스턴의 방문을 받고 명예롭게 여겼다는 것은 그의 겸손한 성품을 보여주는 것이다. 하지만 당대의 눈으로 보면 다윈이 명예롭게 여기는 것이 맞을지 모른다. 그러나 긴 역사 속에서 바라본다면 명예스럽게 생각해야 할 사람은 다윈이 아니라 글레드스턴이다. 훗날에 미친 영향력과 역사적 중요성이란 점에서 다윈은 글레드스턴을 훨씬 앞서 있기 때문이다"라는 말이 그것입니다. 권력가는 당대 이후에 기억에서 대부분 사라지지만 훌륭한 학자와 예술가들은 기억에서 사라지지 않기 때문입니다.

빌게이츠는 "사람들은 생각의 속도가 빠른 것처럼 망각의 속도 또한 빠르다"고 했습니다. 그래서 프랑스 화가 마리 로랑생은 "권태, 슬픔, 불행, 아픔, 버려짐, 외톨이가 되는 것, 유랑생활, 죽음을 점층적漸層的으로 나열한 뒤 이런 것들보다 더 불행한 것은 잊혀지는 것"이라고 했습니다. 그래서 세상 사람들은 망각하는 동물이라고 합니다.

독일의 천재시인 괴테도 불후의 명작 《파우스트》에서 인간의 망각을 주제로 다룹니다. 파우스트의 제1부에서 인간의 현세적 문제를 다룰 때 주인공은 잊혀져가는 과정을 거쳐, 제2부에서는 예술창조와 상징을 통한 삶의 문제를 다룹니다. 제2부의 첫 장면에서 파우스트는 꽃이 가득 피어 있는 들판에 누워 생각에 잠깁니다. 그러나 그레트헨의 비극을 비롯한 제1부의 일을 기억하지 못합니다. 그것은 잊어버리기를 잘하는 사람들을 그린 대표적인 예라고 합니다. 그러나 날이 갈수록 또렷하게 기억에서 살아나는 사람들도 있습니다. 세상 사람들은 그런 분들을 잊지 않고 존경합니다.

이를테면 세종대왕은 집현전을 만들어 예술과 학문을 높이셨고, 성종대왕도 홍문관을 만들어 같은 일을 하셨으며, 정조대왕도 규장각을 만들어 꼭 같은 일을 하셨기에 후세까지 우러러 칭송받는 것입니다. 그리고 나라를 지키신 광개토대왕, 이순신장군, 김좌진, 김구, 안중근, 윤봉길, 문화와 예술과 학문을 빛내신 연암 박지원, 추사 김정희, 다산 정약용, 매천 황현, 단재 신채호, 그리고 문학을 빛낸 정지용, 윤동주, 이육사, 한용운, 김영랑, 심훈, 조지훈, 박두진, 김동리, 박목월, 박경리 같은 분들은 우리의 기억에 남아 있습니다. 더구나 진을주 선생님은 당당한 대한민국의 시선詩仙으로서 우리의 기억 속에 그 아름다운 시들과 함께 영원히 남아 있을 것입니다. 그만큼 선생님께서는 좋은 시를 쓰셨고, 크나큰 덕을 베풀고 가셨기 때문입니다.

선생님을 그리워하는 글이 이어지고 있습니다.

선생님은 참으로 겸손함을 보여 주셨습니다. 제가 우愚·달達·모謀·지智·재才에 대해서 설명한 일이 있습니다. 즉 재주보다는 지혜가 낫고, 지혜보다는 꾀가 나으며, 꾀보다는 통달이 더 낫고, 통달보다는 어리석음 즉 겸손함이 가장 으뜸이라는 말씀이 그것입니다. 그런데 선생님은 그 말씀을 수첩에도 적고 사무실 벽에도 써 붙여 놓으시고 항상 음미하셨습니다. 그리고 "정도는 불멸하며, 대의는 영원하다." "입으로 말하기보다는 몸소 행하라"는 고전의 말씀을 자주 인용하시면서 철저히 올바른 삶을 살다 가셨습니다. 그렇기에 선생님이 가신 지 2년이 되도록 제자들과 지인들과 후배들이 끊임없이 선생님을 그리워하는 글이 나오고 있습니다.

저는 선생님을 생각하면서 파블로 피카소(Pablo Ruiz Picasso : 1881년 10월 25일~1973년 4월 8일)와 오랫 동안 친분을 나누었던 사진작가 부로사이를 떠올립니다. 그는 《피카소와의 대화》라는 책을 통해서 피카소의 삶과 예술뿐만 아니라 그를 둘러싼 시대분위기까지를 낱낱이 밝히고 있습니다. 피카소는 스페인에서 태어나 주로 프랑스에서 미술 활동을 한 20세기의 대표적 서양화가이자 조각가입니다. 그의 대표작으로는 큐비즘의 시대를 연 작품인 〈아비뇽의 처녀들〉 스페인 내전에서 게르니카 민간인들이 나치 독일 공군의 폭력으로 학살당한 게르니카 학살사건(1938년)을 고발한 〈게르〉 등 많은 작품들이 있습니다. 그러나 그를 더욱 유명하게 한 사람이 앞에서 말한 사진작가 부로사이입니다.

부로사이가 피카소를 처음 만난 것은 1932년입니다. 그는 피카소의 개인적인 마력과 천재적 예술 세계에 차츰 빠져 들어가면서 이후 30년간을 그와 가까이 지냅니다. 그리고 피카소와 만남을 가졌던 당대 이름 높은 예술가들과 지성인들을 소개합니다. 거기에는 몽파르나스의 카페, 라보에티에카와 그랑 오귀스탱가에 있던 피카소의 작업실이 나옵니다. 그리고 생제르맹데프레의 리프식당, 또 레뒤마고와 플로르 카페의 풍경, 열띤 대화, 당시 문화예술의 중심지였던 파리를 눈앞에 생생하게 그려냅니다. 그리고 살바도르와 그의 연인 뮤즈 갈라, 앙드레 부르통, 후안 마로, 장 곡토, 시몬드 보부아르, 장 폴사르트, 알베르 카뮈,

앙드레 말로, 헨리 밀러 등이 피카소와 가까이 지냈다는 사실을 알립니다. 뿐만이 아닙니다. 피카소와는 40년 지기이자 경쟁자였던 앙리 마트스와의 일화를 알리기도 합니다. 그리고 피카소를 그 시대의 집약되고 축적된 힘 속에 우뚝 서 있는 거대한 바위처럼 그려내어 모든 이들을 사로잡는 이글거리는 눈길로 살아 있게 할 수 있는 능력을 보여줍니다. 그러나 저는 이 땅의 당당한 시선詩仙이신 선생님을 그렇게 그려낼 수 없음을 안타까워합니다. 다만 선생님께서는 참으로 많은 후배들과 제자들을 길러내셨습니다. 그리고 그들 가운데는 이미 한국문단에서 그 이름을 널리 알리고 있는 분들이 많이 있습니다. 선생님께서 가르치시던 명강의록은 다음 기회에 쓰도록 하겠습니다.

(사)강서문인협회 소식입니다

선생님 제가 살고 있는 서울 강서구에는 이조년과 그의 형 이억년의 의로웠던 일화로 유명한 형제투금의 현장인 투금포가 있습니다. 그리고 우장산 공원에는 저희들 강서문협 임원들이 주관하여 구청의 지원을 받아 세운 형제투금의 주인공 이조년의 시비가 있습니다.

이화梨花에 월백月白하고 은한銀漢이 삼경三更인제

일지춘심一枝春心을 자규子規야 아라마난

다정多情도 병病인 양하야 잠 못 드러 하노라.

―출전 〈병와가곡집〉, 〈청구영언〉

이 시조는 고려시대 작품 가운데 문학성이 가장 뛰어난 작품으로 평가되고 있습니다. 이 시를 쓴 이조년은 고려 말기의 학자, 정치가로 충숙왕과 충혜왕 때 나라에 큰 공을 세웠던 분입니다. 그런데 그들의 가족은 강서에서 살았던 것으로 알고 있습니다. 어느 날 이조년, 이억년 두 형제가 서울 상암동 쪽으로 가기 위해 가양나루로 나오는 길이었습니다. 그때 길에서 아우 이조년이 금덩어리 두 개를 얻었습니다. 그리고 형제가 나누어 가졌습니다. 그러나 배가 강 가운데에 이르자 아우 이조년이 금덩어리를 한강에 던져 버렸습니다. 금덩어리가 생기자 형이 싫어지는 사악한 생각이 들기에 그랬다는 것입니다. 형도 그렇다고 하면서 금을 던져 버렸습니다. 그래서 금을 던져 버린 포구라 하여 투금포投金浦

가 되었습니다. 앞의 글자인 던질 투投자를 뺀 오늘의 김포金浦시의 말 뿌리가 된 연유이기도 합니다.

그리고 이 고을의 현감을 지내면서 그의 예술혼을 불태웠던 겸제 정선의 기념관이 있습니다. 겸제는 화가 이전에 문인이었고 성리학의 이념을 간파한 학자였습니다. 그는 당시의 선비들이 청나라의 남종화에만 매달리고 있을 때 누구도 상상하지 못했던 실경의 회화적 구상화 욕구를 묶어 한국 산수의 특징을 살린 진경산수라는 겸제 특유의 양식을 창안해냈습니다. 그래서 서울 강서는 퇴계 율곡까지 칭송했던 겸제의 학문과 예술혼이 살아 있는 곳입니다. 그리고 서울에서 유일하게 향교가 있는 곳입니다. 이런 고장에서 1993년에 임의 단체인 강서문인협회가 창립되었습니다. 그리고 2007년에는 사단법인 한국문인협회 서울강서지부가 창립되었습니다. 임의 단체 강서문협에서는 『강서문학』을 18호까지 발간하고 (사)한국문협 서울강서지부에서는 『강서문단』을 5호까지 발간했습니다. 그러나 두 개의 문학단체는 2012년 2월에 '한국문협 서울강서지부'로 통합하였습니다. 그리고 『강서문학』 18권과 (사)『강서문단』 5권을 통산하여, 새 문예지를 『강서문학』 통권 24호로 발간하기로 하였습니다.

강서문협이 하나가 되는 데 가장 큰 역할을 한 분이 임의 단체의 7, 8대 회장을 역임한 김성렬 수필가입니다. 두 개의 문협이 하나로 통합하자 구청장을 비롯한 뜻있는 모든 분들이 크게 환영했습니다. 특히 김병회 강서문화원장은 예술의 뿌리는 문학이며, 모든 예술은 문학에서 파생된 것이라고 하면서 두 문협의 통합을 축하하여 큰 선물을 내놓았습니다. 매년 사비로 문학상금 1천3백만원을 쾌척하기로 약속한 것이 그것입니다. 그리고 2012년 3월 18일 금년도 상금 1천3백만원을 이미 기탁하였습니다.

세상에서 가장 중요한 낱말이 '우리'라고 합니다. 이제 우리는 '따로'에서 '우리'가 되었습니다. 『지구문학』에서도 (사) 서울 강서문협의 통합을 기념하여 2012년 여름호를 그 특집호로 발간하게 된 것입니다.

이렇게 선생님에게 서울강서문협의 이야기를 새삼스럽게 말씀드리는 것은 선생님이 그동안 우리 강서문협에 깊은 관심과 사랑을 보내주셨기 때문입니다. 선생님은 『강서문단』 창간호에 축시를 써 주셨고, 창립 원년에 제1회 강서문협 시와 산문 낭송회 때는 직접 오셔서 자작시를 낭송해 주시기까지 하셨습니다. 그 두 편의 시를 여기 다시 올립니다.

산벚꽃 필 무렵 _ 陳乙洲

가슴에 아지랑이 피던 봄 햇살이/ 산벚꽃 가지마다 능청부려/ 꽃봉오리 홍분케 하다// 햇살은 산자락에 숨은 듯이/ 입술에 부벼 벙글게 하고// 부푼 입술은 햇살을 빨아들여/ 강그라진 웃음소리로/ 산벚꽃은 숨어서 활짝 피었다

-2007년 12월 30일

부두에서 _ 陳乙洲

소주잔이 깊을수록 바다는 운다/ 누가 시작한 畵板인가/ 붓끝이 닿을수록 슬픔은 푸르러만지고// 하늘과 바다를 달래는 갈매기/ 수평선을 물어다가 깃발로 펄럭여 보아도// 부두는 울음이다// 하루도 쉬지 않고/ 어둠의 아픔을 퍼내는 부두

-서울강서문협 2007년 시와 산문 낭송회에서

제10회 지구문학상 시상식이 있었습니다.

선생님 지난 5월 8일에는 신민수 시인이 제10회 지구문학상을 수상했습니다. 지구문학은 1997년 4월에 선생님 내외분이 창간하시고 그 후, 15년 동안 단 한 호도 거르지 않고 걸출한 문인들의 작품 발표의 마당을 만들어 왔으며, 수많은 신인들을 배출했습니다. 게다가 금년 봄에는 미국의 지구문학 출신 작가들이 미국의 오렌지카운티에서 지구문학 미주판 창간호를 발간하였습니다. 선생님이 만들고 키워놓고 가신 지구문학은 이렇게 본격적으로 지구 전체를 아우르기 위한 지구문학 본연의 길로 접어들고 있습니다. 그리하여 우리 한국과 정 반대쪽에 있는 미주 본토에서 미국판 지구문학이 발간되기에 이른 것입니다.

이렇게 발전하고 있는 지구문학의 이름을 딴 지구문학상은 2000년 11월 초 선생님과 김시원 발행인 그리고 김정오 편집인과 진진욱 시인이 이환송 시인의 후원을 받으면서 제정되었습니다. 그 뒤 고광용 시인, 이재현 시인, 한귀남 시인에 이어 지금은 전 한남대학교 대학원장 임춘식 시인이 후원회장을 맡고 있습니다. 제1회 수상자는 김광회 원로 시인에 이어 제2회 수상자는 김상일 원로 평론가, 제3회 수상자는 당시 한국문인협회 부이사장이던 엄기원 아동문학가, 제4회 수상자는 김시철 전 국제펜클럽한국본부 이사장입니다.

그 후 상이 일시 중단되었습니다. 그러다가 지구문학상은 『지구문학』 출신에게 주는 것을 원칙으로 하고 다시 시작하여 제5회 수상자는 송랑해 시인과 오정아 소설가, 제6회 수상자는 박영만 평론가와 윤명철 시인, 제7회 수상자는 조창원 시인, 제8회 수상자는 김희안 시인, 제9회 수상자는 최전엽 시인, 제10회 수상자는 신민수 시인이 《달콤한 게으름》이라는 시집으로 제10회 지구문학상을 수상했습니다. 10년 동안 지구문학작가회의 사무국장으로 수고하고 있는 신민수 시인은 시집 첫 장에서 "욕망은 작동하는 기계 같아서 늘 쩔거덕거리며 진군한다./ 가진 것이 너무 많아서 과부하가 걸린 세상에 잠시 스위치를 내리면 어떨까./ 소금 인형이 되어 바다로 돌아가자. 짭쪼름한 바다에 나를 녹이고 그 품에 살 냄새를 더하자."라고 썼습니다.

그리고 이유식 심사위원장은 신민수 시인의 시 세계를 아래와 같이 평했습니다. "…(전략)… 신민수 시인은 자신의 일상적 삶을 반추해 보기도 하고, 계절에 따른 여러 현상들을 예민한 지적 감수성으로 읊고 있다. 또 도시 생활에서 보고 느낄 수 있는 생활의 여러 단면들을 깊이 있게 시적으로 승화시키고 있다. 좀 특이한 점이라면 수사적 비유가 남다르다 하겠는데 특히 몸의 언어를 적절히 구사하고 있다는 점이다. 그리고 다른 시인들과의 차이점이라면 서정성과 생활상을 잘 버무르고 있다는 점이다. 그러나 시에 보인 난해성을 지적하지 않을 수 없다. 그러나 전체적으로 보면 시창작의 방법론에서 이 시인 나름의 독자적인 시 세계의 구축이 엿보이고 있는데 이런 면을 더욱 갈고 닦으면 매우 훌륭한 시인으로 거듭날 수 있다는 점이 심사위원들의 공통된 의견…(후략)…"이라고 말하고 있습니다.

또 2003년에 태평양화학의 전영호 에스쁘아 향수회사 사장이 상금을 기탁하여 에스쁘아 문학상을 제정했습니다. 에스쁘아라는 말은 불란서 말로 희망이라는 뜻입니다. 그 뒤를 이어 안병돈 교수, 김문원 수필가를 거쳐 현재는 조창원 시인이 운영위원장으로 있습니다. 현재 운영회장으로 있는 조창원 시인은 20년이 넘도록 국립 소록도 병원장을 역임하였으며 이청준의 소설 〈우리들의 천국〉에 나오는 주인공 조대령이 실존인물인 바로 그분입니다. 그동안 에스쁘아 문학상 수상자는 제1회 양창국 소설가, 안병돈 수필가, 제2회 우제봉 시인, 제3회 김문원 수필가, 제4회 김현숙 시인, 제5회 이희선 시인, 제6회 김용옥 수필가, 제7회 신현근 소설가입니다.

또한 2011년 7월 7일에 진을주 문학상을 제정하고 함홍근 시인이 후원회장을 맡았습니다. 그리고 2012년 2월 13일 선생님의 1주기를 맞아 제1회 진을주 문학상 시상식을 거행했습니다. 제1회 진을주 문학상은 선생님을 대한민국 제1호 시선으로 명명하신 미당시맥회장 추영수 원로시인께서 수상했습니다.

그동안 모든 상의 심사는 이유식(평론가), 김정오(수필 및 평론가), 진동규(시인) 외에 객원 심사위원으로 하근찬(소설가), 진을주(시인), 홍윤기(평론가), 이명재(평론가), 김봉군(평론가), 이수화(평론가)가 번갈아 가며 수고해 주셨습니다.

선생님의 시비 세울 자리를 보고 왔습니다

2012년 5월 9일 우리 일행－김시원(지구문학 발행인), 진동규(지구문학 대표, 한국문협 부이사장), 양창국(지구문학 회장, 소설가), 김문원(지구문학 편집위원, 수필가, 화가), 이희선(지구문학 편집위원, 시인), 김현숙(지구문학 편집위원, 시인), 신인호(지구문학작가회의 회장, 시인), 백활영(지구문학작회의 부회장, 시인), 함홍근(진을주문학상 운영위원장, 시인), 김정오(진을주시비건립 추

▲앞줄 좌로부터 김문원, 이희선, 김정오, 백활영, 뒷줄 좌로부터 신인호, 김현숙, 김시원, 양창국, 진동규, 함홍근

▲ 문학공원 입구에 서 있는 문학공원 안내 입간판

진위원회 공동대표) 등은 강원도 춘천시 서면 의암호 수변공간에 조성된 북한강 문학공원에 다녀왔습니다. 그것은 선생님의 시비 세울 자리를 보기 위해서였습니다.

이 문학공원은 한국문인협회 창립 50주년 기념사업의 일환으로 2011년 가을에 조성되어진 것입니다. 공원의 한가운데에는 높이 3.5m의 문인 상징 조형물이 세워져 있고, 이 조형물 앞면에는 「문학의 힘 문인의 꿈」이라는 글씨와 한국문인협회 마크가 새겨져 있습니다. 또 조형물 옆에는 앞으로 한국 문인으로서 노벨문학상을 받으실 분의 동상과 그의 업적을 기리는 조형물 자리를 미리 만들어 놓았습니다. 그 빈자리 좌대에는 「문학이 보다 밝은 세상을 만든다」는 표어가 새겨져 있습니다. 그리고 이 문학공원에는 한국문단의 옛 주인공들과 근현대의 대표적인 문인들, 그리고 김소월, 서정주, 전영택, 조병화, 황명을 비롯한 한국문협의 전 현직 이사장단의 시비와 문학비들도 세워져 있습니다.

또 이 문학공원 인근에는 박사촌, 애니메이션 박물관과 서면도서관 등 관광 문화시설도 있고, 의암호 수변공간에는 50km의 자전거 길이 있습니다. 이 공원에는 문인들은 물론 문학을 사랑하는 사람들과 국내외의 많은 관광객들과 체육 동호인들도 찾는 관광 문화명소로 발전하게 될 것이라고 합니다. 함께 간 우리 일행들은 선생님의 시비를 이곳에 세운다면 매우 좋을 것이라고들 의견이 모아졌습니다. 그러나 아직 확정되지는 않았기 때문에 여러 절차를 밟아서 일을 진행할 것입니다.

이날 양창국 소설가와 함홍근 시인이 운전하느라 애를 많이 썼습니다. 그리고 김시원 선생님과 김문원 선생님은 점심과 저녁 우리들의 민생고를 해결하시느라 애쓰셨습니다. 더욱이 함홍근 시인은 건강도 안 좋은 몸으로 왕복 운전하시느라 많은 고생을 했습니다. 선생님, 오늘은 여기서 글을 멈추겠습니다. 그리고 다음에 또 소식을 올리겠습니다. 천국에서 평안히 쉬시옵소서.

진을주 선생님께 올리는 일곱 번째 추모글월
— 연암 박지원과 자회 진을주의 문학정신

金政吾
지구문학 편집인, 한민족역사문화연구원장

연암 박지원의 문학적 인생관

선생님 그동안 평안히 계셨습니까! 저는 지금 선생님께 드리는 일곱 번째의 글을 쓰면서 놀라운 점을 찾아냈습니다. 그것은 한국의 근대문학사에 새로운 길을 열어주신 연암 박지원[1]과 현대문학의 중심에 서서 한국 문단에 크나큰 영향을 끼치신 자회 진을주 선생님의 발자취가 닮은 점이 많다는 것입니다. 연암은 조선 후기의 문인이자 북학파를 대표한 실학자입니다. 특히 연암의 대표작인 《열하일기》[2]를 비롯한 수많은 작품들과 그 사상이 오늘날까지 추앙받는 것은 이유가 있습니다. 그것은 현실을 냉정하게 보고 올바르게 판단을 내릴 수 있었던 통찰력 때문이었습니다. 연암은 당시 세상이 어떻게 흘러가고 있는 줄을

---

1) 박지원(朴趾源, 1737년 2월 5일~1805년 10월 20일) : 본관 반남, 자는 미중 또는 중미, 시호는 문도, 호는 연암이며 이름난 작가이자 실학자이다. 한양의 명문 양반가 출신으로 젊은 시절부터 뛰어난 문학적 재능을 드러내어 장래가 촉망되었다. 그러나 혼탁한 정치 현실과 양반 사회의 타락상을 혐오해서 과거에 응시하지 않고 오랫동안 재야의 선비로 지내면서 창작과 학문에만 전념했다. 홍대용, 박제가 등과 함께 북학파 계열로, 제자로는 박제가, 유득공, 이덕무가 있다. 그의 문학은 공리공론을 배격하고 사실주의 문학을 수립했다. 청나라 문학인들과 사귀며 정치 · 음악 · 천문 · 경의(經義) 등에도 관심을 갖고 50대 이후 비로소 벼슬길에 나서 음직으로 안의현감, 면천군수, 양양부사 등을 지냈다. 그의 문집인《연암집》에는 〈양반전〉과 〈열녀 함양 박씨전〉 등 한문소설을 포함한 주옥 같은 시문들과《열하일기》 및《과농소초》등 대문장 26권이 있다. 그리하여 연암은 지금까지 학자보다는 문학가로서 더 높은 평가를 받아왔다. 특히《열하일기》는 영원한 명작으로서 사랑받고 있다. 또 그가 일으킨 문체운동이 격변하는 시대의 흐름을 대변하였다. 그 뿐만 아니라《열하일기》는 문학 작품인 동시에 실학적 실천의 뜻을 담은 학문의 보고이다. 문학과 학문이 하나로 통섭한 인문학 본연의 총체성을 띠고 있는 것이다. 이처럼 연암이 이끌었던 실학은 문예운동을 통해 새로운 기운을 불러일으킨 문학사의 새로운 창조사인 것이다.

알고 있었습니다. 그래서 연암의 문학관은 당시로서는 놀라울 만큼 혁신적이었습니다. 참다운 문학은 이미 화석화 되어 버린 옛 글을 따르는 데 있지 않고, 그 진정한 뜻을 받아들이면서 새로운 시대와 경험을 소중하게 받아들여야 한다고 했습니다. 그것은 고전을 본으로 하되 변화시킬 줄 알아야 하고 창작을 꾀하되 그 근거는 고전에 두어야 한다는 것이었습니다.[3] 그러면서 당시 유행하던 중국 고전 문체의 모방에만 매달리는 풍조를 단호히 거부하면서 옛글의 정신을 살리되, 그 겉모양만을 따르는 것이 아니라 새롭게 낯설게 하는 완전한 창작을 해야 한다는 문학관을 펼쳤습니다. 그러면서 연암은 풍자에서 중세적 봉건사회가 무너져가고 새로운 삶이 움트기 비롯하는 역사적 변화를 직시하면서 새로운 문학의 길을 열어나가게 됩니다. 그리고 새로운 의식 세계를 넓혀가는 정아한 문장과 웅혼한 사상을 담아내면서 살아 있는 현실을 그려내는 뛰어난 글월을 남겼습니다.[4]

그와 대비하여 자회 진을주 선생님은 현대문학의 중심에서 한국문단에 새로

---

2) 《열하일기》는 연암이 중국에 다녀와서 쓴 책이다. 하룻밤에 아홉 번 강을 건너며 깨달음을 얻었다는 〈일야구도하기〉 또는 소설 〈허생전〉이 《열하일기》에 실려 있다. 연암은 44세 때 여름 붓 두 자루, 먹 하나, 작은 공책 네 권 등 간단한 차림으로 중국을 향했다. 연암은 국경을 넘어 넉넉해 보이는 여염집을 보고서는 놀랐다. 변방의 촌마을이 이 정도라니. 연암은 중국에서 정말 볼 만한 것은 큰 누각이나 성곽이 아니라 민간들의 삶이었다. 연암은 직접 눈으로 본 수레, 벽돌, 목축, 선박 등을 알렸다. 허구적이고 자폐적인 북벌론의 꿈에서 깨어나 북학을 할 수 있다고 믿었다. 말로만 북벌을 강경하게 외칠 뿐 나약하기 짝이 없는 조선의 현실에 대해 분노했다. 연암은 여행과정에 따라 보고 들은 것들을 쓰면서 주제를 넘나들었다. 처음에는 일기 형식으로 쓰다가 여러 형태의 산문을 썼다. 이러한 여러 형식에도 불구하고 《열하일기》에 흐르는 주제 의식은 '천하의 정세를 살피는 것' 이었다. 연암은 새벽에 일행보다 먼저 나와 많은 곳을 둘러보았고 저녁이면 숙소를 나와 중국 지식인들과 필담을 나누면서 그 나라 사정을 알려고 노력했다. 청 황실의 여러 술책을 보면서 지금 태평성대의 천하가 장차 어찌 될지 기미를 살폈다. 《열하일기》는 현실적 존재인 청 왕조를 오랑캐라 외면하고 무시하는 당시 한국 사회를 꾸짖었다. 여러 주제를 통해 조선의 식자층과 지배층에게 옹졸한 고정관념에서 벗어나 열린 마음을 갖도록 촉구했다.

3) 法古而知變 創新而能典 : 즉 연암의 문학 정신은 與其創新而攷也 無寧法古而陋也 "새것을 만들려 하다가 기교에 치우치기보다는 고전을 따르려 하다가 고루하게 되는 편이 낫다." 이 말을 축약한 것이 '法古創新' 이다. "옛것을 본받되 변화를 알고 새롭게 하라"는 뜻이다. 참된 문학정신은 변화를 바탕으로 창조적인 글을 쓰는 데 있다는 것이다. 억지로 점잖은 척 글을 써서는 안 되며 오직 진실한 마음으로 대상을 참되게 그려야 한다고 했다. 틀에 박힌 표현이나 관습적인 문체를 거부하고 낯설게 하는 자신만의 글을 써야 한다고 했다. 양반임에도 그들이 허울 좋은 이름만 내세우는 것을 싫어한 나머지 독특한 해학으로써 이들을 풍자하여 문학으로 승화시키면서 새로운 현실의 필요성을 역설했다.

4) 연암은 선을 권하고 악을 징계하는 유교 주의적 문학관, 즉 도道만 잘 전달하면 된다는 문학관을 배격하고 참을 으뜸으로 하는 문학관을 가졌다. 참을 찾음으로써 현실을 폭넓게 이해함으로써 그 시대적 가치를 찾고자 했다. 유교문명의 공허함을 비판하고, 생활 속에서 삶의 진정성을 중요시했다. 그리고 인간의 감정과 욕망을 인정하고, 고정관념에서 벗어나 다양한 인간성의 내면을 읽어 냈다. 문학의 등장인물들도 하층민들을 긍정적으로 그려내고, 그동안 문학에서 늘 높이 평가 받던 양반사대부들의 무능과 위선을 철저히 비판하면서 삶에서 다양한 인간상을 그려 냈다.

운 바람을 일으키신 분입니다. 또 연암의 《열하일기》가 사라지지 않는 영원한 고전으로 후세를 감동시키고 있듯이 선생님의 시집 《그믐달》이나 《호수공원》도 현대문학사에서 뚜렷한 자리를 차지했습니다. 그런데 연암이 근대 한국문학의 터전을 새롭게 일구어 냈던 자리가 서울의 백탑(白塔 : 지금의 파고다 공원)[5] 자리입니다. 그곳은 놀랍게도 현재 지구문학이 있는 뉴파고다 빌딩과 가장 가까운 자리입니다. 백탑자리는 서울 종로구 종로 2가 38번지이고, 지구문학 사무실은 39번지입니다. 연암의 제자 초정 박제가(1750~1805)의 글에 의하면 이들 연암학파들은 거의가 다 백탑 근처에서 살면서 날마다 만난 것으로 되어 있습니다. 그것은 연암의 집이 이곳 백탑 옆에 있었기 때문입니다. 그리하여 이덕무의 집은 백탑의 북쪽에, 이서구와 관재 서상수는 서쪽, 유금, 유득공은 북동쪽에 집이 있었다고 적혀 있습니다. 특히 서상수의 서재인 '관재'는 1760~1770년대에 이들이 자주 만나는 곳이었습니다. 그리고 거의 날마다 백탑 근처에 있는 연암의 집에서 만나 "들창 아래 질화로가 따뜻하고 포근할 때 시사 벗들은 농익은 대화 보따리 풀어놓네…"라는 이덕무의 글처럼 시를 쓰고, 문학과 예술을 논하였습니다. 그리고 수표교, 몽답정 같은 주변 명승지를 산책하면서 백탑 주변의 모습과 특정 사물을 관찰하고 기록한 글들을 남겼습니다.[6] 이러한 문인들의 면

---

5) 백탑(탑골공원) : 탑골공원터는 역사적으로 땅기운이 억세고 기구했다. 고려시대 거찰 흥복사를, 세조 때인 1465년 개칭해 새로 지어진 원각사터가 전신이었다. 연산군 때는 승려들을 내몰고 기생들의 살림집인 기방으로 전락했다가 중종 때 시청격인 한성부청사가 들어섰지만, 책임자가 급사하자, 함부로 범접하면 불가의 벌을 받는 곳이라 해서 빈 공간으로 방치된다. 그 공간에 조선후기 서얼지식인들의 문화가 차고 들어와 화려한 꽃을 피운 셈이다. 1467년 세워진 백탑은 이런 탑골의 조락을 지켜본 산증인이다. 대리석에 석가모니 수행도와 불회 모습, 여래좌상 조각 등을 정교하고 세련된 수법으로 조각한 이 걸작 탑은 문화재적 가치 못지않게 주변 북촌의 문화활동을 총괄하는 화엄의 상징물과도 같은 것이었다. 백탑파의 호시절이 간 뒤 탑 주위는 격심한 변화를 겪는다. 1895~96년 조선의 재무권을 장악했던 영국 세무사 브라운의 주도로 서울 최초의 근대공원이 된다. 대한제국 양악대가 관현악 등의 클래식 음악회를 최초로 상설 연주했던 콘서트장도 겸했다. 3.1운동 때 독립선언서를 낭독하고 대한문 앞으로 몰려갔던 군중들의 감격은 이후 이곳을 민족주의의 성소, 단골 집회장으로 바꿔 버렸다.
한겨레 2005. 01. 02. 글 노형석 기자 nuge@hani.co.kr ⓒ 한겨레(http://www.hani.co.kr)
6) 〈백탑청연집〉 초정 박제가의 문집이다.(번역 안대회 영남대 교수) 명문 양반가의 집에서 태어난 박지원이 서얼 지식인들인 박제가, 유득공, 이덕무, 백동수 등과 함께 18세기 후반 지성사를 수놓았으며 이들이 자주 만나 시문을 읊고, 실사구시의 학문을 연구하면서 실학의 꽃을 피운 곳이 백탑(白塔)'으로 불리던 탑골(파고다)공원의 원각사터 10층 석탑 주변이라고 했다. 이 백탑은 당시 도회를 빙 두른 성 중앙에 탑이 솟아 있어 멀리서 보아도 눈 속에서 대나무순이 나온 것처럼 보인다'고 초정이 묘사했다. 이 백탑은 구한말까지 한양성 어디서도 보아도 잘 보였다. 지금은 고층빌딩 숲에 묻힌 데다 유리 보호각까지 씌워져 있으나 당시엔 사방으로 통하는 교통의 중심지였다. 연암학파들은 삼경을 알리는 북소리가 울릴 때까지 탑 주위 벗들의 집을 돌며 토론했다는 박제가의 회고담은 학문적 낭만주의의 진수라 평가 받고 있다.

모와 정취를 백탑은 묵묵히 다 지켜보았을 것입니다. 특히 이 모임에서 연암의 사랑을 받던 이덕무, 이서구, 서상수, 유금, 유득공, 박제가, 이희경 등 연암학파 문사들은 당대 최고의 문인이요 실학자들이었습니다. 당시 연암파 문사들은 이용후생의 실학사상과 근대 한국문학의 새로운 길을 열었습니다. 특히 이들 가운데 이덕무, 유득공, 이서구, 박제가 등 당시 4대 시인들은 연암이 가장 아끼는 제자였으며, 당시 최고의 문사들이었습니다.[7]

현대에 와서는 자회 진을주[8] 선생님이 연암의 발자취가 고스란히 남아 있는 옛날의 백탑 근처인 뉴파고다 빌딩 205호실에서 지구문학과 그 작가회의를 이끌면서 수많은 제자들을 길러내셨습니다. 연암과 자회 선생님이 똑같이 현재 지구문학 사무실이 있는 뉴 파고다 빌딩을 중심으로 대문학을 집대성했으니 놀

---

7) 18세기 후 서울의 백탑(지금의 파고다 공원)근처에서 젊은 지식층 문인들이 연암을 중심으로 모였다. 이 가운데 이덕무, 유득공, 박제가와 성대중은 연암이 가장 아끼는 제자들로 학문과 문학의 열정을 함께 나누는 한편 왕성한 지적 욕구를 바탕으로 창작에 매진하였다. 또 청나라 사신의 일행으로 다녀오면서 앞선 나라의 문물을 직접 볼 수 있었다. 이들의 재능을 인정한 정조가 규장각 검서관으로 발탁함으로 나라의 문헌편찬에 직접 참여하였다. 이로써 당시 문사들 가운데 가장 앞선 자리에서 실용의 학문에 힘을 기울이며, 각자의 능력에 맞는 저술과 작품을 쓸 수 있었다. 이렇게 새로운 문학관을 펼친 이들의 모임을 '실학파 문학 연구' 모임이라 했다 이들이 연암을 중심으로 동인활동을 하면서 한국 근대문학을 새로운 경지로 이끌었다.

8) 진을주(陳乙洲, 1927년 10월 3일~2011년 2월 14일) 현대시인, 민족사상가, *본관 : 여양, 아호 : 자회(紫回) *출생지 : 전북 고창군 상하면 송곡리 69번지 *본적 : 서울시 은평구 대조동 165-21호 *배우자 : 김시원(본명 : 김정희) *자녀 : 동준. 경남. 인욱 *생활철학 및 좌우명 : 정직, 성실, 화목 *가훈 : 기회는 날으는 새와도 같다. 날으기 전에 잡아라 *학력 : 1954년 전북대학교 국문학과 학사 경력 및 사회 활동 1949년 「전북일보」 통해 작품 발표, 문단활동 1963년 『현대문학』 시 〈부활절도 지나버린 날〉(김현승 추천) 1970~1995 한국문인협회 이사. 1989~1993 월간 『문예사조』 기획실장. 1991~1992 한국자유시인협회 부회장. 1991~2000 국제펜클럽 한국본부 이사. 1994~2010 도서출판 을원 편집 및 제작담당 상임고문. 1996~1998 21민족문학회 부회장. 1996~1998 한국문인협회 감사. 1996 월간 『문학21』 고문. 1998~2010년 지구문학 편집 및 제작담당 상임고문. 1998~2010년 한민족역사문화연구원 고문. 1998~2000 한국민족문학회 상임고문. 1998~2010 세계시문학연구회 상임고문. 1999~2000 한국문인협회 이사. 2000~2010년 러시아 국립극동대학교 한국학연구소 자문위원. 2001~2003 한국문인협회 상임이사. 2002~2010년 한국시인협회 자문위원. 2002~2010 왕인문화원 고문. 2003. 7. 31. 한일문화선상대학 수료. 2005. 3. 14. (사)국제펜클럽 한국본부 제32대 자문위원. 2005. 5. 2. 제3회 송강정철문학축제위원회 위원장. 2006. 10. 7. 국제문화예술협회 특별고문. 2007. (사)한국문인협회 제24대 고문. 2008. (사)한국현대시인협회 고문. 수상내역 1987년 한국자유시인상(시집 《사두봉 신화》). 1990년 청녹두문학상(시선집 《부활절도 지나버린 날》). 1990년 한국문학상(시집 《그대의 분홍빛 손톱은》). 2000년 세계시가야금관왕상(시 〈말 타고 고구려 가다〉). 2003. 12. 15. 예총예술문화상 공로상. 2005. 2. 3. 한국민족문학상 대상, 시집《그믐달》. 2006. 12. 20. 국제문화예술상 대상, 시 〈월파정〉. 2008. 1. 29. 고창문학상 수상. 주요작품 및 발표지 1998년 〈바다의 생명〉. 1999년 〈금강산〉. 1999년 〈1999 무안연꽃 대축제〉. 시집 1966년 제1시집 《가로수》, 진을주 신작 1인집 발간 1968년 《M1조준》, 1968년 《도약》, 1969년 《숲》, 1969년 《학》, 1983년 제2시집 《슬픈 눈짓》, 1987년 제3시집 《사두봉 신화》, 1990년 제4시집 《그대의 분홍빛 손톱은》, 1990년 제 5시선집 《부활절도 지나버린 날》, 이슬 2005년 제6시집 《그믐달》, 2008년 제7시집 《호수공원》.

라운 일이 아닐 수 없습니다. 우리들도 선생님이 계실 때는 이곳에서 수시로 만나 옛날 연암학파들처럼 문학과 시를 논하였습니다. 그리고 주변을 산책하기도 하고 가까운 곳에 있는 국일관이나 한일정에서 여러 종류의 모임을 가졌습니다. 그렇게 선생님은 이곳 백탑부근에서 과거 연암이 했던 일처럼 한국의 현대문학 개혁을 위해 뚜렷한 발자취를 남기신 것입니다. 뿐만 아니라 선생님은 한민족역사문화연구원의 고문을 맡으시고 저희들과 함께 국내외 여러 곳을 역사탐방을 하시면서 겨레의 전통과 역사 문화 발전을 위하여 크나큰 힘을 보태주셨습니다. 이 같은 여러 일들이 연암과 맥락이 같다는 것입니다. 그것도 200년 전에 연암이 일하시던 그 자리에서 선생님이 같은 일을 하셨다는 것은 놀라운 역사의 섭리가 아닐 수 없습니다.

자회 진을주의 문학적 인생관

진을주 선생님은 언제나 청년처럼 뜨거운 가슴으로 현대시를 노래했고 그 정신을 후세들에게 전해 주셨습니다. 그것은 곧 감동으로 이어졌으며, 뜨거운 정으로 가슴에 넘쳐났습니다. 그래서 선생님의 시정신은 영원한 아름다움이 되어 후세까지 생명의 숨소리를 내뿜고 있습니다. 그것은 선생님의 마음 속에 비치는 아름다운 눈으로 만물을 보았으며, 그것을 꽃잎으로 형상화시키는 놀라운 시적 능력을 소유하셨기에 가능한 일이었습니다. 다시 말해 선생님은 탐미적이고 유미적이며, 예술지상주의적 사상까지 시로 녹아 흐르게 하는 능력이 있었습니다.

그런 일은 선생님의 깊은 시심과 더불어 부드럽고 온유하신 성품이 만들어 주신 것이었습니다. 그러나 선생님의 외유내강하신 성품은 아무나 범접할 수 없는 힘을 지니셨습니다. 그래서 선생님의 지조와 의지는 누구보다도 굳고 강인했습니다. 어떠한 권력도 어떠한 재력도 선생님 앞에서는 티끌에 불과했습니다. 그래서 선생님은 세상의 일과는 타협을 하지 않았고 그 누구도 그런 일로 근접하지 못했습니다.

그것은 연암의 성품과 너무도 닮은 것입니다. 연암도 당시 북벌론이 하늘을 찌를 듯 기세 등등할 때, 그 허위의식을 철저히 지적하였습니다. 그러면서 앞선 나라들의 좋은 점은 본을 받아야 하며, 그 정신이 곧 평화사상이라고 하였습니다. 그것이 당시 사회의 허구에 가득 찬 문제의식을 날카롭게 지적했던 연암정

신인 것입니다.

그런 점이 연암과 선생님의 사상과 같다는 것입니다. 선생님의 시편들에서도 당시 군사독제 시대에는 문제가 될 시들이 많았습니다. 그래서 가슴이 조마조마할 때가 많았습니다. 남북의 철저한 대치를 정치적 수단으로 악용하던 군사 정권 아래서는 충분히 사상 검증을 받고 붙잡혀 가고도 남을 수 있었던 시들도 있었기 때문입니다. 그러나 선생님은 그런 시들을 당당히 발표하시면서 평화통일을 주장했습니다.

그래서 선생님의 시정신은 누구보다 앞선 사상이셨다는 사실을 알 수가 있었습니다. 선생님의 시 〈통일의 광장〉을 다시 봅니다.

어이하리야 어이하리야
시방도 휴전선의 녹슬은 철조망에
서러운 바람만 부는 것을

누가 철조망을
녹이고 싶지 않으랴
너와 내가 외갓집 가던
환한 길처럼
…(중략)…

우리는 미친 듯이 얼싸안고
한라산에서 백두산까지
파도처럼 일어나 버려
그날 통일의 광장에서

그 암울했던 시절에 분단 현실의 민족사적 의미를 파헤치면서 그날 우리 모두가 민족의 광장에서 서로 만나 얼싸안고 함께 살아가자고 외치는 강인하면서도 처절한 음성의 시어들이 저 부드러운 시인 그 어디에서 저다지도 장엄하게 피어올랐을까? 놀라울 뿐입니다. 이어서 〈남북통일〉의 시를 봅니다.

단군님이 웃어 제낀

참으로 푸른 하늘이 내린

首都 판문점 중앙청 지붕 위에

신생 공화국 국기가

하늘 높이 펄럭이는 눈부신 새아침

韓朝民主共和國 개국식 만세소리

…(중략)…

손에 손에 신생 韓朝國旗를 흔들며

미친 듯이 이산가족 한데 얼싸안고

뜨거운 가슴 가슴 들불로 타버려라

산불로 타올라라 …(이하략)…

   선생님이 쓰신 이 시는 통일된 조국이 신생 「한조 민주공화국」을 세워 만방에 고하는 찬란하고도 영광이 넘치는 가슴 벅찬 메시지입니다. 이제 멀지않은 앞날 선생님이 그토록 갈망하시던 통일은 분명히 찾아올 것입니다. 그때 우리는 선생님이 명명하신 「한조 민주공화국」을 세우고 선생님을 다시 기릴 것입니다. 그렇게 선생님은 전통문화를 면면히 지키시면서 한국문학의 발전을 위한 대들보로서 크나큰 공을 세우시고 떠나셨습니다. 그러나 지금도 선생님은 끊임없이 하늘나라에서 우리를 내려다보시면서 어서 속히 통일을 이루라고 격려하고 계실 것입니다.

   그뿐만이 아닙니다. 선생님은 문학 강의를 통해서 수많은 제자들을 길러내셨습니다. 그 여러 명 강의 가운데서 현대시에 대해 말씀하신 한 부분만 다시 생각해 봅니다. 선생님은 시를 배우는 제자들에게 현대시에 대해서 이렇게 설명하셨습니다. "시는 주정적인 것에서 객관적 현실적으로, 또 정서적인 것에서 지적인 것으로 변천한다. 굳이 과거의 시와 현대시를 구분하자면 과거의 시는 노래하는 시 즉 자기의 감정을 나타내는 정서적인 글로써 노래하는(김소월류의 음악적이고 리듬을 살린) 시라고 할 수 있다. 그 반면에 현대시는 생각하는 시라고 할 수 있다. 결국 현대시는 현재를 나타내는 글로써 객관적 현실적이며, 지적인(주지시) 글이 주류를 이루고 있다. 그기에 비유법을 많이 쓰는 생각하는 시(이미지 시)라고 할 수 있다"고 말씀하셨습니다.

그리고 아래와 같이 시의 창작 방법을 설명하셨습니다.

"1. 가슴으로 시를 쓰고 가슴으로 감상하라.―자신의 가슴에 울림이 오는 시… 즉 발효가 되는 시어야만이 읽는 이의 가슴에 울렁거림을 준다. 2. 시상과 철학이 있어야 영원성이 있다.― '사과' 에 대한 시를 쓴다면 '사과' 를 자기화시켜서 향기가 코로 전달이 되도록 써야 한다. 3. 모든 예술은 애수(슬픔)가 깔려 있어야 한다.―본인이 쓴 글이라도 본인이 감동해야 읽는 이도 취하고 눈물이 핑 도는 법이다. 다시 말해 자기가 쓴 시는 자기가 이해하지만 독자가 읽을 때는 안경이 바뀌었다는 점을 명심해야 한다. 4. 명작들을 추려 읽어라―현대에 이름 있는 시인들의 명작들을 수없이 많이 읽어라. 이 대목에서 선생님은 몇 분의 이름 있는 현대 시인들의 시를 직접 낭송해 주시면서 이런 시들을 자주 읽으면서 그 시의 영양분을 흡수해야 한다고 하셨습니다. 지면이 허락하지 않아 그 시인들의 시를 여기 게재하지 못함이 아쉽습니다. 그리고 5. 국어사전을 가까이 하라.―국어사전에는 낯설고 아름다운 어휘들이 얼마든지 숨어 있다. 그 낱말들을 찾아서 시에 적용하라. 이것이 시 작법의 핵심이다. 6. 아! 어! 오! 같은 영탄조의 낱말은 시에서 쓰지 말라. 7. 10대 20대 청소년들의 어휘를 즐겨 찾아라. 8. 관념적인 글은 안 된다. 현실적인 시를 써라. 9. 시는 비평이다. 시사성이 있어야 살아 있는 현대시이다.(예/ 미국의 제국주의 비평) 10. 현대 사회는 전 세계 인류가 여행 다니다가 집으로 돌아오는 유목민 주의이다. 자유로움을 잃지 말자. 시는 자료(여행)와 가슴으로 쓰는 작업이다. 만약에 여행을 갈 수 없다면 TV나 신문읽기를 통하여 제목을 찾아라.(예/ 천수만 가창오리 떼~ 경이, 신비~/ 철원에서 겨울나는 몽골 독수리~ 과보호로 야성 상실~)매스미디어와의 대화는 시 발굴 작업의 한 고리이다. 11. 시는 과장법이 필요하다. 독자를 감동시키기 위해서는 없던 것을 있는 것으로 등장시켜도 된다. 거시적에서 미시적으로 할 것인가. 미시적에서 거시적으로 할 것인가를 생각하라. 12. 시는 새로 쓸 때마다 과거에 쓴 것은 박물관에 집어넣어라. 새롭게 새로운 어휘로 새로 만들어서 창조해 나가야 한다."

그리고 명작들을 추려 읽어라―이름 있는 시인들의 좋은 작품을 수없이 많이 읽어보라는 말씀을 하신 후에는 우리나라에서 이름 있는 현대 시인들의 대표 시까지 낭송해 주셨습니다. 이제 이런 명 강의와 훌륭한 사상을 접할 수 없어 그 것이 안타깝습니다.

연암의 담연정기와 자회의 호수공원

연암의 문집 제1권 《연상각선본煙湘閣選本》에는 〈담연정기澹然亭記〉[9]라는 글이 있습니다. 담연정은 정자의 이름인데 편안한 마음으로 하늘의 뜻에 순응하라는 뜻이 있습니다.

이 정자는 선조의 아버지 덕흥대원군의 사손嗣孫으로서 당시 판돈녕부사[10]였던 이풍李灃의 집 서쪽에 지었습니다. 이공이 정자 옆에 연못을 파고 담장 밑으로 샘물을 끌어들였습니다. 마치 일산에다가 호수공원을 만들고 한강물을 끌어들이는 것처럼 말입니다. 담장의 남쪽에는 길이가 한 길 쯤 되는 돌 벽이 있고, 그 사이로 구불구불 등걸이 서리는 노송이 서있습니다. 노송의 가지가 한옆으로 쏠려 여름에는 온 뜰에 그늘을 가득 드리웁니다. 이공이 이 정자에서 연못을 바라보면서 명상에 잠기기를 좋아하며 신선처럼 살았습니다. 마치 선생님이 호수공원을 보면서 명상에 잠겨 신선처럼 사신 것처럼 말입니다. 연암이 이곳에서 쓴 글이 〈담연정기〉입니다.

여기에 〈도하청장淘河青莊〉이라는 새에 대한 글이 나옵니다. 도하라는 새와 청장이라는 새에 대한 글입니다. '도하' 라는 새는 도랑이나 늪에서 물고기를 잡아먹는 새입니다. 그래서 부리로 진흙과 뻘을 쪼고, 물풀은 물론 부평과 마름을 뒤적이며 오직 물고기만을 찾아다닙니다. 깃털과 발톱과 발가락과 부리까지 모두 더러운 흙탕물로 범벅이 됩니다. 그렇게 하루 종일 헤집고 다니지만 고기는 한 마리도 잡지 못합니다. 그래서 도하는 쉬지 않고 바삐 돌아다니지만 늘 굶주림에서 헤어나지 못합니다.

우리 주위에서도 그런 사람들을 흔히 볼 수 있습니다. 자신의 영달을 위해서라면 그동안 가장 가까이 지내던 사람에게서 등을 돌리고 잘나간다고 생각되는 사람에게 줄을 서면서 그 무엇인가를 얻을까 하여 발버둥치는 사람들입니다. 하지만, 그들에게 채워지는 것은 없습니다.

그 반면에 '청장' 이라는 새가 있습니다. 서양에서는 알바트로스[11]라 하고 동

---

9) 而爲善者固亦將惓 然退沮矣. 天固冲 漠無朕. 任其自然. 四時奉之而不失其序. 萬物受之而不違其分而已. 天何嘗 有意於立信. 而屑屑然逐物而較挈 也哉. 《연암집燕巖集》 권1 〈담연정기澹然亭記〉 출처 : 한국 고전 번역원

10) 판돈녕부사判敦寧府事 이공李公 : 이풍李灃 을 가리킨다. 그는 선조의 부친 덕흥대원군의 사손(祀孫)으로 돈녕부 도정을 세습한 뒤 판돈녕부사가 되었다. 정조 19년(1795) 세상을 뜨자, 그의 아들 이언식이 돈녕부도정을 세습하고 순조 19년 진안군에 봉작되었다.

11) 알바트로스류 [albatross, 一類]조류(Procellariiformes) 알바트로스과(一科 Diomedeidae)에 속하며 바

양에서는 해오라기[12], 신천옹[13]이라는 이름으로 불립니다. '어떻게 살아가야 할 줄을 몰라 허둥대는 인간들에게 본이 되고 깨우쳐 주는 새입니다. 이 새는 바람 부는 날에는 길고 좁은 날개(2~4m)의 힘으로 움직임 없이 몇 시간씩 하늘에 떠 있습니다. 그래서 항해하는 사람들에게는 순풍의 길을 알려 준다고 하여 사랑 받습니다.

그리고 아무 고기나 가리지 않고 먹는 독수리와 비교하여, 먹이와 상관없이 하늘 높은 곳에서 유유히 날고 있는 본성이 맑은 새라고 알려져 있는 새입니다. 이 새는 맑고 깨끗한 물가에서 날개를 접은 채 모든 것을 잊은 듯 움직이지 않고 서 있습니다. 멀리서 들려오는 아름다운 노랫가락에 귀를 기울이듯 아련한 표정으로, 그렇게 자리를 지키고 있습니다. 그 모습은 우아하고 안색은 편안하며, 고고한 모습은 마치 신선인 듯합니다.

다에서 사는 12종 이상의 큰 새(鳥類)로 성격이 온순하다. 독일어로 몰리모크(mollymawk)와 구니(gooney)로 알려져 있다. 이 새는 모든 새 가운데 가장 활공을 잘하는 새이다. 바람 부는 날에는 매우 길고 좁은 날개로 날갯짓을 않고도 오랫 동안 떠 있을 수 있다. 다른 바다새처럼 바다 물을 먹으며, 오징어 등을 먹고 산다. 이 새는 번식기에만 해안가에 온다. 번식을 하기 위하여 집단으로 모이며, 보통 육지에서 멀리 떨어진 해양의 섬에서 무리를 지어 혹은 쌍을 이루어 날개 뻗기(wing-stretching)·부리 부딪히기(bill-fencing)와 함께 크게 끙끙거리는 소리를 내는 구애행동(짝짓기 행동)을 한다. 노출된 땅 위나 쌓아올린 둥지에 흰색의 큰 알 1개를 낳아 암수가 교대로 품는다. 새끼는 성장이 느린 편이며 대형종에서는 특히 느리다. 3~10개월 후 날개 깃털이 나오고 다음 5~10년을 바다에서 보내면서 항해와 채식기술 등을 배우고, 몇 번의 털갈이를 거친 후 아성조(pre-adult)가 되어 짝을 짓기 위해 육지로 되돌아 온다. 수명이 길다. 새뮤얼 테일러 콜리지의 〈고대선원의 시 The Rime of the Ancient Mariner〉에는 이 새를 잡으면 재앙을 받는다는 글이 있다. 가장 잘 알려진 알바트로스 새의 종류는 다음과 같다. ① 검은 눈썹 알바트로스(Diomedea melanophris) : 날개 길이가 230cm 정도로 북대서양의 육지에서 멀리 떨어진 해양에서 산다. 눈에 있는 검은 줄무늬가 위협적이다. ② 검은 다리 알바트로스(D. nigripes) : 북태평양에서 사는 3종 중 1종으로 날개 길이는 약 200cm인 큰새로 회갈색을 띤다. 태평양의 열대지역 섬에서 산다. ③ 레이산알바트로스(D. immutabilis) : 날개 길이는 약 200cm이며 다 큰새는 흰색이고 위쪽 날개는 짙은 색이다. 검은 다리 알바트로스와 거의 같은 지역에서 산다. ④ 로열알바트로스(D. epomophora) : 날개 길이는 약 315cm이고, 다 큰새는 거의 흰색을 띠며 바깥 날개 깃이 검은색이다. 뉴질랜드와 남아메리카의 남쪽 끝 부근의 섬에서 산다. ⑤ 회색알바트로스속(灰色-屬 Phoebetria) : 2종이 있다. 날개 길이는 215cm 정도로 알바트로스속(Diomedea)보다 날개와 꼬리가 더 길고 가늘다. 남쪽 해양에 있는 섬에서 산다. ⑥ 나그네 알바트로스(D. exulans) : 날개 길이는 340cm 정도로 현존하는 새 종류 중 가장 긴 날개를 갖고 있다. 다 큰새는 로열알바트로스와 비슷한 모습이다. 남극권 부근의 섬과 남대서양의 일부 섬에서 살고 있다.

12) 해오라기는 황새목 왜가리과에 속하는 새이다. 몸길이 약 56~61cm, 날개길이 26~31cm, 꼬리길이 9.4~12cm이다. 머리와 등은 녹청색 금속 광택이 나는 검은색이며, 뒷머리에 여러 가닥의 길고 얇은 흰색 댕기가 있다. 날개·가슴·꼬리는 흰색이다. 새끼는 온몸이 갈색이며, 흐린 세로무늬와 작은 얼룩점이 있다. 논·개울·하천·습지 등에서 서식한다. 야행성으로 낮에는 침침한 숲에 있다가 저녁 때 논이나 개울에서 물고기를 잡아먹는다. 산란기는 4~8월이고 한배에 3~6개의 알을 낳는다. 둥지는 소나무·삼나무·잡목 숲에 작은 나뭇가지를 엮어 만들며, 종종 백로·왜가리와 함께 집단 번식을 하기도 한다. 오세아니아와 극지를 제외한 전 세계에서 살고 있다.

13) 신천옹信天翁 : 신천信天은 하늘의 운명을 믿는 '지혜로운 이' 라는 뜻.

그때 물고기가 앞으로 오면 쉽게 고기를 잡습니다. 그래서 청장은 명상에 잠겨 한가로운 듯이 보이지만 항상 배가 부릅니다. 마치 선생님이 호수공원 옆에서 시상에 잠겨 있다가 아름다운 시를 창작하실 때의 자세와 닮은 모습입니다. 연암은 이 두 가지 새를 설명하면서 세상에서 부귀와 명리를 구하는 태도에 견주었습니다.

　욕심을 채우고자 애를 쓸수록 멀어진다는 것입니다. 그러므로 담백하고 신중한 태도로 감정에 휘말리지 않을 때, 보통 사람들이 온갖 힘을 다해 얻으려 해도 얻지 못하는 것들을 얻을 수 있다는 것입니다. 연암의 설명을 들은 이덕무는 청장이란 새가 마음에 들었습니다. 그리하여 청음관靑飮館이라고 쓰던 자신의 당호를 당장 청장관靑莊館으로 고쳤습니다. 바로 그것입니다. 선생님이야말로 청장처럼 일산의 호수공원을 바라보시면서 시심과 더불어 살아오셨습니다. 선생님은 김현승 시인의 추천을 받아 현대문학을 통하여 시단에 나왔으니 시인으로서의 능력을 인정 받으셨습니다. 그래서 선생님이 문단의 정화를 위해 목청을 높여도 누구 하나 아니라고 할 사람이 없었습니다. 그러면서 선생님은 〈담연정기〉에 나오는 청장처럼 편안한 마음과 고요한 태도로 마치 신선처럼 호수공원 옆에서 아름다운 시편들을 찾아내신 것입니다.

　호수공원은 선생님 댁에서 15분 거리에 있습니다. 선생님은 호수공원의 〈월파정〉에서 "자정이 넘으면 달빛이/ 월파정의 옷을 벗기고 있다는 것을"… 넌지시 알려주셨습니다. 그리고 〈학괴정〉에서는 "나도 친구와 손 꼭잡고 앉아/ 날아온 하늘빛 술잔의 깊이로 나누고 싶은 우정을"… 말했습니다. 〈호수공원 가는 길〉에서는 "초록빛 울타리 속에 점박이 같은 하얀 꽃송이가/ 사랑을 눈뜨게 하는 곳"이라고 했습니다. 또 〈호수공원의 아침〉에는 "눈뜨는 부화장/ 밤내 쌓아올린 꿈의 축조/ 햇살 물거울에 혼빛 비쳤어라"고… 노래합니다. 그리고 〈호수〉에서는 "하늘이 내려놓은 유리대접/ 선홍빛 핏빛으로 비잉비잉/ 햇살을 물들여/ 물을 퍼올리는 유리대접/ 모공의 생기가/ 꽃냄새로 피어난다"고 노래합니다. 그런가 하면 〈호수공원 산책로〉에서는 "발걸음 밀고 밀리는/ 주름살을 펴는 호수의 물결처럼/ 발걸음 돌고 돌리는/ 징소리 같은 혈액순환의 파문"을 노래합니다.

　선생님은 호수에서 보름달을 만나고, 그믐달을 만나기도 했습니다. 또 철따라 예쁜 꽃이 피고 신록에 이어 녹음이 우거지면 한여름 음악 분수가에서 명상에 잠기는 신선이 되셨습니다. 선생님은 그렇게 하늘이 내린 유리사발 같은 호수를 중심으로 시심은 언제나 선생님 편이었습니다. 맑은 호수 가운데 세워진 월파정 아래서 원앙새를 보면서 삶의 아름다움을 느끼기도 했습니다. 그렇게 유유자적 명상에 잠겨 지내시던 선생님은 어느 순간에 청장靑莊처럼 나타난 아름다운 시심을 풀어놓곤 하셨습니다. 그러니까 선생님의 시심은 꿈에서도 함께하고 호숫가를 산책하다가도 번개처럼 나타납니다. 그 시심은 때로는 고향인 고창으로 날아가 아름다운 꽃으로 열리기도 했습니다. 그리고 선운사 뒷마당의 동백나무에서 열리기도 했습니다.

다시 일산 〈호수공원 백매〉를 보면서 "가지마다 지난 눈 속 기품 높은 철골에 / 가야금 줄 조율하는 황진이 의 반달 손톱 꽃잎"을 노래합니다. 그리고 〈홍매〉에서는 "입술에 띤 홍랑의 수절"을 노래했습니다.

또 〈청매〉를 보면서는 "고매하신 매창의 지체 여기 와서 맺었구나/ 지난 날 뼛속까지 스몄던 그 엄동의 향기"라고 노래합니다. 그리고 〈신록〉에서는 "그렇게도 굳게 지키던 속살이더니/ 겨우내 깨진 유리날 같은 속앓이로/ 나목의 임신이던가"라고 노래합니다. 〈쥐똥나무 꽃향기〉에서는 "내가 호수공원에 화살처럼 달리고 있을 때/ 쥐똥나무 꽃향기도 나보다 먼저 내 옷에 스며들어 웃고 있다"고 노래했습니다.

또 〈철쭉꽃 광장〉에서는 "철쭉꽃이 장미운의 눈치 보며 뽐낸/ 5월의 잔치마당"을 노래합니다. 그리고 〈남풍이 호수공원을 지난 후〉에는 "남풍이 넌지시 호수공원을 지나간 후/ 나는 일몰 속에서나마 흔들리는 아쉬움으로/ 그 남풍만을 먼발치에서 기다릴 것이다"라고 노래합니다. 이어서 〈호수공원 공작〉에서는 "물그릇에 기웃기웃/ 갠지스강의 강물소리"를 그리워합니다.

그리고 〈천하대장군 지하여장군〉에서는 "샛별들도 떠날 무렵/ 장군들의 손짓 발짓이 살펴지는 천상천하/ …몸이 말라가는 비밀은 장군들의 철통 같은 소문이다"라고 해학의 나래를 폅니다. 그리고 〈바람 설치는 호수공원〉에서는 "솟구치는 물줄기 끝에/ 내 마음 잠자리 날갯짓으로 앉을 듯 앉을 듯 날아도 보고"라고 노래합니다.

또 〈호수공원에 바람 불면〉에서는 "나는 그 물가에 앉아/ 호수에 내려앉은 통일의 맑은 하늘을/ 굽어만 보고 있다"고 노래합니다. 그리고 〈푸르름으로 내린 호수공원 하늘〉에서는 "온통 내려온 하늘빛이/ 눈을 은하수로 씻어서/ 마음은 오작교로 이어 준다"고 노래합니다.

그 뿐만이 아닙니다. 호수공원의 전통정원, 장미원, 풀무질 햇살이 되기도 합니다. 또 무더위를 녹이는 물살 회전 꽃도 되었다가 안개서린 호수는 물론 회화나무 광장이 됩니다. 그리고. 호수공원 물레방아를 지나 호수 공원의 낮과 밤, 하늘 끝이 되기도 합니다.

그뿐이 아닙니다. 자포니카의 하늘도 되고, 배롱나무, 미역취 꽃, 가을 잠자리가 됩니다. 그러노라면 호수공원의 두루미가 샘을 냅니다. 그러면 다른 곳에서 선생님을 찾아 나섭니다. 평류교, 부안교는 물론 호수공원의 일몰까지 선생님을 찾습니다. 이때 심야의 월파정에서는 트럼펫 소리가 고요한 호수공원의 갈대 꽃 마음을 뒤흔들고, 호수 위에 흔들리는 수련은 호수공원의 새벽을 알립니다. 그런가 하면 호수공원의 숫눈길이 호수공원의 꽃샘잎샘에 눈길을 보내고 달맞이 섬에 눈 내리는 호수공원을 장식합니다.

이렇게 선생님은 청장처럼 달빛 철벅대는 호수와 더불어 볍씨 출토기념비 앞에 서있기도 합니다. 그때 선생님은 잔설을 밟고, 들켜 버린 달빛 호수를 물끄러미 바라보시다가 절하는 사람을 예찬하시면서 한 삶을 신천옹처럼 사시면서 명작《호수공원》을 완결 지으셨습니다.

그리하여 선생님의 시정신은 전통문화에 뿌리를 두고 있다는 것을 알 수 있습니다. 선생님은 그것을 민족 정서로 승화시켜 현대시에 접목시키시는 놀라운 순발력을 보이셨습니다. 그래서 선생님의 시심에는 민족의 전통적인 향수가 면면히 깔려 있는 것을 쉽게 알 수 있습니다. 지난번에도 말씀드린 것처럼 선생님의 시 〈금강산〉이나 〈말 타고 고구려 가다〉 등의 시는 그 전통적인 사랑과 민족의 얼이 고스란히 녹아 흐릅니다. 또 〈호수공원〉 등에서는 놀랍도록 젊은 시를 쓰시면서 20대의 청춘이 되살아납니다. 그리고 시집《그믐달》에서는 시심의 완숙미가 절정에 이릅니다.

그러면서도 한발 앞서가는 예언적이고 미래 지향적인 시정신은 감동을 주고도 남음이 있습니다. 또 선생님의 한 삶은 남들이 다들 부러워하는 축복 속에 살다가 가셨습니다. 그것은 반려자를 잘 만나신 일입니다. 선생님의 뜻을 누구보다도 잘 이해하시고 온 힘을 다해 철저히 내조하시던 김시원 선생님은 지금도 아무나 할 수 없는 일을 하십니다.

선생님이 가신 뒤에도 흔들림 없이 지구문학을 반석 위에 올려놓으신 그 저력만 보아도 알 수 있습니다. 그것을 보고 감동하지 않은 분들이 없습니다. 지금도 저희들은 선생님의 빈 자리가 너무도 크고 허전한데도 아무 일도 없었다는 듯이 선생님이 하시던 일을 거뜬히 헤쳐 나가시는 김시원 선생님에게 박수를 보내드립니다.

선생님은 그렇게 문학을 하시면서 좋은 반려자와 좋은 벗들과 함께 좋은 후배, 좋은 제자들을 기르시면서 보람 있게 살다가 떠나셨습니다. 그래서 평론가 신규호 님도 선생님을 '행복과 명예를 아우른 보기 드문 행복한 예술인'이라고 극찬하였습니다. 그러면서 시인 자신을 포함한 많은 동포들의 가슴 속에 응어리진 감동을 효과적인 기법으로 표현함으로써 품격 있는 멋을 드러내고 있다고 했습니다. 아주 적절한 표현입니다.

일찍이 신석정 시인께서도 "乙洲는 人間으로 사귀어 겪어 보고 詩 學徒로서 눈 여겨 살펴본지 여러 해, 이날 이때까지 毫末의 俗臭도 내 눈치채 본 적이 없다"고 극찬하는 글을 남겼습니다. 이 말씀도 우리들에게 절대적인 공감을 주고 있습니다.

'저절로'의 경지를 보여주신 진을주 선생님

선생님은 부드럽고 온유하신 성품이셨습니다. 그래서 언제나 곱고 밝은 마음의 창문을 여신 채 미소 지은 얼굴로 우리들을 대해 주셨습니다. 그런데도 선생님의 시심은 용광로처럼 뜨거운 불길로 활활 솟구쳐 타오르고 있었습니다. 그러나 선생님은 그것을 내공으로 감싸며 놀라운 발상의 전환을 시도합니다. 예리하지만 무딘 듯이 그 뜻과 포부를 안으로 삭이시며 언제나 한발 앞서가는 진보적 순수 서정시를 창출하셨습니다. 그러면서도 언제나 선생님은 저희들에게 본을 보여주셨습니다.

그것은 앞에서 청장이라는 새와 같은 모습으로 말입니다. 그러는 중에도 선생님은 저희들에게 '저절로'의 경지를 말씀해 주셨습니다. 이를테면 무슨 일을 하던지 청장처럼 서둘지 않고 기다리는 것이 '저절로'의 경지라는 것이었습니다. 어떤 일에 너무 집착하여 억지로 밀어 붙이면 반드시 부작용이 따른다는 것입니다. 그러므로 모든 일은 순리대로 해야 한다는 것이 선생님의 지론이셨습니다. 또 세상에는 특별히 귀한 것도 없고, 특별히 천한 것도 없으며, 선과 악을 따로 나눌 수 없다고도 하셨습니다. 이것을 '무판단'이라고 한다는 것입니다. 그것은 '내맡김'의 정신이 함께해야 한다는 것입니다. 예를 들면 햇볕은 그 어떤 것일지라도 가리지 않고 빛을 고루 보내 준다는 것입니다. 또 사방이 확 트인 바다나 사막도 아무런 경계나 한계가 없다는 것입니다. 이처럼 만물을 두루 끌어안는 것, 이것이 '받아들임'의 경지라고 하셨습니다.

이제 생각하니 '무판단'과 '내맡김'과 '받아들임'의 마음이 곧 청장의 마음인 것 같습니다. 이런 마음으로 살아가면, 모든 일은 평안과 함께 저절로 잘 풀릴 것 같습니다. 그래서 이것이 '저절로'의 경지일 것 같습니다. 선생님께서는 바로 청장처럼 한 삶을 사시면서 그런 모습을 저희들에게 몸소 보여주셨습니다. 선생님! 이제 끝을 맺어야 할 것 같습니다.

드리고 싶은 말씀은 아직 많이 남았습니다. 그러나 지면이 더 이상 허락하지 않습니다. 그래서 오늘은 여기서 그칩니다.

다음호에는 선생님의 시비 건립에 대한 말씀을 올리게 될 것 같습니다. 선생님 천국에서 평안히 계십시오…….

2012년 8월 22일
선생님과 가장 가까이서 사랑을 받던 김정오 삼가 올립니다.

진을주 선생님께 올리는 여덟 번째 글월

김정오
지구문학 편집인, 한민족역사문화연구원장

선생님 시비 건립 문제입니다.

선생님이 가신 이후 두 번째 맞는 겨울을 맞습니다. 그런데 사람들은 소중한 분이 곁에 있을 때는 깨닫지 못하고 있다가 떠난 후에야 알게 된다는 사실을 알았습니다. 그만큼 선생님이 떠나신 후에 소록소록 선생님의 빈 자리가 너무도 크다는 사실을 알게 된 것이 그것입니다.

선생님 오늘은 몇 가지 소식을 전해 드립니다. 저희들은 그동안 선생님의 업적과 그 흔적을 남기어야겠다는 생각으로 선생님의 시비 건립 운동을 시작했다는 말씀은 이미 올렸습니다. 그동안 많은 분들이 협력해 주셨습니다. 그리하여 계획했던 시비 건립 기금은 거의 목표에 이르렀습니다. 그리하여 2012년 10월 3일 선생님의 생신날을 맞아 선생님의 고향에다 시비를 세우기로 하고 준비를 했습니다. 그러나 서울에 있는 문인들께서 가능한 한 서울에서 가까운 곳에 선생님의 시비를 세우는 것이 좋을 것 같다는 의견을 보내오신 것입니다. 그리하여 우리는 서울에서 그리 멀지 않은 북한강변 문학공원에다가 시비를 세우기로 하고 현지답사까지 다 끝냈습니다.

그런데 이번에는 고향에 있는 문인들이 들고 일어났습니다. 진을주 시인은 우리 고장 전북에서 태어나시고 그곳에서 성장했으므로 당연히 고향에다 시비를 세워야 한다는 것입니다. 그리하여 우리는 선생님의 시비 세울 자리를 다시 생각해야 했습니다. 그렇게 하다 보니 선생님의 생신날이 지나고 말았습니다. 이

왕에 늦었으니 좋은 장소를 더 찾아보고 시비 세울 자리를 확정지을 때까지 시비 건립은 잠정적으로 유보하기로 하였습니다.

이렇게 해서 날씨도 추워지고 했으니 선생님의 시비 세우는 일은 내년으로 미루어졌습니다. 선생님의 시비 건립을 위해 성금을 보내주신 분들에게 다시 한번 감사드리면서 이 말씀을 올립니다.

전북 문학관이 문을 열었습니다.

또 한 가지 소식입니다. 2012년 9월 21일 전북 전주시 덕진구 권삼득로 450번지에 전북 문학관(관장 이운룡)이 문을 열었습니다. 이 문학관은 '문학을 통해 삶을 향기롭게 열어가자는 목표로 사라져 가거나 잊혀져 가는 향토문화 유산을 지켜야겠다는 뜻으로 세워진 것입니다. 이곳에서는 고전에서 현대문학까지 예향인 전북문학의 발자취를 한눈으로 볼 수 있을 뿐만 아니라 또 연구하고 지켜가는 일을 하게 됩니다.

현존하는 유일한 백제가요 '정읍사'를 비롯하여 수많은 문인 선비들이 이곳에서 태어나 주옥 같은 문학작품을 남겼습니다. 그리하여 백제 이후 1980년대까지 전북 출신 작고 문인 중에서 문학사적 자리매김이 뚜렷한 문인들을 뽑아 각기 자리를 만들어 주고 그들의 저서와 유품 자료들을 진열해 놓았습니다. 문학관은 전시 공간인 '본관'과 교육 공간인 '문예관', 작가들의 숙박·체류 공간인 '생활관'까지 총 3개 동의 건물로 이루어져 있습니다.

'본관'의 현관 입구와 복도에는 백제 이후 조선조까지 '고전문학의 향기'라는 전시공간이 마련되어 있습니다. 우선 '정읍사', '서동요', '상춘곡', '이매창', '신경준', '담락당과 삼의당 부부' 등의 작품과 작품 세계는 물론, '춘향전'의 문학적 역사 현장을 밝힌 내용이 망라되어 있습니다. 또 제1 전시실에는 '근·현대문학 전시장으로 일제 암흑기의 숨결'이라는 주제로, 1920년대 이후 8.15광복 때까지 일제강점기 당시의 문인과 문학 세계를 조명했습니다. 그리고 제2 전시실에는 '새천년의 해오름'이란 주제로 해방 이후부터 1980년까지의 작고 문인들의 문학세계를 보여주고 있습니다. 그동안 한국 문단사에 길이 남을 훌륭한 문인 48인의 작품과 유품, 저서가 전시되어 있습니다.

특히 진을주 선생님의 방에는 선생님이 평소에 좋아하시던 시 〈눈 소리〉가 환하게 웃고 계시는 사진과 함께 칼라 액자에 담아 걸려 있습니다. 선생님의 글과

사진을 보니 선생님 생각이 너무 많이 납니다.

글은 사람의 마음에 있는 깊고 간절한 생각입니다.

선생님 우리는 글을 배우고 다시 글을 가르치는 일도 했습니다. 그리고 몸소
글을 쓰는 사람들이 되었습니다. 그래서 우리들은 마음에서 우러난 생각을 글
로 남길 수 있는 축복을 받은 것입니다. 특히 그 축복을 선생님 내외분이 『지구
문학』이라는 텃밭을 만들어 주시어서 우리는 그곳에서 마음껏 글을 쓸 수 있습
니다. 선생님 글이란 무엇입니까! 그것을 유영모 선생님은 글은 '굿다, 그리다'
에서 온 말이라고 했습니다. 그 무엇인가가 그리워서 굿고 그린 것이 글이 되었
다는 것입니다. 그래서 인문학은 사람이 곧 글이라는 뜻과 글을 통해서 사람이

된다는 뜻을 지닌 말이라고 합니다. 다시 말해 인문학은 글에서 사람이 되는 것을 배우는 학문이라는 것입니다.

그래서 글은 사람의 마음에 있는 깊고 간절한 생각을 나타낸 것이고, 글에는 사람의 정신과 품격이 담겨 있다고 합니다. 그러므로 글은 쓰는 사람의 사람 됨, 품격을 나타낸다고 합니다. 글을 쓰면서 글을 다듬고 닦아내서 참된 글을 만들어 내는 것은 곧 자신의 인격과 됨됨이를 만드는 것이라고 합니다. 그래서 글은 곧 사람이고 사람은 곧 글이라는 것입니다.

일찍이 유영모 선생님은 사람이 글을 읽고 글을 마음에 품고 글 속에서 삶으로써 몸과 맘과 생각을 닦고 씻어서 참 사람이 된다고 했습니다. 그러므로 사람은 글을 통해서 참 사람을 만나고 참 사람이 되는 것이라고 했습니다. 그러니까 '글'에서 '그(그이)를', '그리는' 것을 보고 '글'은 '그를 그리는 것'이라고 풀이하였습니다. 유영모의 제자이기도 한 씨알 사상가 박재순 님은 그 말씀을 풀이했습니다. '그(그이)'는 나와 너, 우리와 너희가 함께 기리고 믿고 받드는 '참 사람'이라고 정의한 것이 그것입니다. 그러니까 '그이'는 이기심과 당파심을 벗어난 참 사람이라는 것입니다. 글을 읽고 가르치고 배우는 것은 글에서 그이를 그리워하고 그이를 만나고 그이를 배워서 그이가 되자는 것이랍니다. 다시 말해 글은 참 사람 그이를 그리워하고 그이를 만나고 그이가 되자는 것이라는 것입니다. 그래서 글을 읽고 가르치는 사람은 탐심과 사심을 버리고 당파심과 종파심을 넘어서 참 나로서 전체의 마음으로 그이가 되어 가르쳐야 한다는 것입니다. 그렇게 가르쳐야 배우는 이가 그이를 그리워하고 그이를 만나고 그이가 될 수 있다는 것입니다.

지금까지 제가 말씀을 드린 이 글에 대한 이야기는 바로 선생님이 우리에게 등불 역할을 하시면서 몸소 보여 주시고 가르치시던 내용과 다를 바 없는 말씀이었습니다.

삶의 지혜를 가르쳐 주신 선생님

선생님은 한 포기의 들풀이나 한 송이의 야생화까지도 소중하게 여기시고 사랑하셨습니다. 그러시면서 언제나 따뜻한 미소를 잊지 않으시면서 모든 것을 저희들에게 본으로 보여주셨습니다. 특히 선생님께서 저에게 좋은 말씀으로 삶을 이끌어 주시던 일을 잊을 수가 없습니다. 선생님은 저의 성급한 성격을 염려

하셨습니다.

어느 날 선생님은 저에게 커피 한 잔 하자고 하시면서 지구문학 사무실 1층에 있는 커피숍에서 단둘이 마주 앉았습니다. 그때 선생님과 저는 많은 이야기를 나누다가 자연스럽게 연암 박지원의 문학과 인생에 대해서 말씀을 나누었습니다. 그때 저는 연암의 성격이 너무 급하고 강해서 많은 어려움을 당했다는 말씀을 했습니다. 이를테면 박지원이 다른 사람과 쉽게 타협을 할 줄 몰라 고통을 받았다는 이야기였습니다. 그런 점을 두고 당시의 선비들 사회에서 연암에 대한 평가는 상당히 냉혹했습니다. 그것은 "순수한 양기를 너무 많이 타고 나서 반푼의 음기도 섞여 있지 않으니, 지나치게 꼿꼿해서 매양 부드러움이 모자라고, 지나치게 강해서 원만한 면이 부족했다"는 평가를 받았다는 것이 그것이었습니다. 연암 자신도 "일생 동안 이런 저런 일을 다 겪은 것은 모두 내 성격 탓이다", "이는 내 타고난 기질이어서 바로 잡으려고 한 지 오래 되었지만 끝내 고치지 못했다"라고 인정하고 있었다는 사실이었습니다. 그때 선생님은 저에게 이렇게 말씀해 주셨습니다. 김 선생의 성격도 좀 고쳤으면 좋을 텐데 하시는 것이었습니다. 그것은 저의 성격이 너무 급하고 강하기 때문에 저항을 받을 수 있다는 것이었습니다. 이 말씀은 저를 너무나 아껴 주시던 은사 이상보 박사님께서도 저에게 똑같이 해 주신 말씀이었습니다.

그리고 선생님은 노자와 제자들 간의 일화를 말씀해 주셨습니다. 노자가 제자들에게 사람이 늙어지면 가장 빨리 이빨이 빠진다. 그러나 혀만은 마지막까지 남아 있는 이유에 대해서 하신 말씀이었습니다. 이빨은 너무 강하기 때문에 빨리 빠지지만 혀는 부드럽기 때문에 마지막까지 남아 있는 것입니다. 그러시면서 부드러운 것이 강함보다 더 나은 것이라고 말씀하시었습니다. 그러므로 저의 성급한 성격을 고쳐야 한다는 것이었습니다. 그것이 세상을 살아가는 지혜라는 것입니다.

그리고 선생님은 법구경에서도 부드러움을 강조했다고 말씀하셨습니다. 그것은 종이나 경쇠를 고요이 치듯이 순수한 마음으로 부드럽게 말하면 그의 몸에는 시비가 없어지고 그는 이미 귀한 존재가 되는 것이라고 했습니다. 이런 모습을 선생님의 내외분은 일찍부터 친히 저희들에게 보여주셨고 그대로 실천하셨습니다. 선생님은 언제나 조용히 말씀하셨고 후배나 제자들의 목소리에 귀를 기울이시면서 누구하고나 원만한 소통의 자리를 만들어 주셨습니다. 그 후부터 저는 선생님의 말씀을 마음에 새겨두고 급하고 강한 제 성격을 부드러운 성격으로 바꾸기 위해 끊임없이 노력을 했습니다. 그런데 제가 보기에도 놀라울 정도로 지금은 부드러운 성격으로 많이 바뀌어 가고 있습니다. 이 모든 것이 선생님의 뜨거운 사랑으로 가르침을 주신 덕이라는 것을 알고 있습니다.

지구문학이라 이름하신 이유를 알 것 같습니다

선생님! 문예지를 『지구문학』이라고 하신 이유를 확실하게 알지는 못했습니다. 다만 선생님께서 지구에 대한 애정이 남다르다고만 알고 있었습니다. 이를테면 지구의 환경문제라든지 자연파괴에 대해서 걱정을 하셨던 일이 그것입니다. 그 정도로 선생님의 지구 사랑에 대해서만 어렴풋이 짐작하고 있었습니다. 그러다가 선생님의 그 혜안을 한참 후에야 짐작할 수 있었습니다. 그것은 "지구에 얹혀 사는 주제에… 인간, 너나 잘하세요."[1]라는 칼럼이었습니다. 지구는 지금 기후 변화로 사막화가 되어가고 이상 기후로 대홍수가 일고, 그 때문에 지구가 울고, 슬퍼하며, 아파하고 있다는 한 광고 기사를 보고 이렇게 말합니다.

"지구가 아파서 구슬피 운단다. 가슴이 뭉클해진다. 그저 흙과 풀과 물로 이루어졌을 뿐인 이 무감정한 세계에 이렇게 따뜻한 숨결을 불어넣을 수 있다니. 그 고통과 비명을 어머니의 마음으로 안타까워 할 수 있다니. 인간의 만행에 맞서 지구가 버티는 힘을 '지구력'이라고 하는데 이 기사를 보면 이제 그 지구력도 슬슬 끝이 보이는 것 같다"라는 말이 그것입니다. 그러면서 좀 이상하다, 대체 누가 누구를 걱정하는 거지? 라는 의문을 던집니다. 그리고 대답하기를 이것은 앤드로 포센트리즘(인간 중심주의)이라고 합니다. 쉽게 말해 항상 인간이 기준이라는 것입니다. 인간은 지구에서 살아가는 여러 생명체 중 그 하나에 불과한데 사람들은 그 생각을 절대 안 한다는 것입니다. 인간은 언제나 갑(甲)이고 나머지는 모조리 을(乙)이라는 것입니다.

눈보라 덜 치는 날 설산 꼭대기에 발자국 한 번 남겼다고 그걸 '정복'이라고 자랑한다는 것입니다. 저는 그 말에 맞장구칩니다. 그것은 마치 1492년에 콜럼버스가 아메리카대륙을 발견하고 신대륙을 찾아냈다고 흥분했던 유럽인들의 행동과도 다를 바 없기 때문입니다. 그들이 도착했을 때는 이미 2천만 내지 3천

---

1) 남정욱(2012. 07. 14) 「조선일보」 B 7

만 명이나 되는 원주민들이 잉카, 마야, 아스카 문명을 일으키면서 살아가고 있었습니다. 그런데도 그들은 마치 없었던 세계를 찾아낸 것처럼 호들갑을 떨었습니다. 그런 인간들이 "숲을 파괴하고 공기와 바다를 쓰레기장으로 만들고 동식물을 멸종시키고 지구의 숨통을 조르고 있다"고 걱정한다는 것입니다. 그럼 나중에는 어떻게 될까. 매우 간단하다는 것입니다. 그것은 인간이 살기 고달파질 뿐이라는 것입니다. 그냥, 그게 다라는 것입니다. 자연이나 지구는 고통을 느끼지 않는다는 것입니다… 지구에 만일 대변인이 있다면 시큰둥한 표정으로 이렇게 대꾸할 것 같다는 것입니다. 더 난리쳐도 돼요. 지구, 괜찮아요. 인간, 너나 잘하세요. 선생님 이보다 더 지구에 대해서 명료한 결론을 내려준 말은 없을 것입니다.

그런데 선생님께서는 이보다 훨씬 먼저 지구에 대한 걱정을 수도 없이 하셨다는 사실입니다. 그래서 몸소 『지구문학』을 창간하시고 수많은 문인들에게 글밭을 일구어 주시고 깨우침을 주신 것입니다. 그런데 이유식 교수가 선생님의 지구 사랑을 증거로 내세울 수 있는 지구의 환경문제에 대한 시평을 했습니다. 선생님의 시와 함께 시평을 요약하여 여기 올립니다.

바다의 생명 / 진을주

거대한 바다고래가 나자빠져서 벌떡거린다
아스란 등뼈로 멍든 수평선
명사십리 흐늘대는 아랫배
천 길 바다 밑 어디선가에서 암벽의 白化로
소라, 성게, 퉁퉁마디가 썩는 줄 모르고
젊음은 예쁜 젖꼭지를 빠는 철없는 고래새끼처럼 뿔뿔거린다
맥주잔 부서진 유리조각 물결
열나흘 달빛을 희롱하다 바닷가에 와그르르 거품으로 밀린다
밤내 만취한 신열
이따금 악물고 일어서는 하얀 이빨

흐놀든 파도소리 날아가
아침 해송에 사운대고
정신없이 헐떡이는 백사장은 백태 낀 헛바닥
정오의 가마솥 불길로 날름거린다
20세기 중반 지구상에서 인간의 생명이 사라진다는 비린내
내 앙가슴으로 꼬옥 안아본다
배꼽 배꼽들
두려움이 타는 아름다운 여름바다

　이유식 교수는 환경문제를 어떻게 시적으로 승화시켰느냐에 따라 옥석은 구별된다고 했습니다. 그러면서 선생님의 〈바다의 생명〉이라는 이 시는 환경 생태시로서 시적 수사력이 출중하다고 평했습니다. 그는 또 말하기를 여름의 대천 해수욕장을 바라보며 "거대한 바다고래가 나자빠져서 벌떡거린다"는 말은 고래가 신음하고 있음을 환상해 본 글이라고 했습니다. 다시 말해 바다 생물 가운데 최고의 자리에 있는 큰 고래까지도 바다 오염으로 죽어가고 있음을 나타내는 그 심각성의 상징이요 비유라고 말했습니다.

　그러나 젊은 남녀 해수욕객은 바다가 오염되어 생물이 죽어가는 줄도 모른 채 여름을 즐기고 있음을 대비시켜 인간들의 무관심을 꼬집는 시라는 것입니다. 그리고 밤바다의 물결을 이미지즘적 비유로 시각화시켜 주면서 '맥주잔 부서진 유리조각 물결' 이란 비유가 이 시에서 명구名句라고 했습니다.

　이런 바다가 밤내 신열을 앓고 있다가 다음날 마치 환자가 밤새 앓다가 아침이면 일어나려 안간힘을 쓰듯 파도의 물결을 '이따금 악물고 일어서는 하얀 이빨' 로 비유해 시각화 시키고 있다는 것입니다. 그리고 마침내 백사장을 '백태 낀 헛바닥' 이라 비유하면서 '가마솥 불길로 날름거린다' 는 말로 역동적으로 시각화 시키고 있다고 했습니다.

　그리고 드디어 묘사적 바다풍경의 이미저리에서 서술적 이미저리로 바뀌면서 시적 자아의 목소리로 환경위기로 인간생명이 위협받고 있다는 사실에 긍휼의식의 안타까움을 내비쳐 보며 마침내는 '두려움이 타는 아름다운 여름바다' 임을 침통히 감정이입하고 있다는 해설입니다. 선생님께서 다룬 지구환경 문제에 대한 명시와 명해설입니다.

선생님 이제 글을 마무리합니다

끝으로 선생님의 성품과 닮은 점이 많은 씨알 사상가 박재순 님께서 지구에 대해서 이렇게 말했습니다. 그는 지구가 처음 생기고 그 주인으로 사람이 창조된 섭리에 대해서 이렇게 말합니다. "물질에서 생명이 나오고 생명에서 심성이 빚어지고 심성에서 지성이 피어나고 지성이 얼(靈)과 신으로 솟아났다. 한 마디로 생명 진화와 인류 역사는 물질에서 지성과 영성으로 나아가고 올라가는 과정이다"라는 말씀이 그것입니다. 그에 따르면 지구에서 수십 억 년간 생명의 진화 과정을 거치면서 창조적 능력이 얼마나 위대한가를 가늠할 수 있습니다. 이를테면 사람의 얼굴, 눈, 코, 입과 이마가 얼마나 존귀한가! 또 손은 얼마나 섬세하고 평화롭게 창조되었는가! 그리고 손톱은 상대를 할퀴기에는 적합하지 않게 부드럽고 연약하고, 섬세하게 만들어졌으며, 이빨은 작고 둥글고 뭉툭하여 서로 물고 뜯기에 알맞지 않게 만들어졌으며, 맑은 지성이 담긴 말을 할 수 있도록 알맞게 진화했다는 것입니다.

또 사람의 눈은 속 깊은 정과 생각을 나누기에 적합하도록 맑고 투명하게 지어졌다는 것입니다. 수십 억 년 생명진화 과정을 거쳐서 사람의 몸은 평화와 지성을 위해 준비된 것입니다. 사람이 서로 손잡고 협력하고 생각하고 말하고 소통했기 때문에 생존투쟁의 역사에서 이기고 살아남았으며, 인류문명을 지어낼 수 있었습니다. 그 가운데 문학이야말로 가장 위대한 창조이며 사람을 사람답게 해주는 위대한 힘이었습니다.

그런데 선생님은 이 지구 이름을 따서 『지구문학』을 창간하시고 촛불처럼 한 몸을 불태워 지구를 밝히면서 헌신하셨습니다. 그리하여 이 땅의 지성들에게 영혼과 정서가 있는 마음의 텃밭을 일구어 주시고 넉넉한 자양분을 공급해 주신 것입니다. 저도 선생님이 이끌어 주심으로 인하여 파사일진破私一進의 크나큰 회열을 맛보게 된 것입니다. 그것은 선생님이 어떻게 하면 사랑하는 후배들에게 더 많은 도움을 줄 수 있을까라는 생각을 늘 가지셨기에 가능했던 일이었습니다. 그렇게 맺은 인연을 소중하게 지키시려고 애를 쓰셨습니다. 저도 선생님의 그런 배려가 있었기에 선생님 곁을 지킬 수 있었습니다.

선생님 드리고 싶은 말씀이 끝이 없습니다. 그러나 이번에는 여기서 글을 멈추겠습니다. 다음호에서 또 말씀드리겠습니다.

진을주 선생님께 올리는 아홉 번째 글월

김정오
지구문학 편집인, 한민족역사문화연구원장

마음 농사지을 텃밭을 만들어 주신 선생님

자회 진을주 선생님! 사차불후死且不朽라는 말이 있습니다. 세상에서 가장 훌륭하게 살았던 사람은 그가 세상을 떠난 후에도 이름이 오래도록 남아 있는 사람을 말합니다.

진을주 선생님도 이 땅을 떠나신 지 햇수로는 3년째가 됩니다. 그런데도 선생님의 이름과 글은 많은 이들에게서 끝없이 회자되고 있습니다. 그것은 선생님께서 본을 보이는 삶을 살다 가셨고, 수많은 후배들과 제자들을 길러내셨으며, 좋은 글을 많이 남기셨기 때문입니다. 그리고 더욱 중요한 일은 문사들이 글 농사를 지을 수 있는 옥토를 마련해 주고 가셨기 때문입니다. 그래서 수많은 문사들이 그 텃밭에 씨알을 심고 가꾸고 열매를 거두어들입니다.

일찍이 씨알사상가 함석헌 님도 〈마음 농사꾼 씨알〉이라는 글에서 이렇게 말했습니다.

김정오金政吾
숭실대학교에서 박사학위 받음, 75년 『현대수필』(62인집) 윤재천, 추천으로 수필 등단, 94년 계간 문단에서 "고월 이장희의 문학과 사상연구"로 평론 등단, 중국연변대학교 객원교수, 러시아 국립극동대학교 교환교수 역임, 현) 러시아 국립극동대학교 종신연구 교수. 현) 숭실대학교 평생교육 연구소 연구교수, (사)한민족역사문학연구회장, 지구문학 편집인, 한국문인협회 이사, 국제 펜클럽한국본부 이사(역) 한국일보 수필공모 십사위원장(역) 현 한일문화대상 심사위원장, 안중근의사기념관 홍보대사, 사) 한국문협 서울지역, 회장 연합회 부회장. 수필집 《빈 가슴을 적시는 단비처럼》, 《그 깊은 한의 강물이여》, 《양처기질 악처기질》, 《한이여 천년의 한이여》, 《지금 우리는 어디쯤 와 있는가》, 《아름다운 삶을 위하여》, 《푸른솔 이야기》 외 논저 및 평론 다수.

"제 마음을 흙으로 삼고 하늘로 삼으며,/ 제 마음을 거기 씨로 뿌리고/, 또 그 제 마음으로 호미질을 하고 낫질을 하여/ 생명의 동산에 농부 노릇을 하는 / 씨알…[1]" …(이하 생략)…

씨알 사상가 박재순[2] 박사는 "내가 내 마음대로 할 수 있는 것은 내 마음뿐이다. 그러나 마음이란 닫아걸면 바늘 끝도 들어가지 못한다. 그러나 크게 열면 우주도 품을 수 있다"고 했습니다. 그래서 마음을 마음대로 하기 위해서는 날마다 갈고 닦아야 한다는 것입니다. 그러나 자기 마음이지만 자신의 뜻대로 하기 어려운 것이 마음입니다. 그것은 다른 것에 매이지 않고 스스로 바로 잡을 수 있는 능력이 있어야 하기 때문입니다. 그것을 생각이라고 합니다. 내 생각을 다른 사람이 대신할 수는 없습니다. 생각은 마음으로 하는 것이기 때문입니다. 마음을 갈고 닦는다는 것은 생각으로 그렇게 한다는 것입니다. 그것이 마음 농사입니다. 생각이 마음을 흙과 하늘로 삼고 씨를 뿌리고 비를 내리며, 호미질과 낫질을 하고 마음을 가꾸는 농부가 되는 것입니다. 씨알은 스스로 싹틔우고, 자라고, 꽃피우고, 열매 맺습니다. 마음 농사는 내가 나를 농사짓는 것입니다. 스스로 자신의 생명과 이성과 영성을 싹틔우고 자라게 하고 열매 맺는 것입니다. 문인들은 글 짓는 일이 마음 농사입니다. 그들은 마음 밭에 씨를 뿌리고 가꾸고 거두어들입니다. 선생님은 문인들이 글 농사를 지을 수 있는 텃밭 『지구문학』을 만들어 놓고 떠나셨습니다.

선생님의 시비 세울 자리를 확정지었습니다

선생님! 선생님을 따르는 수많은 선후배들이 뜻을 모아 선생님의 시비 성금을 보내 주셨습니다. 그리하여 금년 봄에는 선생님의 시비를 세우기로 했습니다. 그동안 선생님의 시비를 어디에 세울 것인가를 놓고 시비건립추진위원회와 유족들이 깊은 논의를 하였습니다. 그 결과 선생님의 생가가 있는 고향땅 고창의

---

1) 함석헌전집 8권 88쪽.
2) 박재순 : 민중신학자, 생명신학자, 충남 논산 출생, 서울대 철학과 졸업, 한국신학대에서 신학 박사학위를 받음, 성공회대 겸임교수, 한신대 연구교수, 씨알사상연구소 소장, 씨알재단 상임이사. 2007년 재단법인 씨알 창립, 유영모와 함석헌의 생명평화사상을 계승 발전시키기 위해 열띤 연구와 문화 사업을 펼치고 있다. 《예수운동과 밥상공동체》《다석 유영모》《민중신 학과 씨알사상》 등의 저서와 강연을 통해 생명평화사상을 21세기적으로 전개하고 있다.

송림산 자락에 세우기로 했습니다. 선생님은 이곳 봉강에서 1927년 10월 3일에 태어났습니다. 선생님의 장조카이며, 현 한국문인협회 부이사장과 『지구문학』 대표를 맡고 있는 진동규 시인도 같은 집에서 태어났습니다. 그리하여 송림산 이름이 들어있는 선생님의 시 〈송림산 휘파람〉을 시비에 새겨 넣기로 했습니다. 그리고 선생님의 시비 성금을 보낸 이들의 이름을 모두 새겨 넣어 영원토록 보존하기로 했습니다.

송림산 휘파람 / 진을주

휘파람 소리
귀신같이 알아낸 송림산의 봄

능선마다 허리끈이 풀렸네

내 동갑 박득배는
휘파람 사이사이
낫자루로 지겟다리 장단 맞추고
나는 지겟가지에 용케도 깨갱발 쳤지

하늘은 봄을 낳은 산후의 고통
보릿고개 미역 국물빛 울음 반 웃음 반이었어

휘파람 소리는 황장목 솔바람에
송진을 먹였네

*송림산 : 전북 고창군 상하면 송곡리 소재

저자 생가 뒷산

고창군은 전라북도 서남단에 자리하고 있습니다. 삼한시대는 마한의 모로비리국, 삼국시대는 백제의 모량부리현, 송미지현, 상로현, 상칠현이었습니다. 그 뒤 신라 경덕왕 16년(757) 모량부리현은 고창현으로, 송미지현은 무송현으로, 상로현은 장사현으로, 상칠현은 상질현으로 나누어졌습니다. 그러다가 보리고을을 상징하는 모량부리의 다른 이름인 모양牟陽이라 불리기도 했습니다. 이 고창에서 1894년 한국의 근대사를 바꾸어 놓은 동학 농민혁명이 일어났습니다. 지금 고창군에서는 동학 당시 농민혁명군의 진격로를 '파랑새 녹두길을 만들고 있습니다. 이 길은 무장기포지를 떠나 상하 송림산 → 해리 고십제 → 선운사 도솔암 마애불 → 전봉준 장군 생가 → 손화중도소 → 무장읍성 → 왕제산(여시뫼)을 거쳐 무장기포지로 돌아오는 한 길과 해당코스를 부안군 백산 성지로 연결합니다. 송림산 마루턱에는 유적지였던 성터의 흔적으로 바위돌과 지대가 있습니다. 또 많은 기와 조각이 출토되었으며, 여러 문화 유적이 있습니다. 그 가운데 상하면 하장리의 사산사沙山祠에는 1544년(중종 39) 안절이라는 분이 명나라 황제에게서 받았다는 보연寶硯 옥배玉杯가 보존되어 있습니다.

이곳 상하면 송곡리에 있는 송림산 아래 선생님의 생가 봉강이 있습니다. 백두대간에서 뻗어 나온 호남정맥은 내장산의 까치봉과 백암산을 솟아냈습니다. 그리고 삼태봉, 왕제산을 거쳐 송림산(295.3m)을 내었습니다. 소나무가 많아서 우리말로 솔숲뫼라고 합니다. 그래서 산 주변에는 소나무와 관련 된 땅이름이 많습니다. 송곡리, 송계리, 송산리 등이 그것입니다. 선생님이 태어나신 곳이 송곡리입니다. 이런 역사가 살아 숨 쉬는 송림산 자락에 선생님의 생가가 있다는 것은 매우 뜻 깊은 일입니다. 일찍이 선비 출신이신 선생님의 증조부 휴년(烋年, 1847~1917) 님은 동학혁명이 일어날 것을 미리 알고, 피난처를 찾아 들어간 곳이 송림산 자락이었습니다. 그리하여 1892년 그곳에다가 새로 터를 닦아 집을 짓고 '봉강鳳岡'이라 이름하였습니다. 그리고 이 집에서 동학을 겪으면서 나라를 살리는 길이 교육임을 절감합니다. 진휴년 선생님은 친구이자 사돈인 김배현 장군과 함께 호남 최초의 사립 동명학교를 설립합니다. 동명학교의 산실인 이 집에서 교육의 맥을 잇는 후손들이 태어났습니다. 그때 봉강의 사랑방에서는 뜻있는 분들과 함께 기울어 가는 나라의 앞날을 걱정하였습니다. 그때 선생님의 증조부이신 휴년 님과 훗날 외조부님이 되실 무관(구한말 장군) 출신 김배현 金配鉉 님은 친구사이였습니다. 두 분은 나라를 살리는 길은 오직 교육뿐이라는데 뜻을 같이하였습니다. 그런 생각은 갑오개혁 이후 뜻있는 인사들의 공통된 생각이었습니다. 그래서 선생님의 두 증조부님과 외조부님께서도 학교를 세우기로 한 것입니다. 그리하여 학교의 모델을 조사하기 위해 평양으로 떠납니다. 그것은 1907년 안창호 선생님이 세운 평양의 대성학교와 그보다 6개월 먼저 정주에 이승훈 선생님이 세운 오산학교를 찾아보기 위해서였습니다. 몇 개월 동안에 걸쳐 평양과 정주를 오가면서 조사를 마친 두 분은 다시 고향으로 돌아옵니다. 그리고 1908년 사립 동명학원 설립기성회를 만들고 이듬해인 1909년 8월 23일 고창군 동면 내동에다가 호남 최초의 사립 동명학교를 세웁니다. 선생님의 외조부 김배현金配鉉 님을 설립자로 하여 "꿈과 지혜와 사랑을 가꾸는 즐겁고 행복이 넘치는 학교"를 세운 것입니다. 동명이라는 학교 이름은 고구려 시조 동명성왕에서 따온 것입니다. 그리고 같은 날 세운 사립 무장학교와 이듬해인 1910년 12월 1일 병합, 설립자를 김영곤金永坤으로 하여 사립 무장학교의 문을 열었습니다. 그 후 1911년 9월 15일 무장 공립 보통학교, 1926년 7월 1일 무장 심상소학교, 다시 1941년 3월 31일 '일본국'의 국민을 만들려는 일제의 '학교령'에 의해 무장국민학교가 됩니다. 그러다가 1996년 3월 1일부터 무장초등학교로 이름하여 오늘에 이르렀습니다. 그동안 수많은 인재들이 배출되었으며, 현재 1만 5천여 명의 졸업생을 배출했습니다.

그리고 진휴년 님의 아드님인 진우곤 님은 무장중학교를 설립, 이사장 겸 교장을 지냈습니다. 그 아드님 진환[3] 화백은 홍익대학교를 설립하는 데 참여하였으며, 회화과 교수를 지냈습니다. 그리고 1936년 손기정 선수의 베를린 올림픽 때에는 역사상 처음으로 베를린 미술전에 작품을 전시했습니다. 진휴년 선생님의 증손인 진을주 시인은 동명학교 초대 이사장을 역임하신 김배현 장군의 외

---

3) 진환(陳瓛 · Jin Hwan, 1913~1951) : 본명 진기용陳錤用, 서양화가, 고창 출신, 진우곤陳宇坤의 1남 5녀 중 외아들. 무장공립보통학교와 고창고등보통학교 졸업. 1931년 보성전문학교 상과 입학 후 미술 공부를 시작. 1934년 일본미술학교 입학, 3학년 때 1936년 동경 미술전에서 〈설청〉외 1점 장려상, 같은 해 서독 베를린에서 열린 제11회 국제올림픽 예술전에서 〈군상〉입선, 이후 도쿄(東京)에서 독립미술전 · 조선신미술가협회전 · 재 동경미술협회전 등에 참가, 1940년 동경미술공예학원 수료와 동시 강사가 되었다. 1941년 동경에서 서양화를 공부하는 조선 유학생들 중 김학준金學俊 · 이중섭李仲燮 · 최재덕崔載德 등 유망한 학우들과 함께 조선신미술협회를 결성, 창립전을 가져 호평을 받았다. 1943년 후반에 귀국, 1945년 8 · 15광복 후 조선미술건설본부 회원이 되고, 아버지가 설립한 무장중학교 교장을 역임하며 후진 양성에 힘썼다. 1948년 정부 수립 후 서울의 홍익대학교 설립에 동참하고 양화과 교수로 재직. 1951년 1 · 4후퇴 때 고향에서 사망했다. 이중섭 등 당시 민족주의적 색채를 띠고 있던 화가들과 함께 소를 즐겨 그렸으며, 황색 계열의 색채를 많이 사용, 화면에 따뜻한 느낌을 주었다. 직선적이고 날카로운 윤곽선으로 화면에 긴장감을 불러일으켰으나, 중간 색조로 그것을 부드럽게 완화시켜 준 것이 또한 그의 그림이 지닌 특징이기도 하다. [참고문헌] 『모양성의 얼』(고창군, 1982) 네이버 백과사전 (http://100.naver.com/) 민족문화대백과사전

손이기도 합니다. 대한교육연합회 『새교육』 편집부장을 거쳐 순수문예지 『지구
문학』을 창간, 많은 시인 작가를 배출하였습니다. 진휴년 선생님의 고손인 진동
규 시인은 전라북도 제4대 교육위원과 전주예총 회장, 전북문인협회 회장을 거
쳐 한국문인협회 부이사장으로 활동하고 있습니다. 뿐만 아니라 진을주 선생님
과 장조카 진동규 시인은 물론 선생님의 가족들 대부분이 무장학교 출신들입니
다. 이런 역사적인 고장에서 선생님은 태어나셨고 잔뼈가 굵어졌습니다. 그래
서 선생님은 늘 고향을 잊지 못하셨습니다. 〈내 고향에서 살꺼나〉라는 시는 그
런 마음을 나타낸 시입니다. 그 시를 다시 봅니다.

내 고향에서 살꺼나

옥돌 울근 냇물가에
낚시질하며
내 고향에서 살꺼나

진달래 꽃 취해
하일내 묏등 잔디밭에
……
술참 때쯤 슬픈 낮닭 울음소리 들으며
내 고향에서 살꺼나

오두개랑 산딸기랑 따먹으며
깜둥이처럼 쓸쓸한 입술로
내 고향에서 살꺼나

모닥불 태우며
오뉴월 멍석 위에
(……)
개구리 소리 별빛 헤이며

내 고향에서 살꺼나
눈 내리면
산속에 눈 내리면
덫을 놓아 물오리도 잡는
내 고향에서 살꺼나

내 각시는 병원이 가까운
서울의 아파트에 사는 게
꿈이지만
나는 내 아들 동준이에게
돈을 부쳐 달라 하며

라디오도 텔레비전도 전화도 없이
사슴과 함께 사슴처럼 건강하게
이주 형이랑
내 고향에 살꺼나

– 진을주 시집 《그대의 분홍빛 손톱은》 p.32

그토록 잊지 못하시던 고향에서 선생님은 영원한 안식을 취하고 계십니다. 그래서 여러 문단의 선후배들이 보내주신 귀한 성금으로 2013년 5월 11일 좋은 날을 받아 선생님의 고향 땅 송림산 기슭 생가 뒤 넓은 터에 〈진을주 시인의 공원〉을 조성하고 선생님의 시비를 세우기로 한 것입니다. 항상 선생님이 고향의 옛 집과 조상님들과 생가 〈봉강〉을 잊지 못하시면서 〈사초를 하던 날〉이라는 시를 발표했습니다. 그 시 전문을 다시 봅니다.

사초를 하던 날

고리포 쪽에서 맵게 불어오는 갯바람
상한 갈대를 서걱이는 서걱이는

무진년 한식날

한숨으로 보내시던
지나버린 세월 앞에

아슬아슬하게 돌아온
거북 등허리로 굽은
일흔 넘은 풍상의 큰아들

뜨거운 눈시울로
시방 사초를 하고 있습니다.

장손 동규는
산새가 나는 산길 너머로
기우뚱 기우뚱 물을 날라
산비둘기 빨가장이 손으로
슬픈 솔바람 타고
자꾸만 떳장에 물을 날리고 있습니다.

아버지의 서몽
〔太陽에 치솟는 쌍봉 두 줄기의 햇살〕

늦게나마
사초를 하고 있습니다.

지지리 고생만 하시던 어머니
아침이면 놋요강 오줌을 주어쌌던
봉강 뒷뜰에 철쭉꽃
지금쯤 서천 서역국에서도
곱게 피고 있겠지요

– 진을주 시집 《그대의 분홍빛 손톱은》 p.30

선생님! 부모를 그리워하고, 고향을 잊지 못하는 것은 인지상정입니다. 그래서 선생님의 글이 가슴 깊이 와 닿는 것입니다. 결국 언젠가는 헤어져야 하는 것이 인생의 삶이지만 헤어진다는 것은 너무 가슴 아픈 일입니다. 결국 부모님을 먼저 보내시고 그 부모를 그리며 사초를 하시는 선생님의 모습이 눈앞에 떠오릅니다. 게다가 아끼고 사랑하는 장조카 진동규가 사초를 함께 하는 모습을 보면서

"장손 동규는
산새가 나는 산길 너머로
기우뚱 기우뚱 물을 날라
산비둘기 빨가장이 손으로
슬픈 솔바람 타고
자꾸만 뗏장에 물을 날리고 있습니다."

라는 글로 믿음직스러운 마음으로 장조카를 지켜보면서 시를 쓰셨습니다. 그러시던 선생님은 그토록 그리워하시던 부모님 곁으로 가서서 편안히 쉬고 계십니다. 또 선생님이 아끼시던 장조카 진동규 시인은 지금 전주와 서울을 오르내리면서 『지구문학』 대표로서 최선을 다하고 있습니다.

제2회 진을주 문학상 시상식을 마쳤습니다

선생님 지난 2월 13일 오후 6시 종로 한일장 세미나실에서 제2회 진을주 문학상 시상식을 거행하였습니다. 선생님이 가신 지 만 2년, 날수로는 730여 일, 그리고 17,520여 시간이 되는 날 우리들은 선생님을 기리는 마음으로 선생님 이름으로 된 문학상 시상식을 가진 것입니다. 수상자는 최원규 시인과 김남곤 시인입니다. 심사위원은 이유식(長), 김년균, 함홍근, 진동규, 김정오 등 5인이 맡았습니다.

최원규 시인의 수상작품은 그의 17번째 시집 《오랜 우물곁에서》입니다. 그리고 김남곤 시인의 수상작품은 작년 『지구문학』 가을호에 실려 호평을 받았던 시 〈질마재 봄날〉 입니다. 이날 두 분의 수상을 축하해 주기 위해서 원근 각지에서 많은 내빈들이 식장을 가득 메웠습니다.

특히 축사를 맡아 주신 현 한국문인협회 정종명 이사장님과 전 한국문인협회 신세훈 이사장님은 진을주 선생님이 생존해 계실 때 우의를 다지던 일들을 회고하고, 추모하는 말씀을 해 주셨습니다. 그리고 훌륭한 시인의 이름으로 된 문학상을 수상하시는 두 분에게 진심으로 축하의 말씀을 해 주셨습니다. 그리고 평론가 신호 님께서는 제1회 진을주 문학상 수상자인 추영수 시인께서 진을주 선생님에게 처음으로 시선이라는 칭호를 붙인 시를 바탕으로 시선에 대한 특강을 했습니다. 정송강의 관동별곡과 대비시킨 시선에 대한 특강은 많은 호응을 얻었습니다.

이제 상을 받으신 두 분의 시력을 간략하게 말씀드립니다. 먼저 최원규 시인은 1933년 공주에서 출생하여, 충남대학교 국어국문학과와 동대학원을 졸업하고 문학박사 학위를 받았습니다. 그리고 1965년부터 34년간 충남대 교수와 문과대학장, 인문과학연구소장으로 재임하면서 한국 언어문학회 회장, 한국시문학회장 등 학회 활동과 자유중국 국립대만대학교와 중앙대학교의 교환교수를 지냈습니다. 현재는 같은 대학의 명예교수로 있습니다. 현대시를 가르치시면서 많은 후진들을 양성하였기에 학자로서도 크게 우러름 받고 있습니다. 시인으로 등단하기 전인 1961년에 이미 첫 번째 창작 시집 《금채적》을 출간하여 주목을 받았습니다. 그리고 1962년 〈나목〉이라는 작품이 『자유문학』에서 김광섭[4] 시인의 추천으로 등단했습니다. 이후 40여 년간 시를 쓰면서 후진들을 위하여 '시인교실'을 열고 실력 있는 문인들을 많이 길러 냈습니다. 그리하여 충남지역 문학의 바탕을 다지는 데 크게 공헌했다는 평과 함께 큰 시인으로 우러름 받고 있습니다.

그런 공로로 충청남도 문화상, 현대문학상, 한국 PEN문학상, 현대시인상, 정훈문학상 등을 수상했으며 1996년 국민훈장 '모란장'을 수훈했습니다. 시집으

---

4) 김광섭(1905~1977) : 시인, 번역문학가, 문학평론가. 호는 이산怡山, 1932년 와세다대학교 영문학 졸업. 일제시대 지식인의 고뇌와 민족의식을 관념적으로 읊다가 구체적인 현실을 노래했다. 와세다대학 시절 이헌구·정인섭 등과 해외문학연구회를 만들었다. 1932년 졸업한 뒤 귀국, 중동학교 영어 교사로 근무하면서 서항석·함대훈·모윤숙·노천명 등과 함께 극예술연구회를 창립했다. 1941년 2월 창씨개명을 반대하는 등 반일 의식을 고취시켰다는 이유로 3년 8개월 동안 옥살이했다. 해방 후 민족주의 문학을 위해 여러 단체를 꾸렸다. 1945년 중앙문화협회 1946년 전조선문필가협회를 창립, 1948년 대통령 공보비서관, 1956년 자유문학가협회 위원장, 1957년 『자유문학』 창간, 1958년 세계일보사 사장. 1959년 예술원 회원, 1952~70년 경희대학교 교수. 1964년 군사정부시절 『자유문학』 무기 정간 후 오랫동안 투병생활을 하다가 72세에 사망, 1989년 문학과지성사에서 그의 정신과 문학을 기리기 위해 '이산문학상'을 제정 매년 시상하고 있다.

로는 《겨울가곡》, 《산방에 다녀와서》, 《빗속에서》, 《바다와 새》, 《자음송》을 비롯하여 《둔산에 와서》 등 17번째 시집으로 이번의 수상작품인 《오랜 우물곁에서》를 상재했습니다. 그밖에도 《한국현대시론》을 비롯하여 여러 권의 학술저서, 수필, 전집 등 많은 저서를 간행했습니다. 이번의 수상 시집은 표제시 《오랜 우물 곁에서》를 비롯해 175편의 작품이 실려 있습니다.

해설을 쓴 손종호[5] 시인은 "이번 시집에는 노시인의 삶을 바라보는 시선을 통해 자연의 무한한 포용력에 대한 예찬과 순환의 이치에 대한 통찰력이 엿보인다"고 했습니다. 또 이 시집에는 "삶의 과정 중 대부분의 시간을 시를 가르치고 쓰는 일에 일관했던 작가가 생의 말년에 접어들어 지금까지 시인이라는 옷을 입고 바라본 소소한 일상과 옛 추억들에 대한 따뜻한 성찰의 시선이 가득 담겨 있다고 지적했습니다. 특히 계족산, 금강, 테미도서관 등 대전과 충청 지역의 익숙한 지명이 자주 등장해 지역문학의 개성을 잘 살렸다는 평가를 받고 있다고도 했습니다.

또 이유식 교수는 심사평에서 "우주와 자연에 대한 명상 존재에 대한 근원적 성찰, 혈연과 지인들에 대한 따뜻한 정감, 죽음에 대한 사유와 성찰, 먼저 떠난 분들에 대한 회고와 그리움, 기타 국내외 여행에서 느낀 감회 등으로 되어 있다고 말하면서 50여 년 간 닦아온 시인의 관록과 8순을 바라보는 인생 경륜에서 우러나온 사유와 예지들이 어우러져 있다"고 평했습니다.

최원규 시인은 "창작의 고통을 즐거움으로 승화시키는 것이 작가의 본분"이라고 말합니다. 그러면서 "사실 시 쓰는 꼼지락거림은 내가 겪은 일상의 아주 작은 일에서 시작하지만 그것들이 항상 조그만 뉘우침과 깨달음을 주었기 때문에 하루도 시 쓰기의 버릇을 중단하지 못하고 살았다고 말합니다." 그리고 계속 얽히고 설킨 인연의 실타래를 찾아 고르며 갈라야 한다고 믿는다는 것입니다. 요컨대 시는 삶의 과정에 일어나는 얽혀 있는 무명無明의 이미지들을 통일된 한 줄기로 이어가며 그 근원과 본질을 찾아가는 긴 여정이라고 말하면서 마침내 나의 정체의 본질을 형상화하는 작업이라고 확신한다는 것입니다.[6]

---

5) 손종호(1949~) : 시인, 대전 출생, 충남대 및 동대학원 졸업·문학박사, 1979년 「중앙일보」 신춘문예 『문학사상』으로 등단, 작품 활동 시작, 《투명한 사랑》, 《새들의 현관》 등 다수의 시집 출간, 현 충남대학교 국어국문과 교수, 국제비교 한국학회 회장, 새빛 문화아카데미 운영 등
6) 《오랜 우물 곁에서》 시인의 말 중에서

그리고 김남곤金南坤 시인은 1938년 전북 완주 출신으로 1979년『시와 의식』을 통해서 이원섭[7] · 박희선[8] 시인의 추천으로 문단에 나왔습니다. 등단하기 전에 이미 신석정[9] 시인의 문하생이 됩니다.

김남곤 시인은 스승 석정 시인의 회억懷憶[10]이라는 글에서 "신석정 선생님이 전주시 남노송동 사실 때 석정 시인 66세 때 : 인생을 어떻게 살아가는 것이 참된 길이냐구? 굳이 예기하라면 내가 생각하긴 지조를 인간의 지주로 삼고 사는 것이지. 그러나 여간 어려운 게 아니지. 지조를 팔면 조금은 생활의 힘이 펴지겠지만 인간은 망하는 거지"라는 말씀을 했다고 회고하고 있습니다.

---

7) 이원섭(1924~) : 시인. 강원도 철원 출신. 혜화전문학교(동국대 전신) 불교학과를 나온 후 경신고등학교, 마산고등학교, 숙명여고에서 교편을 잡았다. 1948년『예술조선』제2호에〈기산부箕山賦〉가『문예』제2호에 시 3편이 추천됨으로써 문단에 나왔다. 한국문인협회 부이사장, 한국현대시인협회 회장을 지냈다. 첫 시집《향미사》(1953) 이후로는 불교경전 번역을 했고, 선禪의 세계를 간결하고도 정교한 언어로 풀어낸〈깨침의 미학〉은 이 시대의 고전으로 평가받고 있다. 1980년에 만해의〈불교대전〉을 역주하고, 1982년 법화경을 우리말로 옮기는 등 한글경전에 큰 공을 세웠다. 그리고〈선시禪詩〉〈당시唐詩〉〈노자〉〈장자〉〈논어〉〈법화현의〉등을 우리말로 옮겼다.

8) 박희선(1923~1998) : 시인. 충남 논산 출신, 불교학자. 전북대 교수, 1943년 전주사범학교 졸업, 일본 도쿄의 고마자와 대학 수학, 대학 재학 중 일본 학도병으로 끌려갔다가 중국에서 탈출, 독립운동을 하던 중 체포되어 서대문 형무소에서 복역, 1945년 광복 후 출옥, 1946년 정훈, 박용래 등과 시동인지『동백』을 창간, 문단활동을 함,〈동백〉,〈신화〉,〈백기〉등 발표, 대표시로〈화답〉〈지비紙碑〉가 있다. 1952년 이후에는『호서문학』을 중심으로 창작활동을 했다. 1965년 불교학에 전념, 1998년 타계할 때까지 충남 지역 대표적 시인이자 불교학자로 활약, 시집《새앙쥐와 우표》(1958년),《화염 속에 숨진 미소》(1968년),《차안》(1974년),《안행》(1980년) 등이 있다.《선의 탐구》,《에세이 반야심경》,《금강경》등 불교 연구 다수. 1989년 빛과 구원의 문학상을 수상, 1996년 호서문학상 수상. 충남 공주 갑사 만남의 광장에 대표시인〈지비紙碑〉가 새겨진 시비가 세워져 있다.

9) 신석정(1907~1974) : 시인, 보통학교 6학년 때 일본 선생이 수업료를 못낸 학생의 옷을 벗기자 전교생을 이끌고 수업 거부를 했을 정도로 불의와 맞섰던 시인, 1924년 17세 때「조선일보」에〈기우는 해〉를 발표한 후 정지용, 한용운 시인들과 만났다. 1931년 정지용, 정인보, 이하윤, 변영로, 김영랑, 박용철 등과 함께『시문학』3호부터 동인으로 참여하여 시〈선물〉을 발표하고『문학』지에〈너는 비둘기를 부러워 하더구나〉 등을 발표하면서 본격적인 작품 활동을 하였다. 그 뒤 고향으로 돌아와 아름답고 참신한 시어들을 만들어냈다. 자연에 귀의하려는 시상을 추구했던 점에서 목가적 시인으로 불리고 있다.〈임께서 부르시면〉,〈나의 꿈을 엿보시겠습니까〉,〈아직 촛불을 켤 때가 아닙니다〉 등이 이 시기의 그의 대표작이다. 1939년 초기의 주옥 같은 전원시를 바탕으로 33편의 시를 담은 첫 시집《촛불》을 내어 '고향'이라는 원초적 본질을 되뇌이게 하였다. 친일문학지인『국민문학』의 원고 청탁을 거절한 그는 이후 해방까지 절필을 하였다. 많은 문인들이 친일을 하면서 부끄러운 글을 쓸 때, 그는 이 땅의 자존심을 지켰다. 대표작으로〈그 먼 나라를 아십니까〉〈슬픈 구도〉 등이 있고, 그의 나이 40세에 8.15광복 전의 작품을 묶어 제2시집《슬픈 목가牧歌》(1947)를 발간했다.《그 꿈을 깨우면 어떻게 할까요》《봄의 유혹》《어느 작은 풍경》 등 목가적인 서정시를 발표하면서 시단에서 뚜렷한 자리를 차지했다. 그 후에도 계속 시를 쓰면서 많은 후진들을 길러냈으며,《빙하氷河》《산의 서곡序曲》《대바람 소리》 등의 시집을 발간했다. 그의 시풍은 잔잔한 전원적인 정서를 음악적인 리듬에 담아 노래하는 데 특색이 있고, 그 맑은 시정은 읽는 이의 마음까지 순화시키는 감동적인 호소력을 지니고 있다. 1968년 한국문학상을 받았다.

10)〈인생을 어떻게 살아가야 하는가?〉, 2007년『석정문학』겨울호 p.193

사람을 평할 때 특히 문인들에게는 누구의 영향을 받았는가와 어느 잡지 혹은 신문에서 누구의 추천을 받아 등단했느냐 하는 것은 매우 중요한 잣대가 됩니다. 이를테면 조지훈, 박두진, 박목월 등 청록파 시인들은 정지용의 제자들입니다. 윤동주 시인도 이양하의 영향을 받았으며 비록 사후 등단이지만 정지용의 추천으로 문단에 나왔습니다. 진을주 선생님도 김현승[11] 시인의 추천으로 문단에 나왔습니다. 김남곤 시인도 신석정 시인에게서 인생과 문학의 영향을 받은 후 이원섭, 박희선 시인의 추천으로 문단에 나왔습니다. 그렇게 문단에 나온 김남곤 시인은 「전북매일」, 「전북일보」 기자와 문화부장, 편집국장, 수석논설위원을 거쳐 현재는 전북일보 사장으로 재임하고 있습니다. 그리고 전북문인협회 회장, 예총전북연합회장, 한국문인협회 이사, 한국예총 이사를 역임하면서 지역 언론과 문화 예술 발전을 위해 크나 큰 영향력을 발휘하고 있습니다. 시집으로는 1991년 첫 시집 《헛짚어 살다가》를 비롯해서 《푸새 한 마당》 《새벽 길 떠날 때》 《녹두꽃 한 채반》과 칼럼집 《귀리만한 사람은 귀리가 있다》 등과 산문집 《비단도 찢고 바수면 걸레가 된다》 등 많은 저서를 펴냈습니다. 그리고 전북문화상, 전북문학상, 문예 한국상, 목정문화상을 수상했습니다. 이번 진을주 문학상 수상작은 지난 가을호 『지구문학』에 발표된 〈질마재 봄날〉이라는 시입니다. 그 시를 다시 음미합니다.

---

11) 김현승(1913~1975) : 시인. 평양 출생, 광주 성장. 호는 다형茶兄·남풍南風. 1926년 전남 광주 숭실초등학교, 평양 숭실중학교, 1932년 숭실전문학교 문과에 진학. 1936년 숭실학교에서 교사생활을 할 때 1937년 신사참배를 거부하여 투옥되었다. 1934년 장시 〈쓸쓸한 겨울 저녁이 올 때 당신들은〉 〈어린 새벽은 우리를 찾아온다 합니다〉를 양주동의 추천으로 「동아일보」에 발표, 문단에 나왔다. 이어 1934년 「동아일보」에 암울한 일제시대 속에서도 민족의 희망을 노래한 〈새벽〉 〈새벽은 당신을 부르고 있습니다〉 등을 발표했다. 그 후 〈가을의 기도〉를 비롯한 기독교 정신을 바탕으로 한 시를 많이 썼다. 해방 이후 〈내일〉(민성, 1949. 6)·〈창〉(경향신문, 1946. 5) 등을 발표했고, 1950년대에는 기독교적인 구원의식을 바탕으로 하여 전쟁 뒤에 오는 허무·상실을 노래했다. 1955년 한국시인협회 제1회 시인상 수상자로 결정되었으나 수상을 거부. 1957년 첫 시집 《김현승 시초詩抄》를 펴냈으며 한국문인협회 상임위원을 지냈다. 조선대학교·숭실대학교 교수를 지냈으며 1961년 한국문인협회 이사를 지냈다. 두 번째 시집 《옹호자의 노래》(1963)는 자연과 인생에 대한 종교적인 사색을 노래했다. 〈가을의 기도〉 등 가을 연작시와 신적神的 세계질서에 대한 열망과 자유를 노래한 〈지상의 시〉 등을 발표했다. 한국문인협회 시분과 위원장, 부이사장을 지냈다. 1968년 고독을 주제로 한 《견고한 고독》과 1970년 〈절대고독〉 등 시집을 펴냈다. 〈견고한 고독〉은 간결한 시 형식을 취한 데 비해 〈절대고독〉은 비유·상징과 어려운 말을 자주 쓴 것이 특징이다. 〈절대고독〉은 신의 존재를 느낄 수 없을 만큼 개별화된 현대인의 삶의 고독감을 노래한 것이다. 1973년 서울특별시 문화상 수상, 1974년 《김현승 시전집》을 펴냈다. 1975년 숭실대학교 채플 시간에 고혈압으로 쓰러져 순직했다. 유고시집으로 《마지막 지상에서》(1975), 산문집으로 《고독과 시》(1977)·《가을에는 기도하게 하소서》(1984), 저서로 《한국 현대시 해설》(1972)·《세계문예사조사》(1974) 등이 있다.

질마재 봄날 / 김남곤

未山과 함께
두견이 목젖이 헐어 미치게 울어쌓는
질마재 진달래 밭에 갔다

8할이 바람이라던 未堂형보다
2할을 더 키워
10할이 바람이라는 동생 又下를 만나
뜬세상 빚 갚아주고 다닌다는
이야기를 써늘하게 들었다

어둑한 안방에는
나들이 양복 한 벌이
헐렁하게 걸려 있고
아직도 봄이 뒷짐을 지고 있어
전기난로가 벌건했다

가져갈 것이라고는
고목진 詩心 하나 밖에 없는데
문고리엔 소요산 들개 불알만한
자물통이
이를 악물고 있다

*又下 : 고창 서정태 시인
*未山 : 송하선 시인

이 시를 이유식[12] 교수는 "깔끔하고 이미저리가 선명한 시라고 평합니다. 시인 3명이 질마재 봄나들이를 하고 귀가하는 과정의 화소를 시의 얼개로 하고 있다고 설명합니다. 특히 마지막 연에서 보이는 역설적 발상 처리가 멋이 있다고 했습니다. 돌아오는 길에 가난한 시인의 집에 들렀는데 도둑이 들어도 가져갈 것은 없는데 문고리에 자물통이 이를 악물고 있다고 했으니 역설이 아니고 무엇이냐는 것입니다."

또 김남곤 시인의 문학과 인간에 대해서 늘 곁에서 지켜보던 이지현 기자는 "때 묻지 않은 여리디 여린 감성으로 아름다운 감성과 인생을 노래하는 시인"이라고 말합니다. 그리고 "그의 시는 겸손함과 상대방에 대한 따뜻한 배려가 짙게 드리워져 있음은 물론이요 시로부터 남겨지는 여운 또한 맑다"고 합니다. 그리고 김동수[13] 시인은 김남곤 시인에 대해서 이렇게 말합니다. 김남곤 시인은 인간에 대한 예의와 진정이 살아 있는 전라도 시인이라는 것입니다. 또 "그의 시적 질료는 어린 시절 고향 마을에서 체득된 인간 중심 사상이며, 윤동주의 순결과 매천 황현의 선비정신이 뼈대를 이루면서, 간결ㆍ담백한 구문어법을 즐겨 사용하고 있다"고 합니다. 그리고 그의 시에는 천도天道를 따라 거스르지 않는 순천順天사상과 질서 그리고 인간으로서 인간에 대한 예의와 진정성이 들어 있다고 말합니다. 그것은 그가 태어나고 자란 고향의 하늘과 땅과 바람과 별에서부터 비롯되고 있다는 것입니다. 거기에는 인종忍從과 배려의 화신이었던 어머니와, 타향처럼 늘 이상세계만을 떠돌던 아버지, 그리고 다정하고도 순박했던 이웃들의 가난과 한숨이 똬리를 틀고 있다는 것입니다. 이것이 그의 시의 원형질이며 진정성이라고 말합니다. 삶이 곧 시요, 시가 곧 삶이 되는 사람. 넘치지도 부족하지도 않고, 들고(入), 나고(出), 멈추고(止), 움직임(動)에 격格이 있는 전라도의 댓잎 같은 시인. 그것은 검이불루儉而不陋 화이불치華而不侈한 백제인의 정신 미학이요, 화이부동和而不同한 선비지도의 풍모라고 극찬합니다. 더 이상 김남곤 시인을

12) 이유식(1938~) : 문학평론가, 경남 산청 출생, 성장지 하동. 『현대문학』 문학평론 등단(1961). 한국문인협회 부이사장, 강남문인협회 초대회장 역임, 한국문학비평가협회 상임고문. 강남문인협회 고문. 『수필춘추』고문, 배화여대 교수 정년퇴임, 청다 한민족문학연구소장, 청다문학회 이사장. 덕성여대 평생교육원 교수. 하동 평사리 토지문학제 명예추진위원장(추진위원장 역임), 현대문학상, 한국문학평론가협회상, 예총 예술문화대상, 남명(조식)문학상 본상, 설송(정상구)문학상, 한국문학상 등 수상, 평론집 《한국소설의 위상》, 《우리 문학의 높이와 넓이》, 《오늘과 내일의 우리문학》외 다수, 수필집 《벌거벗은 교수님》, 《그대 떠난 빈자리의 슬픔》, 《노래》, 《내 마지막 노을 빛 사랑》외 다수, 편저 《도스토예프스키의 생애와 문학》, 《알베르 카뮈의 문학과 인생》, 《나의 작품 나의 명구 I》외 다수

13) 김동수(1947~) : 시인, 남원 출생. 백제예술대학 교수, 원광대학교 대학원 문학 박사. 시집으로 《하나의 창을 위하여》, 《나의 시》, 《하나의 산이 되어》, 《그리움만이 그리움이 아니다》, 《겨울 운동장》, 《말하는 나무》가 있고, 평론집으로 《한국현대시의 생성미학》, 시창작 이론서 《시적 발상과 창작》이 있음.

말할 필요가 없을 만큼 알찬 설명입니다. 고향의 언론을 지키면서 아름다운 시를 써서 수많은 애독자를 감동시키는 그의 훌륭한 인품이 제2회 진을주 문학상을 그에게 안겨준 것입니다. 특히 그는 네 번째 시집《녹두꽃 한 채반》을 발간하면서 "몇 번쯤 눈을 감았다 떴다 하는 동안 세상의 물체는 정연해 보이고 정신도 맑게 트인다. 사람을 사람답게 사랑하고 사람의 값을 사람의 값으로 셈할 줄 아는 그런 고뇌의 시를 쓰고 싶었는데 쉽지가 않다. 이 봄, 가물어 못이 바짝 마른 저 산하에 봄비나 함초롬히 내렸으면 좋겠다"고 말합니다. 김남곤 시인의 영원한 문운을 기원합니다.

진을주 선생님! 선생님을 기리는 마음으로 수많은 문단의 선후배들이 한 자리에 모여 훌륭한 문인들에게 선생님의 이름으로 된 문학상을 시상한다는 것은 아주 뜻 깊은 일이 아닐 수 없습니다. 그런데 이름도 드러내지 않고 조용히 뒤에서 상금을 후원해 주시는 분들이 있습니다. 지난해는 함홍근 시인, 올해는 김문원 화백 겸 수필가 이 두 분과 여러모로 도움을 주시는 양창국 소설가에게 감사드립니다.

삶의 지혜를 가르쳐 주신 선생님

선생님! 제가 진을주 선생님을 처음 만날 때는 1980년대 초였습니다. 그때는 군사정권이 세상을 마음대로 휘두르던 어두운 시절이었습니다. 모든 출판물까지 모조리 검열을 받아야 했던 그 시절, 날마다 화염병과 최루탄 가스로 그 푸른 누리들이 시꺼멓게 타들어가는 생지옥 같은 시절이었습니다. 그때 우리는 "자유가 들꽃처럼 피어나고/ 정의가 강물처럼 흐르는 세상/ 자유의 물결이 새벽같이/ 다가올 그날을 기다리면서" 어렵고 힘든 삶을 견디어 왔던 것입니다. 그 암울하던 시절에 저는 선생님을 만났습니다. 우리들은 그때 차 한 잔 나누면서 가슴 깊숙이 한을 잠재우면서 자유를 고대하던 시절. 독재에 대한 분노의 함성이 메아리쳐 울려오던 그 소리들이 지금도 귓전을 맴돌고 있습니다. 그로부터 몇 년 후 선생님은 김창직 시인과 함께 『문예사조』를 창간하셨습니다. 그리하여 이 땅에서 처음으로 여러 개의 문예지들이 쏟아져 나와 문사들이 마음껏 글 농사를 지을 수 있는 텃밭을 만들었습니다. 그 무렵 어느 문학모임에서 제가 특강을 했습니다. 그 때 제 강연을 들으신 선생님께서는 저에게 말과 글과 행동에서 연대지필椽大之筆[14] 하는 문사라고 극찬해 주셨습니다. 저는 그때부터 선생님으로부터 더욱 많은 사랑을 받았습니다. 그 후『지구문학』을 창간하시고 선생님은 저를 부르셨습니다. 여러 번 부르신 후에야 선생님을 찾았습니다. 그때 반가워하시던 선생님의 모습을 잊을 수 없습니다. 얼마 후 김시원 선생님과 윤수아 시인이 저에게 말했습니다. 진을주 선생님으로부터 김정오 선생에 대한 말씀을 1천 번도 더 들었다고 말입니다. 저는 그때부터 선생님이 이 땅을 떠나실 때까지 선생님 곁을 떠나지 않았습니다. 그리고 지금도 선생님을 잊지 못해 단 한 호도 거르지 않고 햇수로 3년 동안 선생님에 대한 추모의 글을 쓰고 있습니다.

선생님은 또 저에게 삶을 어떻게 살아야 하는지를 가르쳐 주셨습니다. 특히 대교약졸大巧若拙[15]을 삶의 지침으로 삼으라는 당부를 하셨습니다. 저는 선생님의 그 가르침을 따르려고 무척이나 애를 썼습니다. 더욱이 선생님의 순수함과 부드러운 성품을 본받고자 더욱 애를 썼습니다. 그러나 선생님의 대쪽 같은 선비정신은 저희들을 놀라게 했습니다. 선생님은 옳지 않다고 생각하면 그 어떤 일에도 타협을 하지 않으셨습니다.

저는 그런 선생님을 보면서 다산을 생각했습니다. 다산 정약용도 대쪽 같은 성품으로 인해 18년 동안 강진에서 유배생활을 했습니다. 그러면서도 깊이 학문에 몰두했습니다. 그렇게 오래 동안 자연 속에서 책을 읽고 사색 하면서 안으로 깊은 깨달음을 얻었습니다. 그 후 가까운 벗 초의선사에게 편지와 함께 함장축언含章蓄言이라는 친필 첩을 보냅니다. "아름다움을 안으로 머금고, 말을 아끼고 쌓아두면서 주머니 속에 감추듯이 아끼는 것이 마땅하나, 그동안의 깨달음을 글로 남기지 않는다면 성인의 뜻을 저버리는 것으로 여겨져 마침내 책을 펴냈다"는 것입니다.

정민 교수는 함장축언含章蓄言을 이렇게 설명했습니다. "꽃봉오리가 처음 맺혀서 활짝 벙그러질 때까지는 온축의 시간이 필요하다. 야물게 봉해진 꽃봉오리를 한 겹 한 겹 벗겨보면 그 안에 활짝 핀 꽃잎의 모양이 온전히 깃들어 있다. 차근차근 힘을 모아 내면의 충실을 온전히 한 뒤에야 꽃은 비로소 제 몸을 연다. 꽃이 귀하고 아름다운 까닭이다."

---

14) 서까래만한 큰 붓이라는 뜻으로, 뛰어난 대문장 등을 일컫는 말, 애써 꾸미는 것보다 당당한 논리를 펴는 글을 말함

15) 모든 일에 나서는 것을 조심하라는 뜻, 재주가 뛰어난 사람은 꾀도 쓰지 않고 자랑도 하지 않는다. 그러므로 겉으로 보아서는 그 사람을 알기 어렵다. "참된 직선은 굽은 듯이 보이고 최고의 기교는 졸렬한 듯이 보이며, 참된 웅변은 더듬거리는 듯 들린다"는 노자의 말이다.

또 《주역》에서 '아름다움을 간직해야 곧을 수가 있으니 때가 되어 이를 편다(含章可貞, 以時發也)'는 말을 인용하면서 "내가 꽃을 기르는데, 매번 꽃봉오리가 처음 맺힌 것을 보면 머금고 온축하여 몹시 비밀스럽게 단단히 봉하고 있었다. 이를 일러 함장含章이라고 한다. 식견이 얕은 사람이 겨우 몇 구절의 새로운 뜻을 알고 나면 그것을 드러내려고 하니, 어찌 된 것인가?" 주인은 씨앗을 뿌리거나 묘목을 심어 물을 주고 거름으로 북돋운다.

풀 나무는 비바람을 견뎌내고, 뿌리와 줄기의 힘을 길러, 마침내 꽃 피워 열매 맺는다. 사람도 부모와 스승의 가르침을 받고, 배운 것을 행동으로 옮기며, 역경과 시련을 통해 함양을 더하고, 마침내 내면이 가득 차서 말로 편다. 이런 말은 아름답고 향기롭다. 온축의 시간 없이 알지도 못하면서 떠들기만 하면 그 말이 시끄럽고 입에서는 구린내가 난다. 옛 사람의 말은 하고 싶어서가 아니라 하지 않을 수 없어서 한 부득이의 결과였다. 지금 사람의 말은 뜻도 모른 채 행여 남에게 질세라 떠드는 소음의 언어다"[16] 라고 말합니다.

선생님께서도 이 말씀과 비슷한 말씀을 하시면서 현실을 개탄했습니다. 잘 알지도 못하면서 아는 척하는 것과 문단에 나온 지 일천한 자들이 대가인 양 나서는 것을 경계하셨습니다.

선생님 이제 붓을 놓습니다. 금년 봄에 선생님의 생가 〈봉강〉 뒷터에 선생님의 시비를 세우고 다시 다음호에 그 소식을 전하겠습니다. 선생님 편히 쉬시기를 바랍니다.

2013년 2월 김정오 올림

---

16) 정민 한양대 교수. 고전문학조선일보 2011. 08. 26. p.34

중국어로 번역된 진을주 시인의 시

우상렬 시인

원시 : 진을주
번역 : 우상렬(禹常烈, 延邊大學校 敎授)

여기 중국어로 번역한 시들은 진을주 시인의 원시를 중국어로 번역한 시들입니다. 진을주 시인은 중국의 연변과 심양 그리고 치치하얼와 상해는 물론 북경에까지 널리 읽혀지고 있습니다. 그러나 한글로 된 시이기 때문에 주로 조선족들 사이에 읽혀지고 있으며, 한족으로서는 한국어를 전공한 학자들과 문인둘 사이에 읽혀지고 있습니다. 그러한 현상을 안타까워한 연변대학교 우상렬 교수가 진을주 시인의 시를 모든 중국인들이 읽을 수 있도록 하기 위해 번역에 착수했습니다. 지구문학에서는 진을주 시가 번역된 21편을 특집으로 게재하였습니다. 이 시를 번역한 우상렬 교수의 약력을 소개합니다.

우상렬 교수는 중국 연변대학교 조선어 문학부를 졸업 하고, 중국 연변대학교 조문학부 대학원에서 문학석사 학위를 받았으며, 한국학 중앙연구원(정신문화연구원)의 박사과정을 졸업하고, 문학박사 학위를 받았습니다. 북한 김일성종합대학교 교환교수와 한국의 배재대학교, 그리고 중국 사천대학교에서 학술연구원을 거쳐, 한국 연세대학교에서 교환교수를 지냈습니다. 현재는 중국 연변대학교 대학원 석 박사과정 지도교수로 있습니다. 주요 저서로는《북한 현대문학 연구》,《중국 조선족 설화의 종합적 이해》,《북한 문화의 종합적 이해》외 많은 저서가 있으며, 논문은 〈금오신화의 이해〉, 〈성장 소설완교〉, 〈정철과 박인로의 비교연구〉, 〈박정화의 조선 영화『춘향전』과 한국 특집 드라마『향단전』의 비교연구〉이외 저서 및 논문 다수가 있습니다. 그리고 많은 상을 수상했습니다. 현재 연변문인협회 이사와 평론분과 위원장으로 활동하고 있습니다.

(편집인 김정오 주)

호수

하늘이 내려놓은 유리대접

선홍빛 핏빛으로 비잉비잉
햇살을 물들여

꿈을 퍼 올리는 유리대접

모공의 생기가
꽃 냄새로 피어난다

湖泊

上天赐与的玻璃大碟
把阳光染成血红色
摇起梦想的玻璃大碟
毛孔的生机
将绽放为花香

철쭉꽃 광장

철쭉꽃이 장미원의 눈치 보며 뽐낸
5월의 잔치마당

애견愛犬들까지 헛바닥 꽃빛으로 헐떡이며 모여든
철쭉꽃 광장

이따금 호수의 낭창거린 물바람이
꽃송이마다 향기를 핥으며 지나간다

왜 이렇게 내 가슴 속마저
덩달아 출렁거리는지

杜鹃花丛

阳春五月，
花中西施，力逐群芳

花香满园，引众生
连爱犬也不甘落后

风吹湖水，浪悠悠
风送花香益天地

不知不觉，暗香激起
我内心的层层波浪

호수공원 청매靑梅

고매하신 매창梅窓의 지체肢體 여기 와서 맺었구나

지난 날 뼛속까지 스몄던 그 엄동嚴冬의 향기

유리 서슬 같은 내 사랑의 슬픔에도
천하태평으로 푸르스름한 가슴 북소리

그 살결 어깨 휘어잡고 나 주검으로 입술을 대보다
호반새 날아가 버린 호수공원의 하늘 끝
시방 뼈를 깎는 아픔으로 수면水面 위에 떨리는 파문이 무섭다

梅窓 : 전북 부안군 출신 기생시인 李梅窓

湖泊公园-青梅

圣洁梅窗于此缔
曾经刻骨寒冬香
情伤痛如玻璃刺
天下太平激胸鼓
已死之身与唇触
湖畔鸟儿飞天际
刺骨伤痛惧水波

호수공원 홍매紅梅

입술에 띤 홍랑紅浪의 수절守節

호수의 삭풍 같은 남정네의 세월에
가슴 속 매듭 뜨겁게 비치는
산호빛 천리 먼 수심水深

은은하게 묻어난
내 붉은 심장으로 파르르 떨리다

紅浪 : 함경남도 홍원 출생

湖泊公园 – 红梅

挂在红唇上的洪娘之贞洁
湖中朔风般的男人之岁月
心中的纠结在翻滚
珊瑚色的千里哀愁
若隐若现
鲜红的心微微颤抖

호수공원 가는 길

길가에 쥐똥나무 울타리가 인정스럽게
봄이면 마음 흔드는 향수 내음

초록빛 울타리 속에 점박이 같은 하얀 꽃송이가
사랑을 눈뜨게 하는 곳

여름이면 뙤약볕을 가려주는
플라타너스 가로수가
손잡고 걷게 하고

가을이면 푹푹 빠지는
사랑의 낙엽 주단길이 웃어주고

겨울이면 은세계 첫발자국 문수를 찍어
사랑의 DNA로 복사되어 나오는 길

호수공원 가는 길은
사랑의 건강벨트
춘하추동春夏秋冬 초대하는 소문난 길이다

前往湖泊公园之路

路边那通晓人情的水蜡树栅栏
春来散发出乡愁气息撩动心弦

草绿色栅栏里点点白色花蕾
弥漫着唤醒爱情的甜蜜氛围

夏日炎炎路边洋
梧桐遮住骄阳让
我们携手并行

秋风凉凉深陷于爱中
落叶铺成锦缎留下笑颜

冬意浓浓银装素裹里
脚印烙下爱的痕迹

蔓延前往湖泊公园之路
那传递爱意之路啊
春夏秋冬　迎来送往

월파정 月波亭

호수공원에 바람 부는 날은
헛물만 켜고 헐떡이는 월파정月波亭

소문난 물 속 보름달의 알몸 살빛을
아니 보는 듯 물가에만 돌고 다니는
점잖은 일산 사람들

애견들까지도 물기 냄새에
용케도 코를 벌름거리고만 다니는
부끄러워 못본 척하는 일산 사람들

아무도 모르리
자정子正이 넘으면 달빛이
월파정月波亭의 옷을 벗기고 있다는 것을

月波亭

当湖泊公园起风的日子
月波亭就会掀起空浪在喘气
文雅的日山人
貌似不看那传闻中水中满月那赤裸裸的月色
在湖边周旋

就连爱犬也因水的气息
也很有勇气地颤搐着鼻子
日山人却害羞地熟视无睹
谁也不知道
一过子夜
月色将会掀开月波亭的衣服

학괴정鶴瑰亭

사뿐히 날아앉은 단정학丹頂鶴

치치하얼시市의 하늘과 고양시의 하늘을 잇는
무봉無逢의 하늘빛 아래 깃을 다듬는 부리

자매결연의 번영에
이따금 파닥이는 날갯짓

호수에 흩날리는 눈부신 학괴鶴瑰의 꽃가루

나도 친구와 손 꼭 잡고 앉아
날아온 하늘빛 술잔의 깊이로 나누고 싶은 우정友情

기증자 : 중국 흑룡강성 치치하얼시 시장 이진동
시공자 : 중국 치치하얼시 원림고 건축공 정공사
학괴정 : 호수공원 소재
치치하얼시 : 중국에 있음

鹤瑰亭

丹顶鹤轻盈地飞落

你连接齐齐哈尔市和高阳市的天空
在无逢的天蓝色下你用嘴尖抒一抒白翅

祝姊妹结缘之繁荣
你欢欣地扑哧着翅膀

鹤瑰之花粉闪闪发光、飘满湖泊

我呢与朋友手拉手坐下
真想叙一叙我们的友情
用那飞来的蔚蓝色酒杯

捐赠者：中国黑龙江省齐齐哈尔市市长 李进东
施工单位：中国齐齐哈尔市园林股建筑工程公司
鹤瑰亭：位于湖泊公园
齐齐哈尔市：位于中国黑龙江省

호수공원의 아침

눈 뜨는 부화장
밤내 쌓아 올린 꿈의 축조

햇살 물거울에 혼빛 비쳤어라

湖泊公园的清晨

一觉醒来的孵化场
连夜筑起梦之编造
湖水如镜映照着晨光

호수공원 산책로

발걸음 밀고 밀리는
주름살을 펴는 호수의 물결처럼

발걸음 돌고 돌리는
징소리 같은 혈액 순환의 파문波紋

꿈의 연을 띠우는 듯
푸른 하늘의 숨결

땀방울이 번득이는 이마 이마
근육은 수액樹液처럼 오르고

湖泊公园的散步路

来来往往人们之足迹
就像除去皱纹的湖泊之水波般
来来往往人们之周旋
就像钲声般涌起的血液循环之波纹
蓝天的气息
就像放飞梦幻的风筝
额头闪烁着汗水
肌肉像树液般上升

호수공원 자전거도로

자전과 공전으로
태양계太陽界 같은 호수공원 자전거도로

어린이 자전거가 쓰러지면
여울물소리로 가족들의 햇살 같은 웃음소리

다시 시원한 급물살로
눈부신 은륜銀輪의 강물줄기

시계인 양 건강 태엽으로 감긴다

湖泊公园的自行车道路

湖泊公园的自行车道路自转和空转
就像太阳系一样
小孩儿骑自行车跌倒
就会像浅滩水流声传来家人灿烂的笑声

再来一个凉快的急流
耀眼的银轮般的水系
就像给钟表上发条一样

호수공원 음악분수

돈보다 높이 사는 가족끼리의 행복치수
그 물줄기 높이

손끝이 저리도록 흥분의 물줄기로 치솟는
호수공원 음악분수

밤 은하수로 흐르려 솟구치는 색색 물줄기에
함박꽃 웃음 속 경탄의 박수소리

명예보다 높이 사는 형제간의 행복지수
그 물빛 높이

더위와 스트레스를 녹이는 원탁 음악광장
우리들은 은하수 하늘 위에 오작교를 넘는다

湖泊公园音乐喷泉

金钱不在话下，家族间幸福尺寸
就像那水柱般升腾

令指头发麻的兴奋之水柱涌上天
湖泊公园音乐喷泉
欲洒向夜间银河，而升腾的各色水柱
笑出花朵，拍手称快

比名誉高筹一等的兄弟间幸福知数
就像水柱般升腾
消解酷暑和压抑的圆桌音乐广场
我们在银河天上过鹊桥

호수공원 백매白梅

가지마다 지난 눈 속 기품 높은 철골鐵骨에
가야금줄 조율調律하는 황진이黃眞伊의 반달 손톱 꽃잎

휘모리로 내리는 눈송이

내 가슴 솔솔 향기로 서성이다
치근대면 스러질 듯 그 눈매

여색女色에 빠지면 세상 끝이 보인다

黃眞伊 : 황해도 개성(송도) 출생

湖泊公园-白梅

树枝上挂满雪花瓣，铁骨峥峥
貌似调律伽耶琴的黄真伊之半月指甲
急促飘洒的雪花
我的心充满香气而轻轻荡漾
一旦纠缠就要消失掉的目光
陷入女色将是世界的尽头

신록新綠

그렇게도 굳게 지키던 속살이더니

겨우내 깨진 유리날 같은 속앓이로
나목裸木의 임신이었던가

어머니의 만삭은 신춘新春의 태양太陽에
벙글거리는 떡잎 미소

이제야 신록新綠의 아기 울음

온 천하天下의 나목裸木마다 웃음 반 울음 반으로 넘실대는
위대한 어머니의 그 이름
그리도 아팠던 그 큰 고통이었던가

新绿

是那样牢牢坚守的胴肤
在严冬玻璃扎刺般疼痛
是裸木的怀孕吗

母亲的临盆
就像嫩叶向着新春的太阳微笑一样
这才听到新绿之稚嫩的啼哭声

全天下的裸木摇曳着，带着微笑，带着哭声
母亲这伟大的名字
是那么令人心疼的痛若吗

쥐똥나무 꽃향기

내가 호수공원에 화살처럼 달리고 있을 때
쥐똥나무 꽃향기도 나보다 먼저 내 옷에 스며들어 웃고 있다

나는 대낮부터 주정뱅이처럼
쥐똥나무 꽃향기에 취해

헐떡거리는 사냥개처럼 내 옷소매자락에 씩씩거려 보고
쥐똥나무 꽃 울타리 가에
만취 몰골로 흩어져 버린다

水蜡树花之香气

当我在湖泊公园箭矢般奔驰时
水蜡树花香气抢先一步，
萦入我的衣服在微笑
我从大白天就像个酒鬼一样
陶醉于水蜡树之香气
像气喘吁吁的猎犬一样，闻着衣袖喘着粗气
在水蜡树花的栅栏边
以烂醉的样子飘散

남풍南風이 호수공원을 지나간 후

남풍南風이 넌지시 호수공원을 굽어보면
백매白梅는 벌써 눈 맞춘 비밀을 웃고 있는 판

남풍南風이 호수공원을 지나갔다는 소식이 있기 전에
물레방아 뒷산 남쪽 기슭에선
벌써 개나리 한 가닥 희희낙락거렸다는 서성거림이 퍼져 있는 판

남풍南風이 넌지시 호수공원을 지나간 후
나는 일몰日沒 속에서나마 흔들리는 아쉬움으로
그 남풍南風만을 먼 발치에서 기다릴 것이다

南风吹过湖泊公园之

南风悄悄地俯瞰湖泊公园
白梅早已看穿暗送秋波的秘密，在微笑

在有南风吹过湖水公园的消息之前
在水车后山的南边山脚下
早已有一缕迎春花在熙熙攘攘地徘徊着

南风悄悄地吹过湖泊公园之后
我抱着日落里心动的遗憾
在远处只期待着南风的到来

호수공원 공작孔雀

철조망에 감금된
날마다 꿈에 보는 인도의 하늘

물그릇에 기웃기웃
갠지스강 강물소리

밖의 숲을 날으려다 날으려다
몽당빗자루로 부서진 꼬리

나는 운 좋은 그 날
꼬리를 펴고 천하를 제압하는 발걸음을 보았다

泊公园的孔雀

被监禁在铁丝网里
每天都能梦到的印度之天空

凑近水碗
传来恒河的水声
一心想飞到外边的树林里
不料像破帚一样摔坏的尾巴

走运的那天
我看到了展开尾巴制伏全天下的脚步

천하대장군 지하여장군天下大將軍 地下女將軍

샛별들도 떠날 무렵
장군들의 손짓 발짓이 살펴지는 천상천하天上天下

호수공원이 엎드린 채

일산 사람들 천진난만해서 천당이야!
발로 툭 치며 히죽히죽 웃다가 씨나락 까먹는 소리

아랫도리 옷
밤 기러기로 날려버린 달빛 나체裸體

몸이 말라가는 비밀은 장군들의 철통 같은 소문이다

天下大将军，地下女将军

启明星即将离开之时
天上天下就能看到将军们的比手划脚

湖泊公园俯卧在那里

日山人天真烂漫天堂在握
用脚踹踹，嬉皮笑脸地笑着，说出不着边际的话

下装
以夜雁放飞的月光裸体

身子消瘦的秘密即是将军们铜墙铁壁般的传闻

바람 설치는 호수공원

나 음악 분수대 마당가에 앉아
입바람에 보릿대 끝 앵두를 굴리듯이 분수 물줄기 끝에 내 마음 띄워
꽈리소리로 숨쉬어서 좋다

솟구치는 물줄기 끝에
내 마음 잠자리 날갯짓으로 앉을 듯 앉을 듯 날아도 보고
기품을 받고 싶어져서 좋다

삼복 무더위에 바람 설치면
상쾌한 호수공원에 와야 하리

狂风作乱的湖泊公园

我坐在喷泉园子边
用嘴吹滚着麦秆儿顶端的樱桃般，把心托升于喷泉水柱尖
喘出泡泡叮声令人欣慰

在激起的水柱尖上
我的心像蜻蜓展翅飞舞般，停歇一会儿，即又飞起来
很欣慰，想得到他的气质

三伏大热天，起风之时
就应来到爽快的湖泊公园

호수공원에 바람 불면

일산 호수공원에 바람 불면
6.25의 아픔을 달래는 자유로自由路의 길목 되어
따끔 따끔 눈을 뜨고

한사코 무의미無意味한
세계 인류를 대신한 자유自由와 평등平等의 피꽃은
DMZ로 떠난 슬픈 흔적만 남겨 놓고

나는 그 물가에 앉아
호수에 내려앉은 통일의 맑은 하늘을
굽어보고만 있다

当湖水公园起风时

当日山湖泊公园起风时
它成为安抚6.25战争苦痛的自由路要道
辛辣地睁开眼睛

非常无意义的
代替全人类的自由和平等的血之花
只留下走向DMZ的伤心之痕迹

我坐在湖水边上
只俯瞰那
映射于湖水面的统一之蓝天

푸르름으로 내린 호수공원 하늘

호수공원은 여기 저기 앉아 있고 누워 있는
가족들의 평화로움에
푸르름으로 마음을 닦아내는 하늘을 볼 수 있다

온통 내려온 하늘빛이
눈을 은하수로 씻어서
마음은 오작교로 이어준다

평류교 옆에 내려온 수양버들 가지의 하늘에
나도 내 마음을 걸어놓고 싶다

蓝青的湖泊公园之天

湖泊公园到处都是坐着或躺着的家族，
他们显得很平和
可看到用蓝青色荡涤心胸的天

整个天色
以星河洗眼
心以鹊桥相交

我也想把我的心寄托于
平流交旁柳树枝条的天空

전통정원

대밭 사잇길로 손짓하는 인정스런 곳

아리랑 고개처럼 빨딱 넘으면
휘파람 불기에 좋은 하늘빛이 푸르다

한강 하류 평야지대 '기와지'에서
4,300여 년 전에 농사짓던 곳
자포니카 볍씨가 발굴된 표지판 아래 나는 앉아
담 넘어오는 바람 끝에
옛날이 생각난다

내 고향 사랑채 정원에서 풀 뽑던
어머니의 옆모습이 떠오르고
누님의 웃음소리도 들리는 것 같다

천 년 후엔 나 같은 누군가가 또 앉아 있을까

惩ピ

招手往竹子林荫道，富于人情味的地方

像过阿里郎岭，一跨过去
就到便于吹口哨的蓝天下

在汉江下流平野地带
是4，300余年前开垦地
我坐在写有发掘稻子的标识牌下
寄于跨墙而来的风尖上
想起了遥远的过去

浮想起在故乡的箱房前庭里锄草的
妈妈的侧影
也仿佛听到姐姐的笑声

千年以后是否有谁像我还坐在那里

진을주(陳乙洲)

*생몰년월일 : 1927. 10. 3 ~ 2011. 2. 14
*본관 : 여양, 아호 : 자회(紫回)
*출생지 : 전북 고창군 상하면 송곡리 69번지
*본적 : 서울 은평구 대조동 165 - 21호
*직장 : 서울 종로구 종로2가 39번지 뉴파고다 B/D 215호. 지구문학사/ 전화:02-764-9679
*직위 : 지구문학 고문, 시인
*배우자 : 김시원(본명:김정희)
*자녀 : 동준. 경님. 인욱
*학력 : 1954년 전북대학교 국문학과 학사

*경력 및 사회 활동
1949년 「전북일보」 통해 작품 발표, 문단활동 시작.
1963년 『현대문학』에 시 〈부활절도 지나버린 날〉 김현승 추천
1970~1995년   한국문인협회 이사
1989~1993년   월간 『문예사조』 기획실장
1991~1992년   한국자유시인협회 부회장
1991~2000년   국제펜클럽 한국본부 이사
1994~2011년   도서출판 을원 편집 및 제작담당 상임고문
1996~1998년   민족문학회 부회장
1996~1998년   한국문인협회 감사
1996~1997년   월간 『문학21』 고문
1998~2011년   도서출판 지구문학 편집 및 제작담당 상임고문
1998~2011년   『지구문학』 상임고문
1998~2000년   한국민족문학회 상임고문
1998~2011년   세계시문학연구회 상임고문
1999~2000년   한국문인협회 이사
2000~2011년   러시아 국립극동대학교 한국학연구소 자문위원
2001~2002년   한국문인협회 상임이사
2002~2011년   한국시인협회 자문위원
2002~2011년   왕인문화원 고문
2003년 7월 31일   한일문화선상대학 수료
2005년 3월 14일   사)국제펜클럽한국본부 제32대 자문위원
2005년 5월 2일   제3회 송강정철문학축제위원회 위원장

*생활철학 및 좌우명 : 정직, 성실, 화목

*가훈 : 기회는 날으는 새와도 같다.
　　　날기 전에 잡아라.

*수상내역
1987년　한국자유시인상
1990년　청녹두문학상
1990년　한국문학상
2000년　세계시가야금관왕관상
2003년 12월 15일　예총예술문화상 공로상
2005년 2월 3일　한국민족문학상 대상
2006년 10월 7일　국제문화예술협회 특별고문

*작품 및 기록사항
1998년　〈바다의 생명〉지구문학
1999년　〈금강산〉지구문학
1999년　〈1999 무안연꽃 대축제〉지구문학

*시집
1966년　시집《가로수》교육출판사

*진을주 신작 1인집 발간
1968년　〈M1조준〉문고당
1968년　〈도약〉문고당
1969년　〈숲〉문고당
1969년　〈학〉문고당

*시집
1983년　《슬픈 눈짓》보림출판사
1987년　《사두봉 신화》사사연
1990년　《그대의 분홍빛 손톱은》혜진서관
1990년　《부활절도 지나버린 날》이슬
2005년　《그믐달》을원
2008년　《호수공원》지구문학

진을주 유고집

송림산 휘파람

지은이 / 진을주 외
펴낸이 / 김정희
펴낸곳 / 지구문학

110-122, 서울시 종로구 종로2가 39 뉴파고다빌딩 215호
전화 / (02)764-9679
팩스 / (02)764-7082

등록 / 제1-A2301호(1998. 3. 19)

초판발행일 / 2013년 5월 11일

ⓒ 2013 진을주 외 Printed in KOREA

값 15,000원

E-mail/jigumunhak@hanmail.net

※잘못된 책은 바꿔드립니다.
※저자와의 협약으로 인지는 생략합니다.

ISBN 978-89-89240-52-5 03810